子どもじゃないから、覚悟して。

～子爵の息子、肉屋の倅《せがれ》を追《お》い詰《つ》める。～

登場人物紹介
CHARACTER
シルヴェスタ
肉屋の息子。みんなに頼られるしっかりもののアニキだったはずが……
フレッド
子爵家の三男。子どもの頃シルヴェスタに助けられて以来、彼のことが大好き。

ロビン

フェンネルの妃。

フェンネル

隣国の王弟。

ジャネット

シルヴェスタの幼馴染み。
酒屋を営んでいる。

カッツェン

ジャネットの店に入り浸っている
隣国の男。やらたらと
シルヴェスタに絡んでくる。

エルフィン

シルヴェスタの幼馴染み。
パン屋をしていたが、
とあることから王様の后子となる。

目次

子どもじゃないから、覚悟して。

～子爵の息子、肉屋の倅《せがれ》を追《お》い詰《つ》める。～

エスターク王国の王城のお膝元《ひざもと》、賑《にぎ》やかな商店街で、俺の親父《おやじ》が営《いとな》む肉屋の前に一台の馬車が停車した。うちは王都で三代続く肉屋で親父《おやじ》が三代目だ。四代目の俺は未だ嫁さんもなく、五代目は一番上の姉ちゃんの次男が立候補している。やる気があって嬉しい限りだ。

話を戻し、キラキラしい馬車の中から現れたのは、背の高い優美な青年だった。およそ肉屋とは馴《な》染《じ》みのなさそうな高貴な佇《たたず》まいだ。

俺の幼馴染《おさななじ》みが王家に嫁《とつ》いだ縁で、いくつかのお貴族様の家とは懇意《こんい》にさせてもらっている。かつては弟みたいに可愛がっていた王弟殿下とその学友は、幼い頃は度々お忍びでやってきて、うちのメンチカツを食べながら街歩きをしたものだ。

彼らが貴族社会でメンチカツを褒《ほ》めちぎってくれたおかげで、こうして高貴な人が買い求めにくることがある。普通は使用人が買いに来るか、注文を受けて配達するかなんだけど。

「いらっしゃいませ」

カウンター越しに微笑《ほほえ》みかける。件《くだん》の幼馴染《おさななじ》みが『笑顔は無料だ。お客様が喜ぶなら惜しまず振りまけ!』と逞《たくま》しく力説していたのを思い出した。

いつも通りに愛想よく対応すると、青年は艶《あで》やかに笑う。

「ただいま帰国いたしました。お久しぶりです、シルヴィー」

誰だ？　こんな綺麗な男、知り合いにいたか？

俺の名前――シルヴェスタを愛称で呼ぶってことは、確実に知り合いなんだろうな。

帰国したと言っていたので、しばらく外国暮らしか。随分と若い。それこそ先日会った王弟殿下と同じくらいの年齢に見える。

王弟殿下の学友か？

そういえば子爵家の末の坊ちゃんが、三年前から王太后殿下の母国、スニャータ王国に留学している。俺の知っているそのフレディ坊ちゃんは、子爵家の三男で、やんちゃで可愛いちびちょだった。

そう、過去形。

俺を見下ろす男は誰だ？

いや、チェリーブロンドと灰色がかった緑の瞳には見覚えがある。

「王弟殿下が立太子の儀に臨《のぞ》まれるのに合わせて、臣下の忠誠を誓いに帰国したのです。子爵家の屋敷に戻るとしばらく母に離してもらえなくなりそうなので、その前にご挨拶《あいさつ》に伺いました」

やっぱりフレディ坊ちゃんか！

「いやぁ、デカくなったなぁ」

エスタークの平均と変わらない平凡な身長の俺が見上げるほどの長身になって帰ってきたのは、フレッド・アイゼン子爵子息だ。

もともと美形ではあったけど、やんちゃな性格がそれを打ち消していた。そんな彼も幼さが抜けて精悍《せいかん》な顔立ちになっている。仕草も優美だ。

「久しぶり……って、もう、タメ口じゃ駄目だな。立派になられましたね、坊ちゃん。中でミルクでも飲んでいかれますか？　馬車があるから無理ですか？」

「馬車は先に帰らせます。お言葉には甘えますが、流石《さすが》にミルクはご遠慮しますよ」

そりゃそうだ。こんないい男を捕まえて、ミルクはない。俺の中でフレディ坊ちゃんは、夜の飲み屋街で迷子になってベソをかいていた五歳児で止まっていたようだ。

お貴族様のフレディ坊ちゃんと肉屋の倅《せがれ》の俺が親しくなったのは、迷子になっていた坊ちゃんを保護したのがきっかけだ。

俺の幼馴染《おさななじ》みのパン屋の倅《せがれ》は、王様の奥方になった。生まれも育ちも俺と変わらないド平民の幼《おさな》馴染《なじ》みが王様と出逢《であ》ったきっかけは、このフレディ坊ちゃんが学友として侍《はべ》っている王弟殿下だ。

王弟殿下は幼馴染《おさななじ》みの姉さんの息子で、まぁ、前の王様の落《お》とし胤《だね》ってヤツだった。俺も弟みたいに可愛がっていたあの子が王子様だと知った時は、仰天した。

まぁそんな縁で、幼馴染《おさななじ》みは王様と出会って恋に落ちた。あのニブチンを捕獲した王様は、純粋に尊敬に値する。なにせ幼馴染《おさななじ》みは『鈍感』『難聴』『勘違い』の三重苦を背負っていたからな。

そんな幼馴染《おさななじ》みは子どもたちの教育に熱心で、街の物価を学ばせたり市井《しせい》の生活を体感させるために、商店街に王弟殿下とその学友を物見遊山《ものみゆさん》がてらの視察に連れ出していた。

こういった経緯で当時五歳の坊ちゃんとは顔見知りだ。その子が真夜中の飲み屋街をベソベソ泣きながらほっつき歩いていたら、十七歳だった俺は保護するしかないじゃないか。……知らない子でもするけどな。

そういうわけで知り合いだったフレディ坊ちゃんを、店頭を親父《おやじ》に任せて、自宅部分の居間に通す。キラキラしいお貴族様には不釣り合いだけど、フレディ坊ちゃんなら気にしないだろう。

ミルクの代わりにお茶を淹《い》れると、坊ちゃんはにっこり笑って礼を言った。

「いい香りですね」

「后子《ごうし》殿下に貰《もら》ったんです。アイツ、未だにこっそり商店街に遊びにきて、追いかけてきた王様にとっ捕まって連れ戻されてるんですよ」

つい最近の出来事を思い出して思わず笑う。俺の幼馴染《おさななじ》みは王様の正式な配偶者だが、男なのである。アイツが王様と結婚するまで、后子《ごうし》という地位があることを知らなかった平民は多い。

「それにしても、フレディ坊ちゃん。随分と鍛《きた》えているんですね」

安物のカップを持つ指が、思いのほかゴツゴツしている。

見た感じはすらっと細身だが、この手を見る限り相当な鍛錬《たんれん》をしたんだろう。上着を脱いだら胸筋はそこそこ厚いと見た。豚《ぶた》の二頭くらいなら余裕で担《かつ》げそうだ。ちなみに俺は担《かつ》げる。

「殿下のことはアイツと呼ぶのに、僕には言葉が硬《かた》いのですね。呼び捨てにして、普段の言葉で話してください」

「坊ちゃんだって、平民の俺……私に丁寧に喋《しゃべ》るじゃないですか」

以前はいつも一緒にいた坊ちゃんのお付きの侍従さんは、公《おおやけ》の場でなければ構わないと言っていたが、あれは子どもの頃の話だ。四、五歳の子どもと成人したらしい青年を一緒にしちゃダメだろう。

「僕はいいんです。でないとイロイロ余計なことを叫んで、あなたに大変なことをしでかしそうですから」

「意味が分かりません」

「分かってください」

首を傾《かし》げた俺に、坊ちゃんは間髪《かんはつ》容《い》れずに畳みかけた。

「はぁ、シルヴィーは変わりませんね。いつまで僕を子どもだと思っているんですか？」

「おめでとうございます。やっぱり成人を迎えていたんですね。誕生日、過ぎてますもんね」

「誕生日を覚えていてくれたのは嬉しいですが、そういうことではないんです」

フレディ坊ちゃんが物憂《ものう》げに微笑《ほほえ》んで、優美な仕草でカップを置いた。……デカくなっただけじゃなく、とんでもない色気を纏《まと》って帰ってきたようだ。こりゃ留学先では相当モテただろう。

「憶えていませんか？　幼いあの日の僕はあなたに言いました。『大人になるまで待っていてください』。と」

……確かに言われた。憶えている。

危ないところを救われた子どもが、絵本の英雄に憧れる程度のものだと思っていた。

虚を衝《つ》かれて、ぽけっと口を開けて坊ちゃんを見る。彼はまるで知らない若者のように、色を含んだ瞳で俺を見つめていた。

「まだシルヴィーは結婚していませんね。僕を待っていてくれたのですか？」

そうじゃない。破れてしまった初恋以上に、大切なひとに出会えなかっただけだ。

違う、と否定の言葉を紡《つむ》ぐ前に、フレディ坊ちゃんが「ごちそうさまでした」と言って立ち上がった。丁寧な挨拶《あいさつ》を残して帰っていくのを呆然《ぼうぜん》と見送っていると、思い出したように立ち止まって振り向く。

「僕はもう、子どもではありません。覚悟してくださいね」

チュッと唇の際に音を立てて口づけを寄越して――

フレディ坊ちゃんは悠々と居間を出ていった。

§

王弟殿下の立太子の儀は無事に終わり商店街のお祭り騒ぎが一段落した頃、フレディ坊ちゃんがひょっこり店にやってきた。ちょうど休憩中だった俺は、一番上の姉ちゃんの賑《にぎ》やかな声を聞きながら、店のメンチカツをキャベツと一緒に丸パンに挟んだ昼食を食べていた。

「こんにちは、シルヴィー」

フレディ坊ちゃんは無駄にキラキラしながらウチの居間に入ってくる。姉ちゃんが入っていけと言ったんだろう。

「いい、いらっしゃいませ？」

「くくっ、何故《なぜ》疑問系なんですか？」

そりゃ店の客じゃなさそうだからだ。

「何かご用でも？」

質問に質問で返してしまった。焦《あせ》りすぎだろう、俺。

「特に用はないのですが、強《し》いて言うなら、あなたの顔を見に」

物憂《ものう》げに微笑《ほほえ》まれて、絶句する。この美しく育ったお貴族の三男様は、まさか本気で俺を口説《くど》きにかかっているのだろうか？

「坊ちゃん、こんな草臥《くたび》れたおじさんの顔を見て、何が楽しいんですか？　どうせなら、若くて可愛いお嬢さんの顔でも見に行ってくださいよ」

「何が草臥《くたび》れたおじさんですか。后子《ごうし》殿下と同じお歳《とし》でしょう？　あなたがおっさんなら、殿下もおっさんです。有り得ませんね。それにシルヴィー、あなたも相当な童顔ですよ」

俺の幼馴染《おさななじ》みと一緒にするな。アレは規格外だ。商店街じゃ妖精なんて言われて、すでに人間扱いされていないんだぞ。……この童顔は認めざるを得ないがな。

若い頃は気にならなかったのに気付けば身長も打ち止めで、威厳の欠片《かけら》もない。自分では大きいほうだと思っていたが、平均だった。いつも一緒にいた幼馴染《おさななじ》みが小柄すぎただけだ。

せめて燻銀《いぶしぎん》の格好良さを求めて髭《ひげ》を伸ばしたらひょろっと薄かった上に、姉ちゃんに不潔だと殴られた。たしかに食べ物を売る店で、無精髭《ぶしょうひげ》は有り得ない。

「坊ちゃん……そんなはっきり言わないでくださいよ。童顔、気にしてるんです」

「少しくらい意地悪を言ってもいいじゃないですか。シルヴィーだって、いつまでたっても『坊ちゃん、坊ちゃん』って、士官もした成人男子を子ども扱いなんて酷《ひど》いです」

……俺は坊ちゃんの自尊心を激しく傷つけていたらしい。確かに前途洋々たる若者を、いつまでも『坊ちゃん』呼びはまずかったか。

「フレッド様……慣れなくて呼びにくいですね。フレディ様……こっちは馴れ馴れしいか」

「フレディがいいです。僕もシルヴィーと呼ぶから、フレディと呼んでください」

眼差《まなざ》しが熱い。

思わずたじろいで仰《の》け反《ぞ》ると、椅子の背もたれにぶつかった。坊ちゃんがテーブルを迂回《うかい》して寄ってきて、自分が椅子もすすめない無礼を働いていたのに気付く。マジで動揺しすぎだ。

「改まった口調も寂しいです。フレディと呼んで、普通に話しかけてください」

「うわぁああっ！」

これ以上はないというほど仰《の》け反《ぞ》ってしまい、椅子ごと後ろにひっくり返りそうになる。俺の叫び声と、ガターンッという椅子が倒れる音が響く。店のほうから姉ちゃんの「うるさいよ、馬鹿弟！」と怒鳴り声がした。

「大丈夫ですか、シルヴィー？」

「だ、大丈夫」

腰に腕が回されて、危なげなく支えられている。

「……シルヴィーって、こんなに小柄でしたっけ？」

フレディ坊ちゃんが少し驚いたような、自分の記憶に問いかけるような、曖昧《あいまい》な口調で呟《つぶや》いた。

ちょっとムカつく。

「坊ちゃんが大きくおなりなんです。俺……私は標準です」

いや、マジで頭半分デカいとかない。あんなにちびちょで俺が抱っこで運んでやったこともあるのに。

「昔のシルヴィーは、大きくて、格好良くて、大人で、僕にはとても頼もしく見えました。今だって格好いい大人だけれど……僕も大人になりました」

「ぼ、ぼ、坊ちゃん?」

声が上ずる。

顔が近い。

「また坊ちゃんって言いましたね。そうですね、シルヴィーが子ども扱いする度に、僕はもう大人だって証明しましょう」

「証明ってどんな?」

フレディ坊ちゃんがにんまり笑った。子どもの頃のやんちゃめいた表情に、ちょっと安心する。

「ふふふ」

「笑うな、坊ちゃん」

幼い坊ちゃんの面影《おもかげ》を見て、ついそう呼んでしまった。

そしたら。

近すぎた顔がもっと近くなって。

チュウッと音がする。

柔らかな唇が重なって、すぐに離れた。

「ふふふ、子どもはこんなことしないでしょう？」

うっとりと耳元で囁《ささや》かれて、腰が抜けそうになる。坊ちゃんが支えているから尻餅《しりもち》をつかずに済んでいるけれど。

「く、く、く、唇が……」

「僕の初めての接吻《せっぷん》です。あなたに捧《ささ》げられて嬉しいですよ」

「俺も初めてだよ！　なんだよ、こんな不意打ちあるか⁉　あり得ないだろ？　だいたいお付き合いもしてないのにこんなことするなんて、他所《よそ》のお嬢さんが相手だったら犯罪だぞ‼」

言った瞬間、ぎゅうっと抱き締められた。

ぎゃあッ、さっき食べてたメンチカツサンドが口から出るだろ‼

「初めて？　なんて素敵なんだ。僕が大人になるまで、本当に待っていてくれたなんて」

「気にするのそこか⁉　俺とお前がお付き合いをしてないってのを気にしろよ！」

「ふふふ、嬉しい。言葉に壁がなくなりました」

もう取《と》り繕《つくろ》ってる余裕もねぇよ！　コイツ、こんなに美形に育ったけど、中身はやんちゃ坊主のまんまじゃねぇか！

「いい加減、離せよ。大人を揶揄《からか》うな」

精一杯の威厳を込めて、重々しく言ってやったのに……

「揶揄《からか》ってなんかいませんよ。全力で誘惑してるんです」

とろりと色気の漂《ただよ》う眼差《まなざ》しを向けられた。

絶句して固まっていると、坊ちゃんはその艶《つや》めいた瞳のまま口角を引き上げる。

「きっかけは、夜の歓楽街を彷徨《さまよ》っていたのを保護してもらったことです。怖くてたまらなくて、どうにかなってしまいそうだった時、抱き上げてくださったあなたが神様に見えました」

それは、刷り込みの勘違いというヤツでは？

「勘違いとは思わないでくださいね」

コイツ、心が読めるのか!?

「シルヴィーは腹芸ができませんね。全部表情《かお》に出ていますよ。神様だったら信仰を捧《ささ》げて終わりです。そうではなく、王太后様のお供をして養護施設や施療院の慰問《いもん》に行くと、奉仕活動をしているあなたと度々会いました。率先して働き、子どもたちと泥だらけになって遊ぶあなたを見て、神様から大好きな人に変わっていったのですよ」

坊ちゃんは目を逸《そ》らさない。俺も目を逸《そ》らしたら喉笛《のどぶえ》に噛《か》みつかれそうな恐怖を覚えて、逸《そ》らすことができなかった。結果として随分と長い時間、見つめ合う。

「シルヴィー、名前で呼んでください」

「………フレディ」

坊ちゃん——フレディが満足そうに笑った。

倒れた椅子を元に戻して、俺をそこに座らせる。

フレディより背が低いとはいえ、そこそこ重さのある身体を片手で支えたまま、それをやってのけられた。コイツ、スニャータ王国で相当鍛《きた》えてきたな。留学って、勉強してたんじゃないのかよ。

「そろそろシルヴィーの休憩時間も終わりますね。今日は時間切れです」

あっさり身体を離して距離を取られる。引き際が見事だ。これ以上はいっぱいいっぱいで、突き飛ばしていたかもしれない。

「これから、休日の度に誘惑しに来ます。楽しみにしていてくださいね」

ふふふ、と笑って、フレディは来た時と同じように、無駄にキラキラとして去っていった。

三十路《みそじ》を迎えたおっさんに交際経験がないなんて、人付き合いが苦手でもないのにどうかしている。何度か告白されたり紹介されたりしたことはあるけれど、一、二度一緒に出かけることはあっても、それ以上は続かなかったのだ。

まだ交際に至っていないのに口づけや抱擁《ほうよう》を強請《ねだ》ってくる相手が、何故《なぜ》だかとても苦手だった。

だからといって過去の俺、もうちょっと遊んでおけよ。

いや、結婚まで辿《たど》り着《つ》けるか分からないのに、不誠実なことができるわけがない。

仕事を終えて、俺はひとりで部屋に閉じこもる。頭を抱えて考えた。

過去の交際未満の彼ら彼女らと、フレディのどこが違うのだろう。小さな頃を知っている可愛いやんちゃ坊主が、突然大人の男になって目の前に現れて、ひどく戸惑《とまど》っている。

いや、あの子はまだ十八歳になったばかり。俺が同じ歳《とし》には六歳の子どもだったんだぞ。歳《とし》の差

は十二歳だ。改めて考えるとそんな若い子を嫁にだなんて、おっさんが気持ち悪すぎるだろう⁉

嫁ってなんだ。まだ付き合ってもないっ！

って、まだってどういうことだ⁉

ぐるぐると考えているうちに、訳が分からなくなってきた。

俺の初恋は幼馴染《おさななじ》みだった。今は后子《ごうし》殿下になってしまった、パン屋の倅《せがれ》のエルフィンだ。

パン屋一家はちょっと複雑な家庭で、おじさんとおばさんが事故で亡くなってからは、彼が幼い甥《おい》っ子《こ》を育てながら、ひとりでパン屋を切り盛りしていた。可愛くて健気《けなげ》でニブチンで、ちょっと口が悪いアイツは、頑張り屋さんで放っておけなかった。

護《まも》ってやらなきゃならないほど弱い子じゃないし、ひとりで立てる強さを持っていたが、だからこそ無理をする性格だったので、隣に並んで支えてやりたかったんだ。

初恋ってなんだろう。

フレディに口づけられて気付いたのは、幼馴染《おさななじ》みに口づけしたいと思ったことがなかったたってことだ。ずっと一緒にいたかったたし、同じものを見ていたかったけれど、そこには息もできなくなるほどの情欲はなかった。隣にいるだけで心が満たされたって言うか。

駄目だ。

考えすぎて、さらに訳が分からなくなってきた。ジャネットのところで一杯やるか。

お袋に一言伝えて商店街の酒場に向かう。

飲み屋街と商店街の境目よりちょっとだけこっち寄りにある酒場は、王様と幼馴染《おさななじ》みが俺たちの前で婚姻を誓った思い出の場所だ。そこの若女将《わかおかみ》は俺たちの幼馴染《おさななじ》みのひとりで、年下の婿《むこ》を貰《もら》って店を切り盛りしている。

「なぁに？　シルヴィーったら辛気臭《しんきくさ》い表情《かお》して、どうしたの？」

十年前より確実にふくよかになったジャネットが、カウンターにダンッと音を立ててジョッキを置いた。元気で可愛いと評判だった看板娘は、今やすっかり肝っ玉母ちゃんだ。ふくよかも肝っ玉も口に出したが最後、酒場出入り禁止が発令されるだろうから、怖くて言えやしないが。

「ん〜、俺の初恋どこ行った？　……って思って、頭ん中ぐるぐるしてんの」

「ぶふッ。何を小っ恥《こぱ》ずかしいこと言ってんのよ！　アンタの可愛い初恋相手は、『王子様といつまでも幸せに暮らしました』ってヤツじゃない。お相手は王子様じゃなくて王様だけどさ」

「そうなんだよなぁ。ずっとそう思ってたんだけど、よく分からなくなってきて」

「よく分からないのは、あたしのほうよ。アンタが何言ってんのか理解できないわ。ホントにぐるぐるしてんのね」

ジャネットは肩をすくめて、キャベツを山盛りにした皿にメンチカツを添えてジョッキの横に置く。肉屋のメンチカツだが、普通は野菜が付け合わせだろうに、皿の上はほぼキャベツだ。

その皿をちろりと見る。

「何よ。アンタは家に帰ったらいくらでも食べられるでしょ。キャベツでお腹《なか》いっぱいにして、八百屋のじいちゃんに貢献しなさいよ」

昼食は丸パンに挟んだメチカツとキャベツだったから、どっちも遠慮したいのが正直なところだ。

うへぇと思ったところで、丸パンとメンチカツとキャベツに連鎖して、フレディの唇の感触を思い出した。

ゴツッ。

ぎゃっ、勢いよくつっぷしすぎた！

「何やってんの⁉　……なんなの、アンタ。ぶつけたデコが赤いのは分かるけど、なんで耳まで赤いのよ」

「聞くな！」

なんで思い出すかな、俺⁉

『あの、おねえさんとけっこんしないなら……ぼくがおとなになるまで、まっていてください』

真っ赤なほっぺたで、ありったけの勇気を振り絞《しぼ》った六歳のフレディを思い出す。

そういや、きっかけはジャネットだったな。最初はコイツが俺を揶揄《からか》って言った『アンタの子ども産んであげよっか？』という軽口を聞いて、フレディが不安そうにしたんだった。

あの時も、今も、ジャネットだけはない。こうして何かあったら話しにくるくらいに大事な友達だけど、彼女と家庭を築いていく像が全く浮かばないんだよな。

とにかく、ジャネットが十二年前に失恋した俺を揶揄《からか》わなかったら、何かが違ったんだろうか？

子どものはしかだといなすには、フレディの眼差《まなざ》しは真摯《しんし》すぎる。お貴族の三男様が平民の草臥《くたび》れたおじさんに向けるようなものじゃない。もっとこう、愛しくてたまらないものを見る色だ。

耳の赤さを隠すように、ジョッキを呷《あお》る。麦酒《ビール》の酒精《アルコール》で顔が赤くなってしまえばいい。酒はあんまり得意じゃないから、すぐに酔えるはずだ。

「兄さん、イケる口かい？」

その時、カウンターのスツールを三つ空けた場所に座っていた男が、楽しげに声をかけてきた。

知らない男だ。この店の客は商店街の親父《おやじ》どもが多いけど、おのぼりさんも結構来る。国王陛下と后子《ごうし》殿下の思い出の場所として、スニャータ王国の旅行家の手記に記されたため、その恩恵にあずかっているんだ。ちなみに肉屋もな。

「お兄さんは旅行者ですか？」

男は三十代半ばに見えた。ニヤッと笑うとスツールを移動してきて、隣に腰を落ち着ける。近いな。

「スニャータから来たんだ。エスタークの王都で店を始めたくてね。親父《おやじ》が手広く商売してて、スニャータじゃあちこちに支店を構えてるんだけど、友好国のエスタークにも進出できないかってさ。下見をしてこいって送り出されたんだ」

なるほど、酒場で情報収集ってとこか。それならこの店はもってこいだな。

「じゃあ、長期の滞在なんですね」

この男に興味はないが、商店街に店を構えるなら商店街長に情報を流しておかなきゃなぁ。

「俺はカッツェンって言うんだ。兄さんは？」

「シルヴェスタ」

簡単に自己紹介をすると、カッツェンさんは饒舌《じょうぜつ》に喋《しゃべ》りはじめた。それと同時に、ぐっと顔を近づけてくる。瞳の色が分かるくらいの距離って、なかなか近いぞ。

……俺の苦手な距離感だ。

これは酒が入って陽気になっているのか、もとからこうなのか悩む。自慢が多くて疲れるタイプの人だ。近すぎて太ももが触れるし。

親父《おやじ》さんがスニャータで成功していて、王都に二店、地方都市に五店の店舗を構えているらしい。そのうちのいくつかを兄弟が、残りは信頼できる部下が、それぞれ切り盛りしているんだとさ。

じゃあ、アンタは？

喉元まで出かかった言葉を、俺は賢明にも呑み込んだ。


それから数度、カッツェンさんと酒場で飲んだ。

……約束しているわけじゃない。行ったらいるんだよ。最近じゃジャネットも気にして、なるべくカウンターの隅に席を用意してくれるんだけど、カッツェンさんに見つかるとだいたい席を移動してくる。

「空き物件でいいのがないかなぁ」

「不動産屋に聞いたほうが、親身に相談に乗ってくれますよ。じゃあ明日も早いので、私はこれで失礼します」

嘘はついてない。肉屋の朝はパン屋ほどじゃないが早いからな。

「まだいいじゃないか。来たばかりだろう？」

アンタの距離感が苦手なんだ。なんで手を取るんだ？　そう言えたらスカッとするだろうか。

「じゃあ、あと一杯だけ」

ジャネットに合図して麦酒《ビール》のジョッキを運んでもらう。量は多いけど一番酒精《アルコール》の濃度が低い。なんとなく、この人の前で酔っ払うのはまずい気がしていた。

「お待たせ」

カウンター越しにジャネットがジョッキを寄越す。

「カッツェンさんはイケるでしょ。いいのが入ったのよ。サービスするわ」

そう言って彼女の手でグラスに注がれたのは、エスタークの北部に位置する山間地方で嗜《たしな》まれる火酒だ。外国には輸出していないから、スニャータから来たばかりのカッツェンさんは飲んだことがないだろう。相当キツい酒で、俺は匂いだけで酩酊《めいてい》する自信がある。

ちなみにジャネットはサービスするなんて言っているが、原価が安いのでお代はいただかなくても酒場の懐《ふところ》は傷《いた》まない。

「知らない香りだな」

カッツェンさんは匂いを嗅《か》いだ。それからちびりと舌に乗せる。結構慎重だな。

「スッキリしていて美味《うま》いですね。わぁ……胃《い》の腑《ふ》が熱いな」

「熱いけど美味《おい》しいでしょ。ささ、ググッといっちゃって」

ジャネットがニコニコしている。人好きのする笑顔は彼女の武器だ。促《うなが》されてカッツェンさんは飲み干した。

……数分後。

「今のうちに帰りなよ。この人、悪い人じゃないかもしれないけど、ちょっと気持ち悪いよ。いつもアンタが来るの待ってるの。仕事をしてる気配もないし……何がどうっていうんじゃないけど、良くない気がする」

すっかり寝入ってしまったカッツェンさんを胡散臭《うさんくさ》そうに見ながら、ジャネットは俺を追い立てた。

「やっぱりお前もそう思うか？」

彼女が言う通り、なんとなく気持ちが悪い。本能的に危険を感受しているのかもしれなかった。

帰り支度をしながら立ち上がると、珍しく心配げな表情をした彼女に顔を覗《のぞ》き込《こ》まれる。

「しばらく夜は家でおとなしくしてなよ。アンタはどっかの誰かさんと違って危機感知能力はあるんだから、用心する頭くらいあるでしょ？」

どっかの誰かと言われた相手を想像して笑う。たぶん今頃、王城で王様と団欒《だんらん》している幼馴染《おさななじ》みのことだろう。

「アンタ、あの子の前以外では、出来るいい男なんだから、変なの引っかけないよう気を付けなね」

不意にフレディを思い出した。

……アイツは変なのじゃないよな。

動きを止めた俺に、ジャネットが怪訝《けげん》な表情をする。

「カッツェンさん以外にも、誰かいるの？」

「いや、いやいやいや。そんなことはない」

「……あの子が関係ないところで、その狼狽《うろた》えよう。アンタ、好きな人ができたでしょ？」

「何を言ってんだ。まだそんなんじゃない！」

「ふぅん、まだ？」

ジャネットが意味ありげな視線を寄越した時、カッツェンさんが「うーん」と唸《うな》り声《ごえ》を上げた。

ヤバい。せっかくジャネットが潰してくれたのに、今のうちに逃げなきゃ。彼女も無言で店の入り口を指差している。

カッツェンさんからもジャネットの追求からも逃れて、俺は酒場の外に飛び出した。

そこで前を見なかった俺が悪い。

出会い頭に人とぶつかって、抱き止められる。

「うわぁ、すみま……ッ」

「会えてよかった、シルヴィー」

なんで夜の酒場の前にフレディがいるかな!?

結構な勢いでぶつかったのに、彼はよろめきもせずに俺を抱きとめた。この間、椅子ごとこけそうになった時もだが、宰相府に就職したとは思えないご立派な胸筋に驚く。

フレディは俺を真っ直ぐに立たせると、両手のひらを頬に這《は》わせて見下ろしてきた。

「シルヴィーのお母様に伺ったら、ジャネット姉さんのところだ、と。行き違いにならなくてよかった。随分早く切り上げたんですね」

灰色がかった緑の瞳が、街灯の光を反射してオレンジ色に潤《うる》んでいる。

「ほっぺたが熱いです。少し飲みました？」

「……酒場なんだから、飲むだろう」

居《い》た堪《たま》れなくなった俺は、半歩下がった。フレディは特にしつこくすることもなく、自然に手を離す。

「せっかくだし、姉さんにも会いたいです。もう少し付き合ってくれませんか？」

数刻前にも似たような台詞《せりふ》で引き止められたな。その相手がまだ中にいる。……会いたくねぇ。

「ジャネットに会うなら、ひとりで行ってくれないか？　俺に話があるなら外で待つよ」

フレディと話をするのも微妙にむず痒《がゆ》いけど、わざわざ俺を探しに酒場まで来てくれたのを、邪険にするのもなぁ。

「駄目ですよ。こんな夜にほろ酔いのシルヴィーを外で待たせるなんてできるわけないでしょう？　ジャネット姉さんと喧嘩《けんか》でもしたんですか？」

やんちゃ坊主がこんな気遣いさんに育って。おっさん感動しちゃうぜ。

「いや、ジャネットじゃなくて……最近、ここでかち合う客が苦手なんだよ。妙に距離が近くてベタベタしてくるのが気持ち悪くてさ。ジャネットがソイツを火酒で潰してくれたから、その隙に逃げてきたところなんだ」

「ベタベタ？　ふぅん、その人のこと嫌いなんですか？」

「嫌いって言うか、苦手って言うか、気持ち悪いって言うか」

ねちっこく手を掴まれたのを、思い出す。無性に気持ち悪くて、ぷらぷらと振った。

「手をどうかしたんですか？」

「ソイツから逃げようとして、とっ捕まった時に掴まれたんだよ。口で言えばいいのに、やたら手が出るんだよな。しょうがないから一杯付き合ったんだ」

あんまり楽しい酒じゃない。眉間《みけん》に皺《しわ》が寄るのは許してくれ。

「それなら中には入らないほうがいいですね。送るので帰りましょう」

フレディはごく自然に俺を促《うなが》した。並んで肉屋に向かって歩く。袖が擦り合うくらい近い。まぁ、抱っこして歩いたこともあるしな。

歩きながら王弟殿下の学友たちが、それぞれ将来の側近候補として各府に配属された話を聞いた。全員小さい頃から視察という建前で商店街を散策しているので、住民と顔馴染《かおなじ》みだ。

前の王様の時代には考えられないほど、お貴族様と市井《しせい》の民の距離が近い。后子《ごうし》殿下が商店街出身のおかげもあるけど、若い貴族が街に降りてきてくれるのが大きかった。

少々ささくれ立っていた気持ちが落ち着いてくる。幼い頃から知っている相手は、気が楽だ。

うちの表は店舗なんで、店じまいしてからの出入りは裏になる。通りから一本入って勝手口まで行くと、街の灯《あか》りが届かなくなった。

「表通りまででよかったのに。って言うか、わざわざ送ってくれなくてもよかったよ。ありがとな」

心配されるほど酔ってない。

「どういたしまして。それじゃあ、おやすみなさい」

「うん、おやすみ」

扉の中まで押し込まれる。

「そうだ、忘れていました」

「んっ？」

唐突にフレディに手を取られた。

「消毒しておきましょうね」

チュッと音を立てて指先に口づけされる。

ななな、何をするんだ、このやんちゃ坊主が！

「忘れないで。僕はシルヴィーのものだけど、シルヴィーも僕のものになってほしいんですからね」

チュッチュッと啄《ついば》まれた。

「誘惑されてきましたか？」

さらに、にっこり艶《つや》っぽく微笑《ほほえ》まれて、カーッと顔に血がのぼる。

そうだった、コイツに口づけされたんだった!!　そんなフレディの隣で安心しきっているっておかしいだろ!?

「ふふふ。じゃあ今度こそ、本当におやすみなさい」

優雅に去っていくチェリーブロンドの後ろ姿を見送って、俺はその場にズルズルと座り込んだのだった。

しばらくジャネットの酒場にも行かず、仕事終わりは自宅の居間でちびちびやる毎日だった。

……マジでカッツェンさんに会いたくない。特に何をされたわけでもないのに、客商売をしているいい大人がこんなことじゃ駄目だと思うけど。

今日は昼間に、城から遣いが来た。日が暮れたら幼馴染《おさななじ》みのエルフィンがやってくる。明るいうちだと目立ちまくってお忍びにならないから、日没一歩手前くらいを狙って来るのだ。

幼馴染《おさななじ》みが后子《ごうし》になって十二年。俺と同い年のアイツはジャネットに『可愛いあの子』と揶揄《からか》われるほど老《ふ》けない。フレディの言う通り、アレをおっさんと呼ぶのは無理だ。

勝手口がトントンと叩かれる。

店舗兼自宅の正面玄関は、店じまいをすると完全に雨戸を閉めてしまうので、勝手口が普段から家族の玄関扱いだ。

扉を開くと懐かしくもない顔が覗《のぞ》く。度々忍んでくるので、商店街の俺を含めた連中は后子《ごうし》様に会ってもありがたがりもしない。むしろ『王様に心配かけるな、早よ帰れ』と言わんばかりだ。

「こんばんは。ジャネットからシルヴィーが変なのに憑《つ》かれてるって聞いたけど、大丈夫？」

開口一番それかよ。つか、憑《つ》かれてるってなんだ。せめて疲れてると言ってくれ。

いささかゲンナリしながら幼馴染《おさななじ》みを招き入れる。侍従のウィレムさんと近衛《このえ》騎士のカインさんが一緒に入ってくる。他にも大勢の護衛がこっそり店の外周を囲っていることだろう。

「酒場に寄ってきたんだ？」

「うん、新しいレシピ寄越せって騒ぐから、メモだけ渡してきた。……中には入れてくれなかったよ。変なのがいるからって」

「ジャネット、よくやった」

思わず呟《つぶや》く。ウィレムさんが優しげな眉を怪訝《けげん》そうにひそめた。

「エルフィン様に害になりそうな人物なのですか？」

「いえ、よく分からないんです。何がどうってわけじゃないんですけど、強《し》いて言うなら勘ですかね？　やたら距離が近いし馴れ馴れしい。本人には言えませんが、できれば同じ空間にいたくない感じの人です」

大人げなくて悪いな。

最近はいつ酒場に行ってもいるから、宅飲みに切り替えたんだと告げると、幼馴染《おさなな》《じ》みは目をパチクリさせて俺を見た。その表情《かお》、とても三十歳には見えないぞ。

「シルヴィーがそんなふうに言うなんて、よっぽどじゃないか。そのひと、どこのひと？」

エルフィン――エルは勝手知ったる肉屋の台所に、ズカズカ入り込みながら袖をまくる。実家のパン屋はひとに譲ってしまったから、俺の家をその代わりのように思っているらしい。口も手も効率的に動かす姿は后子《ごうし》様って言うより、オカンだ。

「自称スニャータの豪商の坊《ぼん》。自分語りが多いから、結構情報がありそうなのに、決定的なことは何も言わない……って感じ。そのくせ俺のことは根掘り葉掘り聞いてくる」

「……それ、気持ち悪くない？」

「気持ち悪いからジャネットの店に行かないんだよ」

「なるほど」

納得したように頷《うなず》いて、エルは台所を漁《あさ》ってタマネギとチーズを発掘した。

「ニンニクある？」

「はいよ。何、作るんだ？」

常温野菜のストック籠の底から、ニンニクを引っ張り出して渡す。エルはすでにタマネギをみじん切りしていたので、まな板の横に置いておいた。

「ジャネットに強請《ねだ》られた新しい味のドレッシングだよ。いつものドレッシングは飽きたって」

「店の新作献立、后子《ごうし》様に作らせるのかよ。流石《さすが》だな、あの女」

キャベツの山盛りを食べさせられたのを思い出す。

「あはは、ちゃっかりしてるし、豪胆だし、昔から変わらないよね」

エルはみじん切りにしたタマネギをボウルに入れて、ウィレムさんがバスケットから取り出したトマトダレと卵酢を入れた。ニンニクをひとかけすりおろして黒胡椒《くろこしょう》を削《けず》る。レモン汁も入れるのな。最後にオリーブオイルを回し入れてフォークでかき混ぜていた。エルの手元は迷いがなくて、今でも料理をしているのが分かる。

出来上がったドレッシングはペールオレンジ色で、一舐《な》めするとこっくりしていて爽《さわ》やかな味がした。

「旨《うま》いな、これ」

「ケチャップとマヨネーズが面倒くさいけど、基本は混ぜるだけだからね」

「ケチャ？　マヨ？」

「トマトダレと卵酢のこと」

巷《ちまた》で噂の妖精の国の言葉か。

「チーズはどうすんの？」

「もう一種類、今度は白いのを作るよ」

エルはボウルに卵酢とミルクを同量くらい入れて、その中にコンソメと削《けず》りおろして粉になったチーズを三倍ほど入れる。それからまた、ニンニクをひとかけとオリーブオイルとレモンの搾《しぼ》り汁《じる》をぐるっと。

「混ぜたら完成」

うわぁ、濃厚！

「たっぷりレタスとクルトンのサラダに合うよ」

「これも旨《うま》い。八百屋のじーちゃん、またジャネットのところに大量納品だな。以前のタマネギドレッシングと並べたら、野菜スティックが止まらなくなりそう」

「サウザンドレッシングとシーザードレッシング」

妖精の国の言葉でなんか言っているが、オレンジ色のと白いのでいいんじゃないか。

俺は店の残りのメンチカツとじーちゃんのとこのレタスとキャベツをどんとテーブルに置く。ウィレムさんたちにも座るように促《うなが》したけど、絶対に座ってくれない。十年くらい前までは、エルも申し訳なさそうな表情《かお》をしていたのに、今では何も言わなくなった。

「で、そのひとの名前と見た目の特徴を教えてくれる？」

レタスを自分で皿に取りながら、エルが真面目な表情で聞いてくる。ウィレムさんが炭酸水で割った蜂蜜《はちみつ》とレモンの果汁をエルの前に置いた。コトリとした音がやけに響く。

「后子《ごうし》様が何かすると大事にならないか？」

国で二番目に偉いし、エルに言うのは実質王様に告げ口するようなものなんだよなぁ。

「スニャータのひとなんでしょ？　本当にそんなに店舗の数を持ってる豪商の息子なら、ちょっとくらい噂になってるかもよ。ちょうどアラン君とフレッド君が、スニャータの留学を終えて帰ってきてるんだ。詳しく聞いてみようか？」

ガション。

俺の麦酒《ビール》がテーブルの上に広がった。

「シルヴィー、どしたの？」

エルがテキパキと台布巾で麦酒《ビール》を拭き、濡れそうな皿を移動させる。エル、お前は本当にやんごとなき御方とやらなのか？　手際がよすぎて主婦にしか見えない。

「急に坊ちゃんたちの名前が出てきたから、びっくりしたんだ」

「そっか。帰ってきてるんだよ、ふたりとも。アラン君とフレッド君はリューイの学友の中じゃお騒がせ枠だから、まぁ、お城の中が賑《にぎ》やかになっちゃって」

エルがクスクスと笑った。なんかもやっとする。

「スニャータの脳筋王子がね、ふたりを気に入って鍛《きた》えまくったらしいよ。アラン君は近衛《このえ》隊に入ったけど、フレッド君は宰相府に入ったから、近衛《このえ》隊長が日参して転属のお誘いをしてるんだって」

脳筋王子……スニャータの騎士団の団長を務める、先王の第四王子だっけか？　他国の王族なんか興味はないけど、その王子の名前はエルの口からよく聞くから、覚えている。

「フレッド君なら宰相府にいるから、調べ物は得意じゃないかな。頼んでみようか」

「ちょっと待て。フレディに言うのはダメな気がする」

「フレッド君に兄貴振りたいのは分かるけど、シルヴィーの勘って意外と馬鹿にできないじゃん。スニャータの大使に問い合わせるのは、話が大きくなるから嫌でしょ？　フレッド君にお願いするのが一番静かに終わるんじゃないかな」

……正論だ。

自分が関わらないと、エルはもの凄《すご》く聡《さと》い。

幼馴染《おさなな じ》みとの久しぶりの会話は、エルの旦那が迎えに来るまで続いた。相変わらず、見ている俺の目が潰れそうないい男だ。そして目の前で繰り広げられる、五年ぶりの再会みたいなイチャイチャ……

他所《よそ》でやってくれないかな。

どうでもいいけど、王様がホイホイ城を抜け出すのはどうかと思う……

――仕事が早いよ、后子《ごうし》様！

再び俺の昼食時に襲撃してきたフレディは、とても申し訳なさそうに言った。

「本当は午前中にでも来たかったのですが」

遅刻を詫《わ》びるみたいに言われても、そもそも約束などしていない。大体それ、朝一で后子《ごうし》様に言われて、仕事ほっぽり投げようとしたんじゃないのか？　新人だろ、お前！

「宰相閣下と書記官殿に、外務府に繋ぎをつけてから行けと言われました。一応、今も業務中です」

……肉屋の倅《せがれ》のよく分からん勘に、国の偉い人が動き始めたんだけど。充分大事《おおごと》になってやしないか？

「まずは警邏隊《けいらたい》だろ？　なんで宰相府の文官が出てくるんだよ」

「警邏隊《けいらたい》を呼ばなければならないようなことを、されたんですか？」

「言葉の綾《あや》だよ！　まだ何もないのに国が動くって変だろ？」

俺が子どもの頃は、警邏隊《けいらたい》も証拠がないと犯人を捕縛してくれないと大人たちが話していた。けれど王様が代わってからは、証拠がなくても自宅の周りをさりげなく警邏《けいら》の巡回順路に入れてくれたり、相手が貴族でも泣き寝入りしなくてよくなったりと、随分と住みやすくなっている。

迷子の捜索でも夫婦喧嘩《げんか》の仲裁でも、必要があれば動いてくれるのだ。

「だから、俺がどうしてもってなったら、警邏隊《けいらたい》の詰所《つめしょ》に行って相談すればいい。それにしたって、三十歳にもなる男が、酒場で男に手を握られるのが気持ち悪いって通報できるか!?」

「そういう迂闊《うかつ》なところが、性犯罪に繋がるんです」

「俺は酒場でちょっと隣り合っただけの男を、押し倒す趣味はない！」

昼間っから、なんの話をしてるんだ!?

カッツェンさんは謂《い》わゆる雰囲気色男ってヤツだと思う。一見人好きのする笑顔と饒舌《じょうぜつ》な口、無意識っぽい接触。人によってはポーッとなるかもしれない。

俺にとっては気持ち悪いだけなんだけどな！

フレディが虚を衝《つ》かれたようにこっちを見る。なんだよ、その、思いもよらないことを聞いたって表情《かお》は。俺が誰彼構わず押し倒すような男に見えるのか？

「……そっちじゃないです。シルヴィーが押し倒されたらどうするんですかって、話をしてるんです」

…………。

なんですと？

「フレッド坊ちゃん？　何か幻聴《げんちょう》が聞こえたような気がするのですが、気のせいでしょうかね？」

「子ども扱い……じゃないみたいですね、今のは。お仕置きは勘弁してあげましょう。とりあえず幻聴《げんちょう》ではありません。酒場に出没するカッツェンとやらに、寝台に引《ひ》き摺《ず》り込《こ》まれたらどうするんですか、という話です」

「ないないない！」

あるわけない。

「草臥《くたび》れた三十歳のおっさんだぞ？」

「まだそんなことを言っているんですか？　后子《ごうし》殿下の妖精じみた若さは、この際、脇に置いておきますが、僕はあなたも相当ですよと言いませんでした？　安心できる垂れ目の優しい童顔で、若い二枚目にしか見えません。相手は歳下《としした》の可愛い男を口説《くど》いているつもりなのかもしれないんですよ」

コイツは何語を喋《しゃべ》っているんだ？　理解が追いつかない。エルの妖精っぷりは昨夜確認したばかりとして、俺に関するフレディの認識がとてつもなくおかしい。

「仔牛《こうし》を担《かつ》ぐ男が可愛いか？」

思わず首を捻《ひね》った。

「上目遣いで小首を傾《かし》げないでください」

そんなことしてねぇ。お前がそんなに育つから、身長差のせいだ。

「シルヴィーはお人好しで涙もろくて世話焼きな、可愛いひとです」

……中身の話か。

だとしても断固否定する。

「そういうのは、す……」

好きなひとに言ってやれと口にしかけて、はたと気付く。コイツの好きなひとって俺だっけ？

「残念です。最後まで言ってくれたら唇を塞《ふさ》いだのに」

目の前の物憂《ものう》げな美青年がうっすらと笑った。なんか、この場所、寒くないか？

「僕はあなたが好きです。お人好しで涙もろくて世話焼きで、義理堅くて一生懸命で……あぁ言葉が足りないです。とにかくこんなにも僕が愛しく思っているシルヴィーを、ほかの誰かが見初《みそ》めたっておかしくはないでしょう？　八百屋のおじいさんや魚屋の旦那さんだって、お孫さんやお嬢さんの婿《むこ》がねだって言っていたじゃないですか」

なんでコイツはこんな臆面もなく、草臥《くたび》れた肉屋の倅《せがれ》を褒《ほ》めちぎるかな！

カーッと頭に血が上った。

「もう黙れ！　お前はいったい何をしに来たんだ!?　俺に恥ずかしい思いをさせるのが目的なら、帰れ！」

お帰りはあちらとばかりに、フレディの背中をぐいぐい押す……ちくしょう、びくともしやしねぇ。胸の筋肉は厚いと思っていたけど、背中も固いな！

「ふふふ」

くそ、笑ってんじゃねぇ。一周りも歳下《としした》のくせに、余裕ぶちかましてるんじゃねぇよ。

「カッツェンとやらは気持ち悪いのに、僕だと恥ずかしいんですね」

「黙れって言っただろう!?」

そうだよ、俺がお前を好きかは別として、お前から言われるぶんには嫌じゃないんだよ！　対象が俺ってあたりで、フレディの審美眼《しんびがん》と趣味の悪さにドン引きだけどな！

もう、訳が分かんねぇ。

「フレディ、頼むからゆっくりしてくれ。お前と出会った時には成人一歩手前だった俺は、たいして変化してないように思えるのかもしれない。けど俺から見たら、抱っこして歩いたこともある坊ちゃんが、いきなり知らない男になって帰ってきたんだよ」

だいたい三十歳にもなった俺にとってお付き合いは、どうしたって結婚を意識したものになるだろう。俺がどう思おうと、周りはそれを期待する。将来ある若者をそんなおっさんに縛り付けてたまるかってんだ。

「それは僕の誘惑が、浸透《しんとう》しつつあると思っていいんでしょうか？」

「よくない」

やや食い気味に否定する。

びくともしないので押すのを諦めると、フレディは軽やかに身体を反転して俺の頬を両手で包んだ。咄嗟《とっさ》に唇を手のひらで隠す。

「危機回避意識が高くて何よりです」

この余裕が憎たらしい。

「この危機回避意識をカッツェンにも持ち続けてくださいね。シルヴィーは一介の肉屋の若主人のおつもりでしょうが、后子《ごうし》殿下の幼馴染《おさななじ》みで親友なんです。万が一、カッツェンがよくない輩《やから》だったとして、シルヴィーを足がかりに殿下を誘い出すつもりだったらどうします？」

…………マジか？

そりゃ国も動くわな。自分の后子《ごうし》を溺愛《できあい》している王様が、その芽を潰さないはずがない。

「宰相府が動く理由は理解していただけました？」

コクコクと首を縦に振る。肉屋の倅《せがれ》には想像もつかない、高度に政治的な配慮が必要なんだなってのは理解した。

「理由を探して拒否してないで、全部宰相様にお任せしたほうがいいんだってのは分かった」

そして宰相様の采配《さいはい》で、コイツが情報収集に当たるんだろう。もしかしたら一緒にスニャータに留学していたアラン坊ちゃんも、一枚噛《か》むのかもしれない。

「シルヴィーは広い視野を持っているので助かります」

あはは、どこぞの后子《ごうし》様は時々、妙に狭くなるからなぁ。

「ひとまず心当たりの豪商が三軒あります。早速スニャータの友人に手紙を出します。外務を通さずに、個人的なものとして友人にあたってみますから、カッツェンとはあまり接触しないでくださいね」

コクコクと何度も頷《うなず》く。口を隠していた手を、頬を覆《おお》っていたフレディの手が、やんわりと押さえた。手首を柔らかく掴まれて広げられる。

「危機回避意識ですけど……僕には向けなくていいですから」

チュッ。

小さな音がした。

あ？

「ではジャネット姉さんにも話を聞いてきますね」

満面の笑みで踵《きびす》を返したフレディは、颯爽《さっそう》とうちの居間を後にした。

茫然《ぼうぜん》と後ろ姿を見送る……最近こんなんばっかりだ。

「業務中に何をやってやがる」

ぽつりと呟《つぶや》いた俺の声は、誰にも聞かれることはなかった……たぶん。

俺のどこがいいのかなんて、フレディ本人には聞かない。こっちが恥ずかしくなるようなことを、さんざっぱら並べ立てそうだ。しかも真顔でそれをやらかすだろう。つうか、いっぺんやられたから、もう二度とやらない。

いかんいかん、道をボケッと歩いていると、余計なことを考えてしまう。

近所のジジババ夫婦の家に肉を届けるついでに八百屋に寄って野菜を預かり、その代金を肉の代金と一緒に集金する。帰りにもう一度八百屋に寄ってお金を渡すと、じーちゃんは礼だと言って一番外側の葉が萎《しお》れたキャベツを寄越した。

一枚剥《む》けば、綺麗なドレスが現れる。

……小《こ》っ恥《ぱ》ずかしいことを言ったぜ。

エルフィンが言っていたんだよ。キャベツ、レタス、白菜ってヒラヒラドレスのお姫様みたいだね、とかなんとか。その時は流石《さすが》妖精なんて思った。それが強烈すぎる印象を残し、そのフレーズがふと脳裏に浮かぶ時がある。エルならぴったりな表現だけど、俺が言ったら引くだろ。

「——ありがとな、シルヴィー。俺も最近膝《ひざ》が痛くて、角のジジババんとこまで配達に行くと、時間がかかってしょうがねぇ」

「気にすんなよ、じーちゃん。どうせついでさ」

じゃあなと笑って八百屋を後にする。さっさと帰って店番を代わらねば。そろそろ姉ちゃんはあがりの時間だ。嫁に行った彼女は、子どもの食事を用意するために帰らなきゃならない。

心持ち歩く速度を早めた時、後ろから肩を掴まれた。不意打ちに心臓がビクッとなる。ビビリじゃないけど、誰だって突然後ろから来られたら驚くだろ。

「なんだよっ」

ちょっとささくれた気持ちで、肩にかかる手を払いながら振り向くと、カッツェンさんが両手を軽く万歳して一歩後ろに下がるところだった。

「シルヴェスタ君、怒った顔もするんだね」

当たり前じゃないか。

無言で背後から忍び寄るって、なんだよ。だいたい一言声をかければ済む話で、いちいち身体に触ることないだろう！

ジャネットの店では騒ぎを起こしたくないから我慢していたものの、コイツは肉屋の客じゃない。酒場でたまたま一緒になっただけの男と友誼《ゆうぎ》を結んだつもりはなかった。

「今、仕事中なんで」

なるべくそっけなく言ってその場を去ろうとすると、また手首を掴まれる。

「じゃあ今夜、いつもの酒場に来てくれないか。最近会えなくて寂しいよ」

「もっぱら宅飲みなんで勘弁してください」

振り払おうとしているのに、離れない。意外と力が強いな。手首が痛い。フレディなら外れなくても痛くないように掴んでくるんだけどな。……って、今、フレディは関係ない。

「……手を離してくれませんかね？」

「約束してくれるまで離さないよ。だって君、逃げるだろう？」

「往来《おうらい》の真ん中で恥ずかしくないんですか？　見られてますよ」

金物屋のお喋《しゃべ》り女将《おかみ》が、らんらんとした目でこっちを見ている。一刻も立たないうちに噂を聞きつけたジャネットが、肉屋に駆け込んでくるんだろうな。

「僕は恥ずかしくないね。なにしろ余所者《よそもの》だから、変な噂を撒《ま》き散《ち》らされても痛くも痒《かゆ》くもないんだ。むしろシルヴェスタ君のほうが困るんじゃない？　これからもずっとこの街に住むんでしょう？　だから早く、酒場で会うって約束したほうがいいよ。野次馬がどんどん増えているしね」

一見人好きのする笑顔でカッツェンさん……もう呼び捨てでいいや。カッツェンが言った。コイツ、この街に支店を出したいとか抜かしてやがったのに、悪い噂を気にしないのか。空き店舗を探す素振《そぶ》りも形だけだし、やっぱり仕事をする気はないな。

「約束だけして、俺が行かないってこともあるでしょう」

「だったらこれから、君の宅飲みにお付き合いしに行こうかな。そうしたら、手を離さずに済むね」

マジ無理。

「それとも僕が宿泊してる旅籠《はたご》に行くかい？　寝酒用にいいのを何本か持ち込んでるから、屋台でつまめるものを買っていけばいいさ」

「私は仕事中だと言いましたよね。配達の帰りなんです。……これ以上は勘弁してください」

あー、殴りてぇ。人を殴ったことなんかないけど。仔牛《こうし》は担《かつ》ぐが、喧嘩《けんか》はしたことないんだよ。腕力と暴力は別もんなんだよな。でも、心の底から殴りてぇ。

いい加減、手ェ離してくんないかな。待てよ、もうちょっと引き伸ばすか。余所者《よそもの》は知らないかもしれないが、そろそろ騎士団の警邏《けいら》の時間だ。巡回騎士の中には、名前は知らないけど顔馴染《かおなじ》みが幾人《いくにん》かいる。

遠巻きに見ていた花屋の看板息子のセオと目が合う。俺はちょっとだけ頷《うなず》いて合図を送った。アイツは俺も知っている警邏《けいら》隊員と付き合っているから、呼んできてくれると助かる。

頼む通じてくれと念じていると、セオが頷《うなず》いて駆け出した。よし、あとは時間稼ぎだ。

「失礼ですがカッツェンさん、私とあなたはさほど親しくない。ジャネットの酒場でたまたまかち合っただけの、全くの他人ですよね」

金物屋の女将《おかみ》に聞こえるように声を張り上げる。女将《おかみ》が僅《わず》かに目を見開いた。あの様子では、俺とカッツェンはそこそこ親しい仲だと思っていたのだろう。頼むから脳内の情報を修正しておいてくれ。

「そんな他人だなんて」

カッツェンは大袈裟《おおげさ》に肩をすくめた。

「僕は君に一目惚《ひとめぼ》れしたというのに」

ぶっ込んできたな！

女将《おかみ》さん、鼻を膨らませて興奮しているんじゃないの！　コイツの言っていること、たぶん嘘っぱちだから!!　立ち止まっている野次馬も、口笛なんか吹いてんじゃねぇよ。

打算に満ちた瞳は俺のことを好きだなんて、これっぽっちも思っちゃいない。せいぜい、いいカモだと考えている程度だ。

なんで分かるかって？

フレディの……アイツの瞳が熱いのを知っているからだよ。

フレディの本気を測り切れていなかったのに、カッツェンの胡散臭《うさんくさ》い告白を受けてその差に愕然《がくぜん》とする。

それにしてもコイツ、なんで俺なんだ？　やっぱりエル狙いか？　エルはスニャータのローズマリー王妃とフェンネル騎士団長と親しいらしいから、そっちにも繋がるのか？

ぐるぐる考えていると、掴まれていた手首を引かれてバランスを崩す。反対の手で顎《あご》を捉《とら》えられて顔が近づく。

「ふざけんなッ！」

ゴスッ。

「いってーッ」

思わず声が出た。自分でやっといてなんだが、頭突きの衝撃が半端《はんぱ》ない。カッツェンもうっと唸《うな》って手首を掴んでいた手を離し、たたらを踏んでいる。

「往来《おうらい》のど真ん中で、付き合ってもない男に口づけなんてされてたまるか！　アンタなんか願い下げだ。一目惚《ひとめぼ》れなんて抜かしてるが、こっちは一目ドン引きだよ‼　カウンターの下でベタベタ太もも触ってきやがって、そんな相手と一緒に酒場に行くわけないだろ⁉」

言ってやったーーッ！

変な高揚と謎の爽快感《そうかいかん》を覚えて、思わず腰に手を当て仁王立《におうだ》ちになる。野次馬が一斉に湧いて、あたりが喧騒《けんそう》に包まれた。

「シルヴィー、それは聞いていませんよ！」

人混みをかき分けてやってきた警邏隊《けいらたい》の先頭に何故《なぜ》かフレディがいる。彼は背後から覆《おお》い被《かぶ》さるようにして俺をカッツェンから引き離した。

「なんでお前がいるんだ？」

「それ、今大事ですか？」

質問返しされる。

いや、純粋な疑問だろ。俺もお前も仕事をしている時間。こんな往来《おうらい》で会うことはないはず。

「アラン、そいつ捕縛して！　シルヴィーの手首にアザが付いてる。傷害の現行犯だ」

え、アラン坊ちゃん⁉　ぬっと出てきた長身の若者は、フレディと再会した時とは比にならないほど、俺を驚愕《きょうがく》させた。

「シルヴィーさん、久しぶりっす」

デカい……。岩だ……。アラン坊ちゃん、同じ年齢の子よりは発育がよかったけど、これはない。

俺が子どもになったような気がする。

「騎士様、僕を捕縛するなら彼も同罪ですよ。頭突きされましたからね。ここにいる皆が見ています」

カッツェンは芝居がかった仕草で野次馬を煽《あお》った。彼らを味方につけるつもりなのか？

「どう見ても正当防衛だろう」

フレディが落ち着いて言い放つ。アラン坊ちゃんがあっという間にカッツェンを縛り上げて、一緒にやってきたセオの恋人に引き渡した。それでもカッツェンは、どこか余裕めいた微笑《ほほえ》みを浮かべている。得体の知れない悪寒《おかん》が背中を伝った。

「助かった。ありがとな」

なんとかフレディに礼を言ったものの、安心したら腰が抜ける。結局、彼に支えてもらって家に帰りつき、姉ちゃんに大爆笑されたのだった。


なんでフレディがあんなところにいたのかという理由は、俺に会いに来たんだって。これは真面目な話だ。

カッツェンが真っ黒だったって、知らせに来る途中だったらしい。アラン坊ちゃんが一緒だったのは、その情報が彼に届いたタレコミだったからだ。

フレディとアラン坊ちゃんはスニャータにいる共通の友人に連盟で手紙を書き、ついでにふたりを可愛がってくれたフェンネル王子にも手紙を書いたらしい。……お貴族様スゲェな。王子様に手紙を送るなんて、庶民には恐ろしくてできないぞ。

つうか、エル。大事《おおごと》にしないって言ったのは誰だ？　スニャータの大使には問い合わせないって言ったじゃないか。飛び越えて直接王子様ってどういうことだ。

それで、だ。

半分フレディに抱えられるみたいに帰ってきた俺に驚いて、姉ちゃんは残業してくれることになった。姉ちゃんちの子どもたちには悪いが、腰が抜けてて店に立てない。爆笑されて、情けなくて涙と鼻水が出そうだ。泣かないけど。

フレディはいつもの居間で、事《こと》の経緯を掻《か》い摘《つま》んで説明してくれた。

手紙を受け取った脳筋と名高い前王の第四王子は、可愛い弟子の力にはなってやりたいが、内容がいまいち理解できなくて、同母の妹、つまりローズマリー王妃にそれを読ませたらしい。

他国の王妃の手を煩《わずら》わせる肉屋の倅《せがれ》……。恐れ多すぎて、平伏したくなった。

「王妃様は懇意《こんい》にしている商会に、買い物ついでに探《さぐ》りを入れてくださったようです」

そうしたらライバル商会のよくない情報を嬉々として教えてくれたんだと。

スニャータで三番目に大きなクレシュ商会の四男がカッツェンという名で、謂《い》わゆる放蕩息子《ほうとうむすこ》だ。兄三人と弟は、父の手伝いで真面目に支店を切り盛りしていて、腹心の従業員の幾人《いくにん》かが店舗を任されてバリバリ収益を上げているらしい。

しかし、件《くだん》の四男は、職業的なヒモだ。

自分探しとのたまって国内を放浪してみたり、役者になると言って劇団に入ったものの入団三日目に主役以外はやらないと言い放って追い出されたりと、かなりイタイ男だった。仕事もせずにフラフラしていて父親に勘当され、女性の家に転がり込んだのが最初。

その女性は身包《みぐる》み剥《は》がすほど貢《みつ》がせて捨てる。それから水商売の若い女性の間を転々とし、そのうち婚期を逃《のが》した裕福なおひとり様を男女問わず。相手の寂しさに付け込んで甘い言葉でたらし込み、やっぱり貯蓄を使い果たすほど貢《みつ》がせた。

カッツェンのずる賢いところは、一度も『結婚』を口にしないことだ。それを言ってしまったら結婚詐欺になるのが分かっているのだろう。

恋人からの好意による贈り物を受け取ったが、交際を続けるうちに性格の不一致を感じてお別れした。倫理的に褒《ほ》められたことではないとはいえ、犯罪ではない。かなりスレスレではあるが。

そんなふうにかなり手広くヒモをしていたが、やりすぎて国を出たらしい。

「……俺は婚期を逃したおひとり様か？」

ひとりで酒場で飲んでいる、寂しい三十路《みそじ》だと思われたわけだ。違わないがムカつくな。

「シルヴィーは婚期を逃《のが》してなんかいませんよ。僕が成人するのを、待っていてくれただけじゃないですか」

「お前な……」

物憂《ものう》げに微笑《ほほえ》んで俺を見るフレディが、突然色気をダダ漏れにした。

「こんな時になんだけどさ。お前の気持ちが思い込みや刷り込みじゃないって、理解したよ。……カッツェンの打算に満ちた『一目惚れ《ひとめぼ》』なんて告白が、あんまりにも薄っぺらくて白々しくて、お前の真摯《しんし》な気持ちが浮き彫りになった」

小さな頃から俺だけを見ていたフレディ。笑っちゃうが、小さな子の初恋は大抵后子《ごうし》様の絵姿だ。アラン坊ちゃんだってポーッとなっていたから、違いが分かりやすい。

「こういうの、怪我の功名って言うんですっけ？」

「学はお前のほうがあるだろう。俺に聞くな」

俺は街の学舎で読み書きを習った程度だ。

……駄目じゃん。

外国まで留学するほど学のあるお貴族様と同じ墓に入ろうなんざ、土台無理な話だ。……絆《ほだ》されちまったよ、なんて思った途端に気付く、この現実。

うちの居間にすっかり馴染《なじ》んで寛《くつろ》いでいるキラキラしいお貴族様は、王城の宰相府に入府したばかりの前途有望な若者で、気さくに市井《しせい》に降りては来るけれど本来なら雲の上の人だ。

俺は大人でフレディはまだまだ若者で、分別《ふんべつ》をつけるのは俺の役目なんだろうな。

「お前が俺を好きでいてくれているのは、よく分かった。けど、それを受け入れるかどうかは別の話だ。カッツェンの件が全部片付いたら、もううちに来るな」

胸に何かつかえたように、言葉を紡《つむ》ぐ口が重い。フレディの顔が見られなくて視線を逸《そ》らす。我ながら自分らしくない。

「ふふふ」

不意にフレディが笑い声を立てた。

「僕が好きになったシルヴィーのままで、嬉しくなってしまいます。ねぇ、シルヴィー。あなた、僕のこと好きでしょう？」

はぁ？

そうかもしれないが、お前は何を根拠にそんなことを抜かしてやがるかな⁉

背《そむ》けていた視線をフレディに向けると、満面の笑みとぶつかった。子どもの頃、メンチカツを頬張っていた時の、心底から嬉しいと感じている笑顔だ。

「僕のことを好きじゃないシルヴィーなら、これからも平気で自宅の居間に招き入れますよ。もう来るなって言ってくれたってことは、僕の体面とか将来の婚姻相手とか、いろんな柵《しがらみ》を考慮してくれたってことです。つまり、僕のことが好きだから、僕の負担になりたくないんですよね？」

なんも言えねぇ。

いや、なんか言わないと、フレディの言葉を肯定していると思われてしまう。

「いや、その」

どう言えばいいのか答えを探していると、先にフレディが口を開いた。

「ふふふ。我が国の宰相閣下は、一部の人々の間では腹黒で有名なんです」

いきなりの話題転換だな。俄《にわか》には信じられない。新聞では爽《さわ》やかな美形で愛妻家って特集されてたし、昔会った本人もそんな感じだった。

「スニャータの騎士団長を務めておられる前王の第四王子は、脳筋で人の話を聞かないと評判なんです」

それは后子《ごうし》殿下からの情報と一致するな。たまに交流があるらしい。

とはいえ、それがどうした。

「僕、宰相閣下のお眼鏡にかなって宰相府入りしたんですよ。スニャータ留学中は、騎士団長に特別目をかけていただきましたしね」

「……話が見えないんだけど」

「ですからね、僕。そこそこ腹黒くて空気読まないんですよ」

どんな秘密の暴露だ⁉

「シルヴィーの気持ちが僕に傾いているのを確信したので、遠慮しないで口説《くど》きます。がんがん誘惑するので改めて覚悟し直してください」

とろりと色気を滴《したた》らせて、フレディが微笑《ほほえ》んだ。

今まで遠慮してたのかよ⁉

唖然《あぜん》として口をパッカンと開けたまま、フレディを見る。チェリーブロンドと灰色がかった緑の瞳の、とても美しい男だ。

「では、そろそろお暇《いとま》します。いい加減帰って、あの男の取り調べを確認しなくては」

……そうだった。コイツはまだ仕事中だった。業務中におっさんを口説《くど》いてんじゃねぇよ。

「いってきますの口づけをしたいところですが、今したら、とてもいやらしいのをしたくなりそうなので、我慢しておきますね」

爽《さわ》やかに爽《さわ》やかじゃない言葉を残して、フレディは去っていった。……ここはお前のうちじゃない。いってきますとかないだろう。

顔が。

熱い。

針の筵《むしろ》……

夕方になってもフレディの甘い声が脳裏で回っていた。

落ち着かないし、久々に酒場で一杯やるか。カッツェンもしょっ引かれたことだしな。

そう思ってやってきたジャネットの店に、何故《なぜ》か姉ちゃんまでいた。

子どもたちはどうした？

……たまには旦那さんに預けて飲みに行きたいんだとさ。気持ちは分かる。否定はしない。むしろ男も育児に参加するのはいいことだと思う。

だが、俺を肴《さかな》に飲むのはやめてくれ。

姉ちゃんとジャネットは、ニヤニヤしながら俺を見ている。

「……金物屋の女将《おかみ》さん、何をどこまでジャネットの耳に入れたんだ？」

恐る恐る聞いてみた。

「アンタが付《つ》き纏《まと》い野郎に追《お》い詰《つ》められてるのを、キラキラした貴族の美形さんが奪い返して攫《さら》っていったって」

概《おおむ》ね合ってはいるが、ちょいちょい女将《おかみ》さんの願望が入っている。

「その後はねぇ、腰を抜かしたこの馬鹿を送ってきてくれて、愛の告白よ。母さんとふたりで扉にしがみついて聞きながら、悶《もだ》えちゃったわよ」

……ふたりを止めろよ、父さん。

つか、聞いてたのかよ。

「で、キラキラの美形さんって、当然フレッド様なんでしょうね」

「それは勿論《もちろん》」

ジャネットがにやにや笑って姉ちゃんに問いかけた。彼女はフレディにカッツェンのことを質問されているから、金物屋の女将《おかみ》さんの話を聞いてすぐに事情が分かったはずだ。それをわざわざ俺の前で姉ちゃんに確認するこたぁないだろう。

したり顔で頷《うなず》く姉ちゃんも、だいぶ酒が回っている。……ザルの姉ちゃんがほろ酔いなんて、どれだけ飲んだんだよ。

「頑張ったわねぇ、フレッド様。あ～んな小さな頃からアンタ一筋。魚屋のエーメも八百屋のクラリサもさっさと見切りをつけてお嫁に行ったのに、ずーっとアンタしか見てないんだもん」

「エーメもクラリサも、フレディ坊ちゃんが一生懸命すぎて、自分じゃ無理だって身を引いたんでしょ」

「違うわよ。身を引いたんじゃなくて、ドン引いたのよ」

……黙れ、女ども。言えないけど。

「ふたりはさ、フレディが言ってたこと、昔から本気にしてた?」

「勿論《もちろん》よ」

「当たり前じゃない」

そうなのか?

「馬鹿みたいに口を開けないのよ。馬鹿弟」

「イリス姉さん。馬鹿みたいじゃなくて、そのまんま馬鹿よ」

「そうね」

魔女どもめ。子どもの頃、悪戯《いたずら》をすると母さんに『魔女に食べられるよ』なんて脅《おど》されたもんだが、あんな御伽噺《おとぎばなし》の魔女なんかより、目の前のふたりのほうがよっぽど怖い。

「アンタ、何か変なこと、考えてないでしょうね？」

「いや、なんにも」

魔女は勘が鋭い。

「シルヴィーは腹芸ができないんだから、しらばっくれても無駄よ」

姉ちゃんが手を伸ばして、頬をむぎゅっと引っ張ってくる。地味に痛い。

「で、アンタはどうすんの？　今、他に好きな人がいるわけじゃないんでしょ……ていうか、だいぶ挙動不審なんだけど、子どもの頃、エルの前に立った時のアンタを思い出すわよ」

どんな俺だよ。

「肝心なことは何も言わないで、黙って軒下《のきした》の蜘蛛《くも》の巣を払ってる姿よ」

肝心なことは何も言わない、か。

玉砕《ぎょくさい》が怖くて怯《ひる》んでたんだよなぁ。我ながらヘタれたガキだった。成人までにはなんとかしようと決意していたのに、あっさり王様に掻《か》っ攫《さら》われたのは、もういい思い出だ。

「……相談相手が、姉ちゃんとジャネットしかいないのが地味にキツい」

「何よ、あたしたちじゃ不満だって言うの？」

「いや、同じ男の立場の意見が欲しい」

地元商工会の若衆やら、子どもの頃に通った学問所で一緒だったまだ繋がりが切れていない奴やら、友達がいないわけじゃない。なんならたまに一緒に飲むし。

それがなぁ、そいつらには『面倒見のいい頼れる兄貴』だと思われている節があって、前に飲みの席で『一発コマしてやれば、どんな相手もシルヴィーにイチコロっす』とか抜かしやがった。

付き合ってもいない相手にそんなマネできるか⁉

だいたい結婚して子どももいる奴から、そんなことを言われるなんて思わなかったさ。酒の席のノリとはいえ、つい『お前の奥さんや娘さんが、そんな男に引っ掛かったらどうするんだ』と説教をかましてしまった。何故《なぜ》か『兄貴……』と恍惚《こうこつ》とされたがな！

そう姉ちゃんとジャネットに説明すると、ふたりは長々と深いため息を漏らす。何か言いたいことがあるのか？

「アンタ、惚《ほ》れた相手は大事にしたい男だったのね。そんで、『触ってくれないのは好きじゃないからなのね』なんて言われて浮気されるんだわ」

「ジャニー、そこまで辿《たど》り着《つ》かないから。このヘタれた馬鹿弟は」

「まさか姉さん、シルヴィーって童貞じゃないわよね？」

「流石《さすが》にそれはないでしょ！　…………って、シルヴィー？」

黙れ、魔女ども！

「それは、まぁ、ごめんね？」

「うんと、その、ごめんね？」

ふたりは視線を彷徨《さまよ》わせながら、取《と》り繕《つくろ》うように言った。せめて笑い飛ばせ。いや、こういうことを笑い飛ばすようなヒトデナシじゃないのは分かっているけど、居《い》た堪《たま》れないだろう。

「……そういう店に行けとは言わないけど、なんか複雑」

「姉ちゃん、そういうのは金払ってするもんじゃなくて、こうだと思った人とするもんだろう？」

あー、小《こ》っ恥《ぱ》ずかしい。なんで実の姉と幼馴染《おさななじ》みの前で、こんな話をしてるんだよ。

手にしたジョッキの中身を呷《あお》って、カウンターに叩きつけるように置く。ちなみに一杯目だ。麦酒《ビール》で酔える俺は金がかからなくていい。

「なんていうか、さぁ」

頭を抱えて突っ伏す。

「身分とかどうしてもってなったら、どうにでもなると思うんだ。なにしろエスタークは后子《ごうし》様がエルだもんな」

パン屋の倅《せがれ》が王様の嫁さんになれる国だ。まぁ、エルの甥《おい》っ子《こ》が王子様だったっていう、強烈な
後ろ盾があるわけだけど。

俺たち商店街の面子《メンツ》が知らないお貴族様のアレコレもあったらしいものの、そこら辺はエルは曖《あい》昧《まい》に笑って隠している。

「とにかく、子爵様も奥様も気さくな方だし、兄上方も度々店に足を運んでくれるし、俺が肉屋の倅《せがれ》だからって馬鹿にするような人たちじゃないんだよ」

あー、なんか眠くなってきた。ぐちぐちと取り留めのない言葉を吐き出しながら、頬をカウンターに擦《こす》り付《つ》ける。

「イリス姉さん、フレッド様のご家族、お店に来てるの？」

「ご贔屓《ひいき》いただいてるわ……って、まさかの家族ぐるみで大歓迎？」

魔女どもが何か言っているな。眠くて理解が追いつかないけど。

「でもなぁ、せっかく留学から帰ってきて、宰相府なんて立派な職場で、王太子殿下の側近にまで上《のぼ》り詰《つ》めたのに……俺の嫁になったら、肉屋のカミさんだぞぅ？　店に誇りを持っちゃいるけど、差がありすぎないか？」

「え？　アンタ、フレッド様を嫁にもらう前提なの？」

「……帰ってきたフレッド様、とても嫁側には見えないんだけど」

「そうなんだよなぁ。肉屋の嫁さんに収まるより、もっと広い世界で活躍してほしいんだよなぁ」

「なんか話が噛《か》み合ってないけど、フレッド様と馬鹿弟が結婚しても、コイツ一生、童貞なんだなってことは理解したわ」

姉ちゃんの声が通り過ぎる。

疲れているのかなぁ。一杯の麦酒《ビール》に酔っ払って、俺はうとうとと微睡《まどろ》んだ。

§

なんか昨夜は、ジャネットのところでグダグダして寝たっぽい。なのに気が付くと、自宅の寝台に寝ていたのが疑問だ。姉ちゃんが俺を担《かつ》げるわけもないし、できたとしても放っておかれるだろう。

酔っ払いつつも、自力で歩いて帰ってきたのか？

カーテンから差し込む光は、いつもの時間に目が覚めたことを教えてくれる。今朝は街外れの牧場に行く予定だ。豚《ぶた》を一頭と鶏《にわとり》を二十羽引き取ってこないとならない。

もそもそと起き出して、寝台の下に足を下ろそうとし……おわぁあぁッ!!

「なんで俺の部屋にフレディが!? お貴族様を床に寝かせて、俺は寝台でぐうすか寝てるとか、どうなってるんだ!? ていうか、何が起こってるんだ!?」

いや、マジでないから！

毛布にくるまって丸くなっていたフレディは、俺の声がうるさかったのか目を開けた。

「朝からシルヴィーの顔が見られるなんて、役得ですね。おぶってきた甲斐《かい》がありました」

身を起こしたとはいえ床に座ったまま、朝にふさわしい清々《すがすが》しさでのたまうのは、どう見てもフレディだ。くっそ、朝から美しいな!?

待てよ、コイツなんて言った？

「……俺を家まで連れて帰ってくれたの、お前？」

「はい」

やっぱりかぁ……

「カッツェンが捕縛されたので、ジャネット姉さんのところで祝杯でも上げているかと足を運んでみたんです」

そうしたら、潰れた俺を姉ちゃんに押し付けられたのか……。マジですまん。

「悪いな、重かっただろう？」

「アランやフェンネル王子より軽いですよ。本当はおぶるより抱き上げたかったんですけど、途中で目が覚めたらシルヴィーが恥ずかしがると思って、我慢しました」

配慮に感謝しよう。抱っこ姿を他人に目撃されていたら羞恥《しゅうち》で死ねる。

フェンネル王子とやらには会ったことがないが、確かに先日久しぶりに会ったアラン坊ちゃんは、岩のような大男に育っていた。あの図体に坊ちゃんはないな。彼を背負うくらいなら、俺のほうが断然軽いのは理解できる。だが、どういう局面に陥《おちい》ったらアラン様をおぶる事態になるのだろうか？

「スニャータで騎士団の訓練に参加してたんですよ。アランとフェンネル王子は全力で打ち合って最後はぶっ倒れるので、同じ訓練に参加した連中なら、全員彼らを担《かつ》げますよ」

本当にお前、何を勉強しに行っていたんだ？

「友好国とは言え他国の貴族を騎士団の訓練に参加させるなんて、有り得るのか？」

変に武力をつけられても困るし、騎士団の内情なんて、絶対に漏らしちゃいけないんじゃないのか？

「そこは、まぁ。フェンネル王子が相手ですから」

会ったこともない王子が心配になってきた。エルがさんざっぱら脳筋って繰り返していたのがよく分かる話だ。

まぁ、よその国のことは、肉屋の倅《せがれ》には関係ない。

それよりも、コイツはいつまで床に座っている気だ？

「床はやめて、椅子でも寝台でも座れよ」

「いえ、シルヴィーが部屋を出るまでこうしています」

「やっぱりお前、硬《かた》い床で眠ってどこか痛めたんじゃないか？　一緒に寝台に潜《もぐ》り込《こ》んでもよかったのに」

俺の寝台はそこそこデカい。子供部屋の名残《なごり》だ。俺は小さな寝台で寝ていたけど、姉三人はこの寝台で一緒に眠っていたからな。

「駄目ですよ、シルヴィー。そんな不用意なことを言ってはいけません。それに格好つけさせてくださいよ。実は僕、好きな人の部屋で朝を迎えるなんて初めてで、色々のっぴきならないんです。しばらくすると落ち着くと思うので、少し外してもらえると嬉しいです」

…………

毛布をどけない理由は分かった……

爽《さわ》やかに微笑《ほほえ》んでいるけど、全然爽《さわ》やかじゃない。健康な若い男なら当然のことだが、この綺麗な男がそうなるだなんて、想像したこともなかった！

コイツ、本当にもう子どもじゃないんだ。

って、呆然《ぼうぜん》としている場合じゃない。

「ご、ごめんなぁッ。おっさんなんで、気ぃ利かなくてぇッ！」

半分転げるように部屋を飛び出す。声がひっくり返って、阿呆《あほ》丸出しだ。背中からクスクスとフレディの笑い声が追いかけてくる。年下のくせに、その余裕が憎たらしい！

とりあえず、飯だ、飯。朝はしっかり食っとかないとな。

母さんが台所でガチャガチャやっている。

「あら、おはよう。駄目じゃない、フレディ坊ちゃんに迷惑かけちゃ」

「いや、この場合、迷惑をかけたのは姉ちゃんじゃないか？」

貴族の坊ちゃんに、酔っ払いを押し付けられる図太さが怖い。

「いいえ、ちっとも迷惑じゃありませんよ」

澄ました表情のフレディがやってくる。

「おはようございます。お義母様《かあさま》」

あれ？　俺の母さんを呼ぶニュアンスがちょっと違わないか？　今まで『シルヴィーのお母様』とか言ってたよな？　気のせいか。

「あらあら。おはようございます。坊ちゃん。客間を用意できなくてごめんなさいねぇ」

空き部屋は姉ちゃんたちが子連れで店番に来てくれた時のために、子どものもので溢《あふ》れている。

床で寝かせるのとぬいぐるみに塗《まみ》れて寝かせるのと、どっちがマシかって話だ。

俺を空き部屋に突っ込んで、フレディに俺の寝台を貸すって手段もあっただろうに。おっさんがぬいぐるみに塗《まみ》れるのはキモいが、見るのは精々母さんくらいだろう。

いや、過ぎたことだ。次からはそうすりゃいい。

「シルヴィー、父さんを呼んできて。フレディ坊ちゃんも一緒にどうぞ。お口汚しですけどね」

「お口汚しなんてとんでもない。とてもいい匂いがします」

父さんを呼びに行っている間、ふたりは和気藹々《あいあい》と会話を弾ませていた。

フレディは、というよりリューイの学友たちは、エルの仕込みで台所に立つのを恥と思わない。お貴族様に何をやらせているんだとか思うのに、エル曰《いわ》く、食べるものの大切さを感じることが大切なんだそうだ。

母さんを手伝ってテーブルに皿を並べるフレディを見て、少し気が遠くなった。……馴染《なじ》んでいる。コイツ、本気で肉屋の嫁になる気なのか？

「……シルヴィー、店のことは気にしなくていいからな。もともとイリスが継ぐはずだったんだし、好きにするといい」

俺と一緒に並んで突っ立っていた父さんが、ぽつりと言った。うちの三人の姉ちゃんたち、年子なんだよ。俺だけ下の姉ちゃんから七つ離れているんだ。一番上のイリスとは九つ違い。彼女が跡取り娘の自覚をした頃に、弟である俺が生まれたわけだ。

店のことは心配していないさ。

ただ、フレディの出世に響くのが怖い。

なんとか円満に諦めてくれないものか。

お前なんか嫌いだ、二度と来るなって言ってやればいいのか？　でも嘘はつきたくないんだよなぁ。

現実を見せれば、何かが変わるんだろうか？

まだ薄暗いうちの朝食は、肉屋を営《いとな》む我が家の日常だった。商《あきな》いをしていない家は朝食のパンに焼き立てを買いに行くんだけど、うちは前日の晩のうちに買っておく。焼き上がりの時間よりも朝食が早いからだ。

エルに美味《おい》しい温め方を習ったから、困っていない。

朝食を終えてフレディと部屋に向かう。

「いっぺんお屋敷に帰って、寝直す？　それとも俺の寝台で寝とく？」

仕事に行くんなら着替えるか？　なら、お屋敷に帰ったほうがいいんじゃないか。俺は出かけるが。

「今日は、休みなんです。シルヴィーの仕事を見せてもらってもいいですか？」

「…………あんまり、おすすめしないぞ」

まぁ、綺麗じゃないところを見せて幻滅させればいいか？　でも嫌だな。コイツに汚いとか野蛮だとか言われたらちょっと凹《へこ》みそうだ。

情緒不安定というやつか？

幻滅させたほうがいいのかもしれないという気持ちと、そんなのは嫌だと駄々《だだ》を捏《こ》ねる気持ちがごちゃ混ぜになって、胃のあたりがどんよりと重い。

やたら上機嫌なフレディと並んで馬借屋へ向かう。お貴族様の服は汚れると困るので、彼には父さんの服を着せた。

俺の服は縦も横も入らなかった。父さんの服は、腹周りに合わせて購入したものを捲《まく》り上《あ》げて着たので、やや丈が足りないものの妥協できている。……胸周りはちょうどいいけど、腰はガバガバだな。

今日は姉ちゃんたちに店を任せて、街外れの農場に向かう。

馬借屋に預けている荷馬車に馬を繋いでいる横で、フレディは馬の鼻面を撫《な》でていた。荷馬車を牽《ひ》くのにぴったりな、ずんぐりむっくりした背の低い馬だ。動物好きは昔から変わらないらしい。

「いい子ですね、働く馬だ」

貴族の馬車を牽《ひ》く美しい馬とは見目がまるで違うが愛嬌《あいきょう》のあるその馬は、嫌がらずにフレディの手を受け入れている。俺はいつもこの子を借りる。名前は甘栗《あまぐり》号だ。俺がつけたんじゃない。馬借屋の娘が店の馬に食べ物の名前をつけるんだ。

「荷馬車はシルヴィーのうちのもので、馬は借りるんですね」

「店は通りに面してるから、厩《うまや》とかないしな」

庶民は遠出する時や大きな荷物を運ぶ時、馬借屋から馬と荷車を組み合わせて借りる。うちの荷馬車が自前なのは、運ぶ荷が生肉だからだ。運んでいる途中で血がついたり匂いがついたりするため、他の客に貸せない。だから自前で用意したものを、金を払って管理してもらっていた。

ふたり並んで駅者台《ぎょしゃだい》に座る。

「農場で豚《ぶた》一頭と鶏《にわとり》二十羽を仕入れるんだ」

「その農場は、いろんな種類の家畜を飼っているの？」

色々飼うと効率悪いんだよな。もっともな疑問だろう。

「これから行くのは仲買みたいな農場なんだ。専門の畜産農家から少しずつ買って、俺たちみたいな肉屋に卸《おろ》してる。地方の畜産農家で潰してから運んだんじゃ、肉は腐っちゃうだろ？　かと言って、生きたままの家畜を王都の真ん中に運び込むのは現実的じゃない。糞尿《ふんにょう》を垂れ流すし、屠殺《とさつ》の汚れは疫病の元だ」

「勉強になります」

フレディが真面目な表情《かお》で頷《うなず》いた。

一刻（約二時間）ほどの道のりは、天気もいいし風は爽《さわ》やかだし風景が長閑《のどか》だ。王都から少し出るだけで石畳は消え、木々の緑が眩《まばゆ》い。

農場に着かなきゃいいなんて考えていたのに、ずんぐりむっくりの甘栗《あまぐり》号はカポカポと歩いて仕事を全うした。目的地に着いてしまい、いよいよ気が滅入《めい》る。

「シルヴィー、どうしたんですか？　具合が悪いんですか？」

「いや……別に……」

本当に、別になんでもないんだ。

まぁいい。これが肉屋の仕事だ。これで幻滅されたら、それはそれでよし。

「おう、シルヴィー。今日はえらい男前の兄ちゃんと一緒だな。嫁さん候補かい？」

「馬鹿なこと言ってんじゃねぇ」

農場の若大将が甘栗《あまぐり》号の蹄《ひづめ》の音に気付いて納屋から出てきた。アラン様ばりに縦も横もデカいが、むさ苦しさはコイツのほうが百倍上だ。

「馬鹿なことなのか？　そりゃ安心したよ。おメェは俺んとこの嫁さん候補だからよ！」

ガハハと笑って若大将が言う。コイツはいつもこんなふざけたことを言いやがる。

「シルヴィーはこちらの方に求婚されているのですか？」

フレディの表情が固くなった。

「まさか。コイツは俺がここに来る度にこんなこと言ってるけど、屠殺夫《とさつふ》を増やしたいだけさ。なかなか人が集まらないんだ。ついでに嫁さんにも逃げられた」

そうなんだよなぁ。若大将の元嫁さんは、野蛮だとか不潔だとか言って、逃げるように出ていったらしいんだよ。家畜に勝手に名前をつけていて『私の可愛いマリーを殺すなんて、あなたは悪魔よ！』と言い放ったとかなんとか。

「……それは、なんとも言えない奥様をお迎えになりましたね。その方も、生まれてから一度も肉を口にしたことがなかったわけじゃないのでしょうに」

フレディが気の毒げに言う。

それは俺も思った。そもそも家畜の仲買屋に嫁に来てそれはない。家業を知らずに結婚したわけでもあるまいに。

人間の口に入る肉や魚は、どこかで誰かが息の根を止めたものだ。

「誰のおかげで、汚れずに日々の糧《かて》を手に入れられるんでしょうね。ここは国王陛下の座《おわ》す王都ですから、家畜を飼ったり狩をせずとも手に入れることはできますが、エスタークにだって夫が狩ってきた兎《うさぎ》を妻が絞めるのが当たり前の地方はありますよ」

お貴族様のフレディがそんなふうに言ってくれるなんて、思ってもみなかった。

「シルヴィー、なんて表情《かお》をしてるんですか」

フレディの指が頬をくすぐる。こそばゆくて手のひらごと押さえると、うっかり自分の頬に押し付けるみたいになり、慌てて振り払った。

「前時代の貴族社会では、娯楽のために狩をしたんですよ。誰が一番大きな獲物を手に入れるのか、より多くの獲物を仕留めたのは誰か。食べるためじゃないんです。見栄と優位性の訴求のためだけに生き物の生命《いのち》を刈り取るのが社会的地位の確立だ、と信じる愚か者が大勢いたのですよ」

難しすぎて意味がよく分からない。

「屠殺《とさつ》は意味のない殺傷行為ではないってことです」

よく分からんが、俺は慰《なぐさ》められているらしい。

「だいたい、后子《ごうし》殿下に躾《しつ》けられた僕たちが、家畜を絞めるのを生業《なりわい》にしている方々を、蔑《ないがし》ろにできるわけないじゃないですか。魚は切り身で泳いでないし、蜜柑《みかん》は一房ごとに別れてないし、パンだってそのまま木に実ってるわけじゃないんですよ」

エルに引率されて、商店街を見学して歩いていたフレディを思い出す。そういや王太子のご学友たちは、エルに指導されて自分で料理もするんだった。

「天井から吊るされた豚《ぶた》だって見てるんですから、シルヴィーの仕事は全部分かってるつもりですよ」

また、フレディの手のひらが頬を覆《おお》う。今度は両方だった。

「泣きそうな表情《かお》をしてるから、泣かないおまじないです」

額《ひたい》にそっと唇が落とされて、俺は呆然《ぼうぜん》とフレディを見上げた。余裕めいた穏やかな瞳が見下ろしてくる。灰色がかった緑の瞳は、熱に潤《うる》んでいるように見えた。

「あー、ごほんごほん。仲がいいのは分かったから、兄ちゃんや、俺を威嚇《いかく》するんじゃない。……アンタが嫁候補じゃないのは、よぉく理解した」

ぎゃあ、若大将が見ていた！　見ていなかったらいいわけじゃないけども!!

アタフタして押しのけると、フレディは抵抗なく離れる。ちくしょう、余裕ぶりやがって。いつもは頑として動かないくせに。クスクス笑ってんじゃねぇ。

「早いとこ始めないと帰りが遅くなっちまうぜ。支度はしてあるから、兄ちゃんはここで待ってるなり見学なり、好きにしろや」

若大将に肩を落としながら言われて、フレディは満面の笑みで見学を申し出たのだった。


結局フレディは見学どころか手伝いまでした。見事な解体の腕前に、若大将とここのじいちゃんが職場に勧誘しはじめる。それをにこやかに断って、内臓を抜いた豚《ぶた》と羽をむしって血抜きした鶏《にわとり》を荷馬車に積んで出発した。

「留学中に騎士団の演習で、野営訓練もしたんですよ」

……いや、だから。お前はいったい何を勉強してきたんだ。

「何を心配していたのか知りませんが、僕は獲物の解体経験がありますよ。今更シルヴィーが屠殺《とさつ》夫《ふ》の真似事をするからって、怖がったりしません」

帰りの手綱《たづな》を握ってくれていたフレディが、甘栗《あまぐり》号の歩みを止めた。甘栗《あまぐり》号はぶふんと愛嬌《あいきょう》のある声を出して、道草を食いはじめる。

王都まではまだ半刻はかかる。樹々に囲まれた長閑《のどか》な道は、煉瓦《れんが》とタイルで固められた王都と違って、心地良い風を感じた。

食肉になった豚《ぶた》と鶏《にわとり》は、藁《わら》で編んだ筵《むしろ》に巻かれた氷で冷やされている。多少帰りが遅くなっても、肉が傷《いた》む心配はない。

「……悪い。俺が豚《ぶた》を絞めてるところを見たら、気持ちが変わるんじゃないかと思って」

隣に腰掛けているのに、ちょっと遠くなった気がする。

「僕が肉屋に相応《ふさわ》しくないって、証明しようとしたんですか？」

「そうじゃなくて、怖がって逃げてくれると思ったんだ」

「……それで、本当に僕が怖がって逃げたら、寂しくなって泣くんでしょう？」

「泣くわけないだろ」

……落ち込みはするだろうがな。

「でも、目論見《もくろみ》は外れましたね。僕が豚《ぶた》の解体ができるなんて思っていなかったでしょう？」

野営訓練で猪《いのしし》を狩って、みんなで食べたらしい。食料は現地調達の訓練で三日間獲物にありつけず、川の水を啜《すす》って、野草を齧《かじ》りながらの狩だったって……本当に、どんな目的で留学していたんだ!?

「それに僕の出世とシルヴィーとの結婚は、なんにも関係ないですよ。あなたは僕が肉屋と縁づいたからって、仕事ができなくなるって思っていませんか？」

……結婚。

俺はともかく、若いお前が考えるのは早くないか？

「フレディはまだ若いよ」

「ええ、そうです。若造なんですよ。だから好きなひとの一言で一喜一憂して、やる気を出したり全部放り投げたくなったりするんです。僕の出世にシルヴィーは関係ないって言いましたが、あなたに誇ってもらえるためなら、いくらでも頑張れますから」

なんだよ、この男前。俺のほうがよっぽどガキじゃないか。

「ねぇ、シルヴィー。僕の運命のひと。まだ仕事を始めたばかりで頼りない僕だけど、十二年前からあなたが好きです。結婚を前提にお付き合いしてください」

「馬鹿。血の臭《にお》いも落としきれてないのに、色気のない求婚しやがって」

「だからですよ。これはシルヴィーの仕事だし、日常じゃないですか。僕は綺麗に取《と》り繕《つくろ》ったあなたじゃなくて、普段の飾らないあなたに申し込みたかったんです。何度言ったらいいんですか？僕が好きになったのは涙脆《なみだもろ》くてお人好しの、肉屋のシルヴェスタです。豚《ぶた》を担《かつ》ごうが牛を担《かつ》ごうが、愛しさが逃げてしまうことはないんです」

真っ直ぐな言葉は、すんなりと胸の中に染みてきた。年齢も仕事も全部取っ払って、フレディは俺しか見ていない。

「シルヴィーは優しすぎて、考え込みすぎるんですよ。だから付け込みます。あなたが結婚してくれなかったら、僕は子爵家の部屋住みのまま、誰とも結婚しないで寂しく死んでいくんですよ。だからお願いです。僕と結婚して」

甘えたように言って手綱《たづな》から手を離す。おとなしい甘栗《あまぐり》号は勝手に歩き出すことはない。

手綱《たづな》から離れた手は、俺の顎《あご》を掴んで横を向かせた。簡単に振り払えるほどの柔《やわ》い力なのに、なすがままになる。

「シルヴィー、僕の生命《いのち》は全てあなたのものだから、あなたの生命《いのち》の欠片《かけら》だけ分けてください」

灰色がかった緑の瞳が熱い。俺の焦茶色《こげちゃいろ》の瞳と違って、キラキラと輝いている。切なげなため息が唇から漏れた。その唇から溢《あふ》れる言葉が俺を惑《まど》わせる。

「馬鹿野郎」

自分は丸ごと差し出すのに、俺には欠片《かけら》でいいなんて抜かすのか?

「全部持ってけ」

「え?」

「以前は俺の全部が欲しいって言ってたのに、もういらなくなったのか?」

「……いいえ、いいえ!」

俺の言ったことが理解できたのか、フレディは噛《か》み締《し》めるように頷《うなず》いた。

「本当にお前、馬鹿だな。どう考えたって、俺のほうが先に死んじまうのに」

顎《あご》を捉《とら》えていた手が頬をなぞる。まるで俺という存在を確かめるように。

「それでいいんです。僕が死んだ後、ひとりになったあなたが他の男に攫《さら》われるなんて、絶対に許しませんから」

男限定かよ。だいたいフレディが死ぬ頃には、俺なんて生きていてもヨボヨボのじいさんじゃないか。

「嬉しい。夢を見ているようです」

「夢にしとく？」

「意地悪を言わないでください」

言いながら唇を奪われた。チュッチュッと数度繰り返して小鳥の囀《さえず》りみたいな口づけをされる。

「ふふふ。今、この瞬間から、あなたは僕の恋人なんですね」

……恋人。

「それとも、婚約者と呼びましょうか」

無理。

駄目だ、早まった気がする。こんな甘い言葉を聞き続けたら、心臓が破裂する。

「甘そうですね」

何がだ。お前のほうが甘いわ！

「ショコレ色の瞳がブランデーを垂らしたみたいに蕩《とろ》けてます」

面白みのない焦茶色《こげちゃいろ》の目がお貴族様の語彙《ごい》にかかると、ショコレになるのか。子爵の息子様でこれなら、エルの奴、王様にどれだけ甘い言葉で口説《くど》かれたんだろう。……お貴族様が全員、甘い言葉を吐き散らかすわけじゃないだろうけど。

「お前、その駄々漏《だだも》れの何かを引っ込めろ！　でないとこの話はなしだ、なし！　ゆっくりしてくれって、言ったはずだろ⁉」

「ゆっくりですよ。ここまで十二年です」

「俺にとっちゃ一ヶ月だ！」

「心外です。十二年前からずっと主張してましたよ。子どもの戯言《ざれごと》と受け流していたのは、シルヴィーです」

確かに……

俺が返事を宙ぶらりんにしていたのは否定できない。もっと早く、せめてスニャータに留学に行く前に振っておけば、コイツは可愛い女の子でも連れ帰ってきたんだろうか。

「シルヴィー、何か変なことを考えていませんか？」

チュウッともう一度口づけされて、俺は避けるように俯《うつむ》いた。

「変なことっていうか……もっと早くお前に諦めさせていたら、スニャータから嫁さんでも連れてきたのかなぁって思っただけ」

はぁあっ。深く腹の底から呼気を吐き出す音がして、フレディが俺の頭を抱える。

「ないですから。言ったでしょう？　僕、部屋住みの三男なんです。後継の予備でもないんです。我が家は気にしませんが、慣例として跡目争いが起きないように、下級貴族の三男以下は離籍して平民になるか、一生独り身、もしくは同性婚をするんですよ」

は？

「僕はシルヴィー一択なので考えたこともありませんが、例えばの話をしましょう。僕が若い女性と結婚して子どもをもうけようと思ったら、平民になる必要があります。最初から平民の女性ならいいですが、貴族の女性は僕と一緒に平民になります」

離籍……勘当ではないんだな。財産分与くらいはあるんだろう。それにしても、貴族のお姫様が平民暮らしって難しくないか？

「あなたが思っている通りです。ドレスもひとりで着られない令嬢を、そんな相手に嫁《とつ》がせたい親はいませんよ。でも、貴族社会の常識なんて、どうでもいいんです。僕が欲しいのはシルヴィーだけです」

懇願《こんがん》。もしくは切ないまでの哀願。

フレディは笑っているほうがいい。コイツにこんな哀しい声で言葉を紡《つむ》いでほしくない。

「ごめん。ずっと、本気にしてなくて。……観念するよ。お前のことが好きだ。こんなおっさんを本気にさせたんだ。墓場まで見送ってくれよ」

「はい」

フレディが俺の肩に回す腕に力を込めた時、甘栗《あまぐり》号がぶふんと間の抜けた声を出した。

「ふふふ、帰りましょうか。肉が傷《いた》んでしまいます」

フレディは器用に片手で手綱《たづな》を握り、空いた片手を俺の指にからめる。恥ずかしくて何も言えなくなった俺は、代わりにちょっとだけ指に力を込めた。

甘栗《あまぐり》号はおっとりのんびり、荷馬車を牽《ひ》いた。

§

一晩ぐっすり眠ったはずなのに、ちっとも眠った気がしなかった。昨日の出来事は夢なんじゃないかと疑ってはみたものの、父さんと母さんの浮かれようを見るに夢ではない。

昨日は夕方に戻ってきて、肉を下ろしてから甘栗《あまぐり》号を返しに馬借屋にいった。溶けた氷で濡れた筵《むしろ》は、もう使い物にならないので甘栗《あまぐり》号のオヤツとして進呈する。

その後、うちで服を着替えたフレディは、帰りがけに父さんと母さんに丁寧に頭を下げた。

『両親と共に納采《のうさい》のご挨拶《あいさつ》に参ります。近いうちに父が遣いを寄越しますので、佳《よ》き日《ひ》をご相談させてください』

いやいやいや、さっきの今でもう言っちゃうのかよ!? 俺に心の準備をさせろよ!! という内心の動揺は、フレディの微笑《ほほえ》みの前に吹かれて飛んだ。

父さんはぽかんと口を開けて、母さんは『まぁまぁまぁ』と繰り返す。嫁に行った三人の姉ちゃんたちを呼び戻そうとするのを、俺が必死に止めた。一番上のイリス姉ちゃんだけでもキツいのに、三人まとめては勘弁してくれ。

フレディが微笑《ほほえ》んで去った後は大騒ぎだった。納采《のうさい》の挨拶《あいさつ》ってことは、求婚を受けたってことだ。

ひとまず落ち着きたいからと部屋にこもって、なんとか一晩やり過ごしたわけだけど、寝て起きても夢のような現実は続いている。

浮かれた母さんを宥《なだ》めながら店頭に立っていると、パリッとしたお仕着せの青年が来店した。

別に店の客じゃない。お城の侍従官で、たしか名前はダリウスさんだ。后子《ごうし》殿下の先触れはだいたい彼がやってくる。

「おはようございます。本日は……」

ガラガラガラガラ……

ダリウスさんが口上を述べるより前に、見たことのある馬車が店の真ん前に停車した。

「シルヴィーーッ！」

音がする勢いで扉が開いて、中から幼馴染《おさななじ》みが飛び出す。

「殿下、先触れに追いつかないでくださいませっ」

ダリウスさんはオロオロして、エルの後から優雅に出てきた侍従官のウィレムさんに助けを求めるように視線を向けた。

いつものエルは午前中に先触れを寄越して、夕方にやってくる。それが朝一に肉屋に駆け込んでくるなんて。……何があった？

「おめでとう、シルヴィー！　一番にお祝いが言いたかったんだ!!」

緑の瞳をうるうると輝かせて頬を真っ赤に染めたエルが、大きな声でのたまった。

慌ててカウンターから飛び出して、エルを引っ捕まえて勝手口に回る。不敬も甚《はなは》だしいがウィレムさんは何も言わないし、護衛のカインさんも怒らない。信用してもらっているなぁ。

半ば抱き込むみたいにして、エルを居間に連れ込んだ。相変わらずちっさい。言うと怒るから言わないけど。

つうか、おめでとうって……まさか？

「フレッド君と結婚するんでしょ。結婚式には出られないけど、聖堂の庭を散歩しに行くからね！」

結婚式？　聖堂の庭を散歩？　なんの話だ？

「勿論《もちろん》、ジャネットのところでするお祝いには行くよ！」

「盛り上がってるとこ悪いが、話が全く見えない！　落ち着いてくれ！」

肩を掴んで揺する。ここまでやってもウィレムさんもカインさんも、何も言わない。寧《むし》ろ、うむうむ頷《うなず》いている。

見れば今日のエルはいつもよりひらひらした服を着ていた。城下に出てくる時はもっと地味な格好をしていることが多いのに。この服はとても似合っているが、商店街では浮く。興奮のあまり着替えもしないで飛び出したってことだろう。

護衛さんたちの焦《あせ》りはいかばりか。

「ちょっと待て。お前、王様には伝えてきたのか？」

「リューイに伝言を頼んだよ」

おい。

「私からも侍従を遣いに出しました」

ウィレムさんの笑顔が怖い。これ、駄目なヤツだ。手続き上は問題なくても事後承諾。王様が心配して仕事が手につかなくなるヤツだ。……コイツ、数年に一度はやるんだよ。

「ウィレムさん、王様が来るまであとちょっとですよね？　説教は王様に任せて、エルの話を聞いてもいいですか？」

「ええ、そのほうが賢明です」

「ふたりとも何を言ってるのさ。護衛にカインも連れてきてるんだから、外出くらい平気だよ」

わぁ。カインさんも気の毒に。安全に対する信頼がとてつもない重圧だよ。カインさんが信用できなかったら、勝手に外出しないってことだもんな。優秀なのも良し悪《よしあ》しだ。ダリウスさんが気の毒げにカインさんを見ているのが、なんとも言えない。

とりあえず店番は父さんと交代し、居間のテーブルに腰を落ち着ける。どうせすぐに王様が来るから、茶は出さなくてもいいか。

「で、結婚式がどうとか、なんの話だ？」

昨日の今日だが、仕事に行ったフレディがエルに報告したんだと予想がつく。恥ずかしいとかフレディの口が軽すぎるとか、突っ込みたいことは多々あれど、王様に事後承諾で飛び出してきた后子《こうし》様の迂闊《うかつ》ぶりが気になって、逆に冷静になった。

「臣下の結婚式ってさ、俺たち夫婦もリューイも出席できないんだよ。全部に出てたらキリがないし、一部の重用《ちょうよう》する家のだけ出るわけにいかないだろ。だから、結婚式当日に偶然を装《よそお》って聖堂の庭を散歩するんだ」

王族、面倒くさい！

「アイゼン家は子爵家だけど親王族派だし、フレッド君がリューイの学友だから、結構な規模のお式になると思うよ」

エルは「楽しみだねぇ」ってほわほわ笑っているが、俺は顎《あご》が外れるかって勢いで開いた口が塞《ふさ》がらなかった。

フレディは貴族だってさんざっぱら悩んでおいて今更な話だが、結婚式とやらのことなんて、これっぽっちも頭になかった！

だってそうだろう⁉

生まれてからずっと商店街の肉屋の倅《せがれ》だった俺が、結婚式に憧れや夢を持っていたと思うか？

若い女の子なら、その日はうんとお洒落《しゃれ》しようとか、人生で一番綺麗でいたいとか思うんだろうが、俺だぞ？　ジャネットの店で商店街の連中が朝まで酒飲んで騒ぐだけだろ。

それが聖堂で結婚式？

「待て。そうだとしても、何故《なぜ》エルから結婚式の話をされているんだ？」

そういうのは、フレディから聞かされて、慌てふためいて取《と》り敢《あ》えず「嫌だ」とゴネるんじゃないのか？

「エル……まだ挨拶《あいさつ》にも行ってないし、納采《のうさい》の日程も決まってないんだけど」

「え？」

「昨日、求婚を受け入れたばっかりなんだよ」

流石《さすが》に恥ずかしくて、エルから視線を外す。ちくしょう、耳が熱い。赤くなっていたらどうしてくれる。

「フレッド君がさっき笑顔で『結婚が決まりました』って教えてくれたよ？」

キョトンとすんな。

結婚が決まったことと、実際に結婚の日程が決まることとは、全く意味が違うと思うんだ。

「早とちりすんな。結婚するって決めたけど、まだそれだけだよ」

「エルフィン様、シルヴェスタ殿はまだ、求婚の余韻に浸《ひた》っておられたのではないですか？」

ウィレムさん、何を言ってんの⁉

「そっかぁ。ごめんね、シルヴィー。嬉し恥ずかしの幸せ時間に水を差しちゃったね」

謝るな！　あながちハズレていないのが、余計に恥ずかしいわ！

「もうひとつごめん。嬉しすぎて、宰相府でルシオに『ふたりの結婚式の日は絶対に仕事を入れないでね』って、頼んできちゃった」

ルシオというのは、宰相様のことだ。……后子《ごうし》殿下の宰相様へのお声がかり。大規模な結婚式は避けられないじゃないか。

「あのさ、エル。フレディは仕事に行ったはずなのに、なんだってそんな話をお前さんとすることになったんだ？」

恥ずかしさを通り過ぎて虚無《きょむ》だ、虚無《きょむ》。げんなりして半ば投げやりに聞くと、エルは大きな瞳をキラキラと輝かせた。

「聞いてよ、シルヴィー！」

そうして后子《ごうし》殿下は、朝一番に宰相府であった出来事を嬉々として語りはじめた。

まずは、俺にちょっかいをかけていたスニャータ王国の付き纏《つきまと》い男の話から始まる。そういえば、心配したエルがフレディに調査を依頼したんだった。

「フレッド君を執務室に呼んでもらって、カッツェンとかいう男の話をしたんだよ。彼、格好良くなったねぇ。俺、すっかりおじさんになった気分だったよ！」

それ、フレディはどう返事をしていいものか悩んだんじゃないか？　褒《ほ》めてもらって礼を言うべきか、謙遜《けんそん》すべきか、目の前の妖精じみた尊き方がとてもおじさんには見えないと言うべきか。

「彼、俺が聞いた時にはシルヴィーが変な人に付き纏《つきまと》われてるの、知っててね。相手がスニャータの豪商の三男だか四男だからしいから、何か変な噂が流れてないか聞いてみたんだ」

一緒に話を聞いていた宰相閣下によると、本人が言うほどの豪商の息子なら、我が国に出店する際の礼儀はどうなっているのか、とのことだ。派手な商《あきな》いをする気なら、互いの国の外務府を通じて、会頭からなんらかの挨拶《あいさつ》があって然るべきだとか。まだ下見の段階で、打診するほど計画が進んでいないのかもしれないが、だとしたら仕事もしないでフラフラしているのはおかしい……とかなんとか。

「リュシー様がね、シルヴィーは俺の親友だってことは隠してないから、よからぬことの標的になる理由は充分にあるって言うんだ」

そんな不穏なことを聞いたら、エルが不安になるに決まっている。あの王様、慰《なぐさ》める役得を逃さないために態《わざ》と言ったんじゃないか？　なんて生温く幼馴染《おさななじ》みを見ていると、思わぬ攻撃を受けた。

「そしたらね、フレッド君が言ったんだよ」

『――ご安心ください、エルフィン様。シルヴィーは僕の大切な人です。絶対幸せにします。だからこの件は僕にお任せください』

シルヴィー、何をぶちかましているんだ？

「もう、びっくりしちゃってさぁ！」

何故《なぜ》か真っ赤な頬で照れまくるエルだが、びっくりしたのはこっちだ！　宰相府に入府したばかりの新人が堂々と、居並ぶ国の重鎮《じゅうちん》の前で恥ずかしいことを言うんじゃない！　開いた口が塞《ふさ》がらないとはこのことだ。

フレディがリューイと一緒にお城を飛び出して迷子になった時、保護した俺に心を奪われたとか、ありえねぇ！

「あの時からシルヴィーは、フレッド君の運命なんだって」

駄目だ、恥ずかしすぎて口から魂《たましい》が抜けそうだ。幼馴染《おさななじ》みの口から飛び出す言葉の破壊力が凄《すご》すぎて、完全に打ちのめされる。

あの馬鹿、俺の知らないところで熱烈に愛を叫ぶんじゃねぇ。

「それでね。ルシオに頼んで、フレッド君にはすぐにシルヴィーのところに行ってもらったんだ」

后子《ごうし》殿下のお願いなら、俺の警護が業務になってもおかしくはない。ついでに近衛《このえ》府に籍を置くアラン様にも協力を仰《あお》いだんだな。スニャータに探《さぐ》りを入れるなら、伝手《つて》は多いほうがいい。アラン様もフレディと一緒に彼《か》の国《くに》に留学してたんだもんな。

一応外交問題なので、外務府にも繋ぎをつけなければならず忙しかったそうだ。

「そんな話があってからの、今朝の結婚報告だよ！　嬉しくって飛び出してきちゃった」

きちゃった、じゃねぇよ。

朝からごっそり体力を奪われた。

「……ウィレムさん、お城に帰ったらフレディに伝言をお願いします。今夜時間があったら、話がしたいって伝えてくれますか？」

「俺が伝えておくよ？」

「お前は王様から説教されてろ」

説教っていうか、たぶんイチャイチャするんだろ？　適当にあしらうと、エルは唇を尖らせて不《ふ》貞腐《てくさ》れる。

「承《うけたまわ》りました」

ウィレムさんが頼もしく請け負《うお》ってくれた時、店番をしている父さんの声がした。

「おーい、シルヴィー、エル！　王様がいらっしゃったぞーーッ」

その後は、まあ。エル以外の全員が予想通りの展開だ。

……頑張れ、エル。自業自得という言葉を知れ。

§

ウィレムさんに頼んだフレディへの伝言は、無事に届いたらしい。だがあの日から五日経つのに、まだフレディとは話せていなかった。

それでも怒る気になれないのは、こまめに連絡を寄越すからだ。

最初の日は同じ宰相府に勤めるフレディの二番目の兄上が、その翌日は宰相補佐官のランバートさんとその旦那さんが、彼からの手紙を届けてくれた。

兄上はともかく上司を使うな、あの新人め！

ランバートさんは仕事で疲れた日には、うちで惣菜《そうざい》を買っていく。そのついでだからと柔らかく微笑《ほほえ》んだ後、不意に真剣な表情で「頑張って」と激励された。よく分からんが、平民の身で子爵家の三男と結婚することを応援されているんだろうか？

フレディからの手紙と一緒に、小さな軟膏《なんこう》入《い》れが届けられた。王城の料理人が使っている手指の保湿クリームだと記されている。俺の手は何度も洗って消毒するから、ガサガサなんだ。

『なんでもない日に、あなたに贈り物をしても許される立場になれて嬉しいです』

……手紙の内容に、ひとりで悶《もだ》える。

アイツ本当に十八歳か!?

今日はようやく昼間に一瞬だけ顔を見せたが、話もできずすぐに去っていった。

『すみません。お遣いの帰りで時間がなくて、長居できないんです』

目の下にうっすら隈《くま》を拵《こしら》えてそれだけを言うので無理して来るなって返すと、アイツ、『僕がシルヴィー不足なんです』なんてほざいて、口づけして逃げやがった。

ちくしょう。

「それで、アンタはなんで床に座り込んで、頭を抱えてんの？　ついでに言うと耳が真っ赤よ」

黙れ、姉ちゃん。

フレディが口づけのヤリ逃げをしたからなんて、言えるわけがないだろう。

『明日は休みです。今夜は遅くなっちゃいますけど、もう一度顔を見にきます』

数歩歩き出して足を止め、そう愛《いと》おしげに言われた。あのクソガキ、口づけは俺が初めてだとか抜かしてやがったが、嘘なんじゃないか？　やけに手慣れている。びっくりして腰が抜けたなんて、何かの間違いだ。

「姉ちゃん、なんか用？」

じろりと上目遣いで睨《にら》む。口調がいささか乱暴なのは勘弁してくれ。胸がザワザワして叫び出したい気分なんだ。

「角のじいちゃんとこと、飲み屋街の先の薫風亭《くんぷうてい》に配達に行ってくれる？」

じいちゃん家《ち》はともかく薫風亭？

「薫風亭って、連れ込み宿じゃないか」

娼館でなく、連れ込み宿。娼妓はおらず、時間貸しの部屋がいくつもあるらしい。俺には違いが分からない。なにしろ行ったことがない。

「従業員の賄《まかな》いに、届けてほしいんですって。父さんが流石《さすが》に私には行かせられないって」

そりゃそうだ。うちには男手があるんだ。いくら姉ちゃんの肝っ玉が据《す》わっていても、ひとりでなんか行かせられない。

「了解。準備はできてる？」

「ええ、もうお金は貰《もら》ってるから、届けるだけでいいのよ」

じいちゃんとこは、いつもの配達だ。途中で八百屋に声をかけていく。肉のついでに預かった野菜も届けて集金し、飲み屋街を真っ直ぐ抜けた。

まだ夕方にもならないこの時間の飲み屋街は、商店街と違って閑散《かんさん》としている。この場所が賑《にぎ》わうのは日暮れどきからだ。

薫風亭への配達は、大した量じゃない。メンチカツを三十個。若い従業員もいるんだろうに、金を払いに来たのなら、そのまま持ち帰ればいいのに。

面倒だから言っているんじゃない。

相手が年寄りや体調が悪い場合を除いて、配達料を徴収するからだ。こっちだって商売。きちんと説明して料金を支払ってくれるところにだけ配達している。

なんでもかんでも配達していたら、俺が店番をできなくなっちまうだろ？

薫風亭はひっそりした宿だ。親と同居の若夫婦が利用したり、飲み屋の女給を連れ込んだりする場所らしいので、そんなもんだろう。宿自体も裏通りに面しているが、俺は更に裏口に回った。利用客じゃないからな。

「配達にあがりました」

開きっぱなしの扉から中を窺《うかが》うと、うっそりと男が出てくる。汚れた水の入ったバケツを持っているので、ここの掃除夫かもしれない。

「配達？　聞いてねぇな」

男が首を傾《かし》げた時、奥から甲高《かんだか》い女の声がして俺を招き入れた。

「わたくしが頼んだのよ。奥まで運んでくださる？」

大抵の配達先は、勝手口の外でやりとりするんだが、掃除の真っ最中の汚れた手の男に食べ物を持たせるのも気が引ける。仕方がないので奥まで行くと、厨房《ちゅうぼう》と小さな食堂がある。そこにいたのは随分と派手な身形《みなり》の女だ。

「あなたが、肉屋のシルヴェスタ？　人違いだったかしら……。三十路《みそじ》の草臥《くたび》れた男って聞いていたのに」

三十路《みそじ》で草臥《くたび》れていて悪かったな。つうか、初対面で呼び捨てかよ。礼儀のなっていない女だ。

「肉屋のシルヴェスタです、ご婦人」

「ええッ？　せいぜい二十三、四歳にしか見えないじゃない!?　情報が間違っていたのかしら？」

「……童顔と評判で」

特に最近、それを強く意識させられている。

「なんて憎らしいこと。わたくしとたいして変わらない歳《とし》のくせに」

女は言葉の通り、憎々しげに俺を見た。俺とあんまり変わらない歳《とし》なのか？　てっきり一番上の姉ちゃんと同じか、もう少し上だと思っていた。ちなみにイリス姉ちゃんと俺は、九つ離れている。

「えーと、もうお代も頂戴してるんで、失礼します」

テーブルの上に包みを置いて、さっさと帰ろう。この女、ちょっとヤバい。

だって、情報って言った。俺を調べていたってことだ。

「あら、せっかく連れ込み宿に来たんだもの。わたくしと楽しんでいきなさいよ」

「昼間っから酒でも飲むのか？」

惚《とぼ》けてみる。経験はないが、連れ込み宿が何をするところかは知っている。

「あら、わたくしを知らないの？」

女がニタリと嗤《わら》った。

「充分稼いだから引退したけど、最近まで彩美楼《さいびろう》で一番の売れっ子だったのよ」

彩美楼は飲み屋街とは別の色街にある、お高い娼館だ。娼妓の価格は色街で一、二を争う高値らしい。ただし品はない。高いのは金さえ積めばどんなことでもしてくれるからだとか。

そこの娼妓だったのか。

「彩美楼のエッタって知らない？」

問うてはいるけど、知らないはずがないと思っているんだろうな。彼女は自信満々で揺れる胸を突き出し、ふんぞり返っている。ギトギトに塗られた赤い口紅が気持ち悪い。知らないと正直に答えたらキレられそうだ。

「高嶺《たかね》の花の名前は、しがない肉屋の倅《せがれ》の耳に入れるのは勿体《もったい》ないですよ」

こちとら客商売、ちょっと言葉を飾ってやる。

よく聞けば知らないと言い放ったんだけど、あまり頭のいい女じゃないみたいだ。多分『高嶺《たかね》の花』って言葉に満足したんだろう。虚栄心をくすぐられたのか、赤い口紅に彩《いろど》られた口角をニンマりと引き上げた。

「あなたと交わったら、その若さを分けてもらえるかしら？　んふふ、天国を見せてあげるわよ」

地獄へ誘う蛇女《へびおんな》みたいな目でこっちを見ながら、なんかほざいてやがる。

「絶対に嫌だ。帰ります」

そう答えると、女——エッタの目つきが変わった。

「わたくしの身体を、好きにさせてあげると言っているのよ？　大勢の男がわたくしと交わるために順番待ちをして、宝石を貢《みつ》いで、お金を払ったのよ？　泣いて喜びなさいよ」

肩に手を滑らせてドレスの紐を落とす。大きな胸がぼろりとこぼれた。

驚いたけど、それだけだ。色気なんか感じない。毒気を滴《しただ》らせていることだけは理解した。

「いや、無理」

思わず出た本音に、ヤバイと舌打ちをしそうになった時——

ガツンッ！

大きな音と頭のてっぺんへの、衝撃。

後ろにバケツ持ったおっさんがいたっけ？

目の前が、真っ暗になった。

§

頭が痛い。

帳《とばり》の隙間から橙色《だいだいいろ》の灯《あかり》が見える。飲み屋街の照明の色だ。てことは、日が暮れたか。

鉄錆《てつさび》の臭《にお》いに混じる、甘ったるい香りが不快だ。

俺は硬《かた》い寝台に仰向《あおむ》けに寝転んでいた。起き上がろうとして失敗する。両手が万歳の格好で固定されていた。両足も縛られているが閉じているだけマシか。服は着ている。

結構な時間が経ったな。

もうとっくに姉ちゃんたちが大騒ぎしてんだろうな。ついでに八百屋のじーちゃんも。野菜の代金、預かりっぱなしなんだ。帰りに寄らない俺に、当然気付いているはずだ。

「計画がくるったわ。カッツェンがしくじったのよ。標的にうつつを抜かすから失敗するんだわ。当初の計画通りさっさと閨《ねや》に引《ひ》き摺《ず》り込《こ》んで、薬に溺《おぼ》れさせてしまえばよかったのよ」

扉の向こうから、キンキンと女の声がする。誰かと喋《しゃべ》っているみたいだが、相手の声はボソボソと聞こえるばかりで、何を言っているのか分からない。

だが、カッツェン、と聞こえた。

「ふん。肉屋の若主人さえ薬漬けにしてしまえば、すぐにこの国を捨てるのに」

薬漬け？　俺を？　冗談じゃない!!

「まぁいいわ。わたくしが自分でするわ。あの男、わたくしの身体を見てもなんの反応もしなかったのよ。不能なのかしら？　ふん、獣《けもの》みたいに腰を振らせて血玉が出るまで搾《しぼ》り取《と》ってやるわよ」

……なんか凄《すご》いこと言ってないか？

姉ちゃんたちもジャネットも結構あけすけだけど、こんな品のないこと言わないぞ!?

ガチャリと扉が開いて、部屋にあかりが灯《とも》された。エッタとかいう女がニタリと笑って、ドレスを床に落とす。下着はつけていなかった。首から下げた大振りのネックレスが、帳《とばり》から差し込む明かりを反射している。

女の全裸というものを初めて見たわけだが、この状況で興奮できる男がいたら変態だと思う。

「んふふ、充分に香は吸ったかしら?」

香……この甘ったるい臭《にお》いか。

「これはねぇ、あなたを薬漬けにするための予剤なのよ。薫煙《くんえん》で胸に吸い込ませてるの」

「アンタも吸ってるけど、平気なのか?」

エッタが恐れもせずにこの臭《にお》いの中にいるってことは、これだけじゃあんまり害がないってことだ。事前に中和剤か解毒剤かを飲んでいたら、危ないのは俺ひとりだけど。

「大丈夫よ。これだけじゃ、しばらくすれば抜けるわ。言ったでしょ、予剤なの。香を吸い込んだ状態で、本剤を口から飲ませるのよ。そうしたら、とっても楽しくて気持ち良いんですって」

クスクス笑うエッタの唇の赤さが気持ち悪い。

「なんで俺? アンタとは会ったこともない」

乗り上げてくる女の身体に吐きけを覚えながら、時間を稼ぐ。

「別に誰でもよかったのよ。陛下の隣に立つ薄汚い男娼が、嫌な気持ちになってくれればね」

王様の隣にいるのはエルだ。薄汚いってのは聞き捨てならん。コイツ、エル狙いか?

いや、そうでもないか。エルまで辿《たど》り着《つ》かなくても、嫌がらせだけできればよさそうだ。

「八百屋の小娘でも酒場の女将《おかみ》でも、パン屋の向かいのばあさんでもよかったのにあなたに決めたのはね、あなたの一番上の姉の名前が気に入らなかったからよ」

なんだいそりゃあ？　コイツ馬鹿か？

姉ちゃんの名前が気に入らないって、言いがかりも甚《はなは》だしいな。……でも、俺でよかったかもしれない。他の拉致《らち》候補者、女子どもばっかりじゃないか。

「んふふ、さぁ、お薬を飲みましょうね。気持ち良くて、ふわふわして、難しいことはなぁんにも考えなくてよくなるわ」

エッタが首から下げていた鎖を外す。大振りの飾りはピルケースだったのか。シャカシャカ振って彼女の手のひらに落とされたのは、唇と同じ色をした毒々しい赤色をした丸薬だった。

呑んだ瞬間死にそうな色をしている。

まずいな。薬漬けってことは依存性が高い変な薬だってことだよな。

「おう、エッタ。その薬、勃《た》ちが悪くなるんだろう？　先に喰っとかなくていいのか？」

開きっぱなしの扉から、最初に会った掃除夫らしい男が顔を覗《のぞ》かせた。喰うってなんだ、食人なんてすすめるんじゃない。

「このわたくしがここまでしてやってるのに、この男のお道具がへなちょこなのよ」

「そのご自慢のおっぱいで挟んでやりゃいいじゃねぇか」

馬鹿にされているのは分かったが、エッタが魅力的だとは到底思えないんだけど。

それにしてもこの女、本当に馬鹿だな。俺はまんまとコイツに誘《おび》き出《だ》されたが、あちこちに痕跡が残っている。第一、ここって薫風亭だろう？　飲み屋街の喧騒《けんそう》が聞こえているから、移動していないはずだ。

そしたら、配達に行った先なんだ。最初に確認しに来ないか？　あんまり夜遊びする性格じゃないし、肉屋の連中も放任に見えて無関心じゃない。

父さんと母さんはオロオロしていそうだけど、三人の姉ちゃんたちは速《すみ》やかに警邏隊《けいらたい》の詰所《つめしょ》に通報していると思う。

あとなぁ、フレディが大騒をぎしているんじゃないか？　流石《さすが》の姉ちゃんたちも城で仕事をしている彼には連絡できないだろうけど、今夜は俺の顔を見に来るって言っていたんだ。今が何時か分からないが、夜のうちにはアイツの知るところになる。

昼間に会ったフレディが『シルヴィー不足』って冗談めかして言ったのを思い出す。口調と裏腹に瞳が熱く餓《う》えた光を孕《はら》んでいて、その目で『今夜』なんて言うから腰が抜けたんだ。

詰《つ》まるところアイツだけじゃなくて、俺も『フレディ不足』なんだよ。

目の前の裸の女をほっぽらかして思考の海に沈んでいると、掃除夫が部屋の中に入ってきた。

「見せつけてやったらどうだ？」

手の甲まで体毛に覆《おお》われたむさ苦しい掃除夫が、後ろからエッタの胸を鷲掴《わしづか》みにした。

「乱暴はやめろよ」

つい、口から制止の言葉が出る。

「……あっん」

……………嫌じゃないのか？

「エッタのいい声を聞かせてやったら、コイツもおっ勃《た》つんじゃねぇの？」

「んふふ、それもいいわね。指を咥《くわ》えて見ていなさいな」

エッタの言葉を合図に、掃除夫は手を動かしはじめた。男の大きな手のひらに収まりきらないエッタの胸が、ぐにゃぐにゃと形を変える。先端が尖り切って赤く熟《う》れている。

でもちっとも熱くならない。

つか、吐きそう。

俺は顔を背《そむ》けてキツく目を閉じた。情報を遮断《しゃだん》するのは危険な行為だとは思うけど、娼妓と掃除夫のからみなんて見たくもない。

「おい、兄ちゃん。ちゃんと目を開けて見ろよ」

グチュングチュンと汚らしい音がして、濁音交じりの女の悲鳴が響く。聞いたことないが、これ、嬌声《きょうせい》ってヤツか？　うぇえ。

酸っぱ苦いものが胃《い》の腑《ふ》から迫《せ》り上《あ》がって、一瞬喉《のど》が焼けるような不快感を覚える。

本気で吐きそう。

状況から考えて絶対に助けは来る。それまでに薬さえ呑まされなきゃなんとかなるが、どうやって時間を稼ごう。そう思っていたのに、俺を拉致《らち》した犯人は馬鹿丸出しで種付けをしている。

幸運だと思っていいのか？

絶対に違うだろ？

品のない罵《のの》り合《あ》いのような言葉と粘着《ねばつ》く水音を、両手の自由を奪われた俺には防ぐ術《すべ》がない。ますます激しくなる吐きけに恐怖を覚える。

「ごふっ」

仰向《あおむ》けのまま嘔吐《おうと》する。必死になって首を傾けて、吐瀉物《としゃぶつ》を口の中から吐き出そうとするのに、うまくいかない。吐き出し切る前に次の波がやってきて、据《す》えた臭《にお》いが口腔《こうくう》から嗅覚《きゅうかく》を刺激した。

息ができない。

ヤベ、吐いたものが喉《のど》に詰《つ》まる。

「…………ッ」

フレディって、名前を呼んだつもりだった。声なんて出ていなかったけど。

「シルヴィーーーッ!!」

だから俺の名前を呼ぶアイツの声も幻聴《げんちょう》だったのかもしれない。

燃えるチェリーブロンドと煌《きら》めく白刃《はくじん》。

意識を手放す一瞬前、勇ましいアイツの姿を見た気がした。

好きだなぁ。

なんて。

状況にそぐわないことを思いながら、眼裏《まなうら》が真っ黒に染まった。

§

知っている寝台だ。身体に馴染《なじ》んだマットレスの絶妙な硬さに、いつもの天井。仄暗《ほのぐら》い寝室は夜明け前の清《すが》しい空気で満たされている。

寝返りを打とうして、からんだ手に気付く。

フレディが上半身を寝台に凭《もた》れかけさせて眠っている。俺の右手をしっかり握って。

つうか、また床かよ。

この寝台、でかいんだから、隣で眠ればいいのに。

「フレディ」

声が出た。

今度はちゃんと名前が呼べた。意識が暗闇に呑まれる前には、焼けた喉《のど》に引っかかって声が出なかったのに。

俺の声はとても小さかったけれど、フレディは物凄《ものすご》い勢いで頭を上げた。

「シルヴィー……ッ。神に感謝いたします！」

真っ黒な隈《くま》が広がる目元に赤く充血した白目が一瞬見えた。一瞬だったのは、フレディが俺の手を両手で包んで額《ひたい》に押し当てたからだ。

「殿医《てんい》殿を呼んできます」

殿医《てんい》って、城の医者じゃなかったか？

ぽやんとしていた頭が、一気に覚醒《かくせい》した。

「なんでそんな凄《すご》い人がうちにいるんだ!?」

起き上がろうとしたのを、立ち上がったフレディにやんわりと押し止められる。

「起き上がるのは診察を終えてからです。殿医《てんい》殿は、后子《ごうし》殿下がご心痛のあまり取り乱されましたので、陛下が遣わしてくださいました」

納得。エルが心配して泣いているのが目に見える。陛下も心配してくださったんだろうが、どっちかっていうとエルが信頼する医者に俺を診《み》せることで、エルの安心を得たかったんだろう。

さて、話は昨日に戻り、宰相府にアイゼン子爵家から遣いが来たのは、夕方だったそうだ。俺が帰ってこないのを心配した姉ちゃんが警邏隊《けいらたい》ではなく子爵家に連絡をして、事態を重くみた子爵夫人が息子に手紙を書いてくれた。

手紙は本来なら、それなりの手続きを踏んで宰相府に持ち込まれるのだが、遣いの様子があまりに必死だったので、門番は上司に優先して届けたほうがいいのではないかと進言したという。手紙はすぐに宰相府で働く子爵の息子に届けられ、内容は受け取った本人のみならず宰相閣下、国王陛下、后子《ごうし》殿下の知るところとなった。

城下の商店街に店を構える肉屋の若主人が帰宅しないだなんて、いちいち王様に知らせる内容じゃない。

「門番が手紙の内容を確認していたら、後回しにされたでしょうね。むしろ親切な彼は、街の警邏《けいら》隊詰所《たいつめしょ》への道順と手続きの仕方を懇切《こんせつ》丁寧に説明したはずですよ」

フレディはそうならなかったことを安堵《あんど》するように言った。

そりゃそうだ、大の男がちょっと帰宅が遅れただけで、大騒ぎするほうがおかしいのだから。

「最初に手紙を受け取ったのは、エリー兄上でした」

子爵家からの手紙を携《たずさ》えた小間使いは、順当に兄であるエリック様にそれを渡した。開封したエリック様は悲鳴を上げてフレディを呼んだそうだ。

間の悪いことにたまたま差し入れを持ってきていたエルがそれを耳にして、焼き菓子を床に撒《ま》き散《ち》らす。真っ青な顔色で倒れ込みそうになって、陛下が慌てたらしい。

「肉屋の若主人シルヴェスタは、殿下の幼馴染《おさななじ》みというだけでなく、両親を亡くした時に支えになってくれた恩人で大親友だとは、宰相府で働く者の共通認識です。その上つい最近、アイゼン子爵家の末子である僕と婚約したばかりです」

淡々と説明される内容は、俺には荷が勝ちすぎる。

だが先日、俺への傷害の現行犯で勾留したスニャータ王国籍の男が、きな臭い事件を運んできたばかりだった。ここしばらく宰相府が忙しくしていたのは、その男が重要な犯罪に関わっている可能性をスニャータが知らせてきたせいだ。……その情報も知りたくなかったな。

「その事件の渦中にあるシルヴィーは、そのへんの商店の若主人と同列に扱っていい存在ではないんですよ。……あなたにその自覚は全くないかもしれませんけれどね」

カッツェンの仲間による事件の可能性も鑑《かんが》みて、迅速な対応が求められたということだ。

数日前、スニャータ王国より外務府にもたらされたのは、大規模な違法薬物と人身売買取引の情報だった。スニャータ王国では数年前から問題視されていて、国内では組織がいくつか確認されている。

そこにカッツェンがからんでいたと知らせが入ったのは、七日前だった。カッツェンに付き纏《まと》われていた俺は、組織に接触される可能性があったのだ。

「それでフレディは夜の酒場に迎えに来たり、仕事で王都の外れに行くのに同行したりしたのか。まさかそのついでに求婚してくるとは思わなかったよ」

俺の口からはため息しか出ない。フレディはそんなぼやきめいた言葉に不服を覚えたのか、ちょっと唇を尖らせた。憂《うれ》い顔の美形にはそぐわないぞ。

「ついでなんて、やっつけ仕事のように言わないでください。僕にとっては一世一代の大勝負だったんですから」

多分に公私混同していたらしい。

「カッツェンがスニャータを出たのは、支援者を捕まえるために薬物を使って誘惑していたのがバレたからです。僕が見たところシルヴィーに薬物が使われた形跡はありませんが、捕縛されたカッツェンと繋がりがあったというだけで、生命《いのち》を脅《おびや》かされる可能性があったんですよ」

そんな理由があって、話はすぐに騎士団の街警《がいけい》担当責任者に通った。文官であるフレディにも街中での帯刀と抜刀が許可されたのは、事態がそれほど重く見られていたせいだろう。

「陛下からはシルヴィーに擦《す》り傷《きず》ひとつ負わせてはならぬと命令されていたんですが、力及ばずこの様《ざま》です」

フレディの口調に苦いものが混じる。

「いや、助かったよ。来てくれて嬉しかった」

胸が熱くなって感謝と労《いた》わりを込めてフレディの手を取った時、ノックがした。

ひゃっ、待て待て。慌てて手を引っ込め恥ずかしさを隠すように俯《うつむ》いたまま、呼ばれてやってきた御殿医《ごてんい》さんを招き入れる。彼は簡単な問診をして、目や口の中を診《み》たり手指の動作確認をしたりした。最後に寝台から起きるように言われて、ゆっくり寝室内を一周する。少し息切れがした。

「頭の怪我自体は問題なさそうです。ですが頭部ですし、薬物のほうも様子を見させてください」

薫風亭でエッタから押収はしたけど、どんな薬なのかまだ分からないらしい。

「あの女、煙のほうだけなら平気って、自分も吸ってましたよ」

一応、御殿医《ごてんい》さんに言ってみる。

「その人は使用者であって、医師や薬師ではないのでしょう？　間違った知識で常用していた可能性もあります。それに嘔吐《おうと》したでしょう？　殴られたせいなのか、薬物のせいなのか分かりませんので、しばらくはおとなしくしていましょう」

そりゃもっともだ。

でも吐いたのは気持ち悪いものを見たっつうか、聞いたせいだと思う。

「お義父様《とうさま》とも相談したんですが、しばらく我が家で療養してください」

フレディが懇願《こんがん》するように言った。俺はぽかんと目も口も開ける。たぶん凄《すご》いお間抜けな表情《かお》になっているだろう。

配達には何度も行ったし、子爵様にも奥様にもお会いしたことはあるが、フレディの実家の屋敷の中に足を踏み入れたことはない。

「無理」

端的に返事をすると、フレディの眉が下がる。

「殿医《てんい》殿も訪れやすいですし、僕も様子を知れて安心です。本当は、あなたが疲れないように眠っている間に運んでしまおうと思いましたが、目覚めた時に知らない場所にいたら怖いでしょう？」

疲れの滲《にじ》む表情で、柔らかく微笑《ほほえ》む。

確かに薫風亭で目が覚めた時、なんとなく場所の把握はできていたものの、混乱と不安はあった。あんな目にあった後で、また知らないところにいたら流石《さすが》におかしくなっていたかも。

「犯人の狙いがよく分からないので、シルヴィーを保護しなくちゃならないんです。子爵家が嫌ならガウィーニ伯爵のお屋敷か王城になります。僕が付き添うことはできませんが、安全ですよ」

ガウィーニ伯爵って宰相様じゃないか？　王城は肉屋の倅《せがれ》が寝泊まりするところじゃないだろ⁉

フレディが一緒なら検討の余地はあるが、ひとりでなんてマジ無理だから！

「子爵家にお世話になります！」

「では、馬車の手配をします。シルヴィーは安静にしていてくださいね」

フレディは声をかける間もなく出ていった。

それからあれよと言う間に寝間着のまま子爵家の馬車に乗せられる。子爵邸に運び込まれ、客間（煌《きら》びやかすぎて客間としか言えない）のフカフカな寝台に横たえられた。

靴を与えられなかったため移動はずっと抱き抱えられていて、口から魂《たましい》が抜けるかと思った。

そう言うと、フレディが笑う。

「念願かなって、抱き上げることができました」

隈《くま》の存在を忘れるほどの晴れやかさで笑うな。

「着替えてきますから、待っていてください。朝食を一緒にとりましょう」

そういえば食べていなかった。

父さん母さんと泊まっていた姉ちゃんたちに見送られて馬車に乗り込んだけど、誰も食べていけって言わなかったんだ。なんかフレディから有無を言わせないような、謎の威圧感が出ていたように思う。

フレディが出ていくと、豪華すぎてどうしていいのか分からない空間にひとり取り残された。

この寝室、俺の寝室が十五個くらい入りそうだ。綺麗すぎるカーペットを踏むのも恐れ多くて、一歩も歩ける気がしない。

ひとりで慄《おのの》いているところに、扉が軽やかにノックされた。背中がビクッとなる。息を潜《ひそ》めていると、再びノックが繰り返された。

…………

あ、許可待ち？

「はい、どうぞ！」

程なくして扉が開かれ、フレディの侍従さんが入ってきた。出会った時にはおっさんと爺さんの境目くらいの年齢だった侍従さんは、十二年経った今でも見た目が全く変わらない。俺の周り、年齢不詳とか年齢詐称とかが多すぎる。

それにしても、肉屋の家族にとってノックは合図であって許可を求めるものではなかったのに。

「お久しぶりです、シルヴェスタ様。ご挨拶《あいさつ》がこのような形になってしまい残念ですが、フレッド様の侍従一同、心より歓迎いたします。どうぞ、心穏やかにご療養ください。僭越《せんえつ》ながらシルヴェスタ様のお世話は、顔見知りのわたくしがさせていただきます」

世話？

「えーと、バスチアンさんでしたよね」

「バスチアン、とお呼びください」

明らかに歳上《としうえ》の子爵家の家人を呼び捨てなんて無理だ。今まで『侍従さん』って呼んでいたし。

「バスチアン、でございます」

凄《すご》い笑顔で念押しされた。

「バ、バスチアン」

「はい、なんでございましょう。シルヴェスタ様」

……きっと『様』はやめてくれと言っても聞いてもらえない。

「フレディと一緒に食事は嬉しいんですけど、アイツ隈《くま》が凄《すご》いんです。部屋で寝ててもらってもいいんですけど」

「ふふふ。そんなことをおっしゃられては、フレッド様が嘆《なげ》かれますよ」

「そうですよ」

部屋着に着替えてきたフレディが、ノックもなく入ってきた。お前はノックしないんだな。気心知れている感じがする。

「その隈《くま》、今日一日で取れるか？　明日は仕事なんだろう？」

俺は寝台の上で起き上がった。バスチアンさんと話している時も横になったままで落ち着かなかったんだ。手を伸ばすとフレディが傍《そば》まできてくれる。

「真っ黒じゃないか」

目の下をそっとなぞると、灰色がかった緑の瞳が嬉しげに細められた。

「じゃあ、食事をしたらここで眠ってもいいですか？　シルヴィーも安静にしていないとなりませんからね」

え？　あれ？

バスチアンさんはニコニコしているけど、ここ、フレディん家《ち》だよな。自分の部屋があるだろう？

頭の中が疑問符でいっぱいのまま寝台の上で朝食をとり、何故《なぜ》かフレディの腕に閉じ込められて布団に潜《もぐ》り込《こ》んだ。まぁいいけどさ。

すぅすぅと穏やかなフレディの寝息を聞きながら、訪れた眠気に誘われるままに俺はとろりと目を閉じた。

§

「昨夜もガッツリ眠ったのに、夕方まで眠るってどういうことだ？」

俺は寝台の上で腕を組んで考える。目が覚めたら隣にフレディはおらず、一瞬ここがどこだか理解できなくてキョロキョロしてしまった。

不意にノックされ、学習した俺はすぐに「どうぞ」と返事をする。

バスチアンさんがふたりの青年を連れて入ってきた。彼はにっこり笑って着替えを提案する。

「ご入浴は、頭の傷を御殿医《ごてんい》に診《み》ていただいてからにいたしましょう。それまで清拭《せいしき》で我慢してください」

自分の身体を見ると、いつも家で使っている寝間着だった。……俺はこのままの格好で馬車に乗って、子爵邸の廊下を移動したわけだ。お貴族様の屋敷に初めて入り込んで、寝間着。気のいい子爵様と陽気な奥様じゃなかったら、俺の首、飛んでないか？　そもそも肉屋の倅《せがれ》が来るところじゃない。

ふたりの青年はテキパキとどこからか引っ張り出してきた台と衝立《ついたて》を設置すると、湯を張った盥《たらい》を置き、小さな瓶から油のようなものを垂らした。蜜柑《みかん》の爽《さわ》やかな匂いが広がる。

「お髪《ぐし》とお背中はお手伝いいたします」

衝立《ついたて》の陰からバスチアンさんの手が差し出された。ほかほかと湯気の立つ手拭《てぬぐ》いが、準備万端待ち構えている。

慌てて寝台に座ったまま寝間着を脱ぐ。

「ゆっくりどうぞ。時間はまだございます」

「時間？」

「国王陛下、后子《ごうし》殿下、宰相閣下がお越しになります」

ちょっと待て。その面子《メンツ》はエグい。

「フレッド様はお迎えのため、家令と打ち合わせをしておられますので、お寂しいとは思いますがバスチアンでご容赦《ようしゃ》くださいませ」

にこにこと人好きのする微笑《ほほえ》みで、何をおっしゃいますかな。慣れない部屋に慄《おのの》いてはいるが、寂しいわけじゃない。フレディがいなくて、ちょっとだけほったらかされた気分になったけど。

王様と宰相様が子爵家に来るなら、フレディが采配《さいはい》しなけりゃならないだろう。エルも来るってことは、間違いなく俺に会うのが目的だろ？

手拭《てぬぐ》いを何枚か取り替えてざっと全身を拭き、差し入れられた下着をつけると、バスチアンさんが「失礼します」と言って衝立《ついたて》の中に入ってきた。背中を温かい手拭《てぬぐ》いで丁寧に拭《ぬぐ》われて、新しい寝間着を羽織《はお》る。その後で傷を避けるように頭を拭かれた。髪の毛だけじゃなくて地肌を柔らかに清拭《せいしき》されて、気持ち良さに危《あや》うく再び寝そうになる。

「どれだけ眠る気だ、俺」

思わず呟《つぶや》くと、バスチアンさんが小さく首を横に振った。

「シルヴェスタ様、昨夜のあなた様は眠っておられたのではなく、失神しておられたのですよ。お身体に負担がかかっておられるのです」

失神……女の子じゃあるまいに。

少し情けなく思っていると、青年に片付けを指示していたバスチアンさんが寝台の傍《そば》に膝《ひざ》をついた。

「頭部を殴られて薬物を嗅《か》がされるなど、普通のことではありません。女々《めめ》しいとか男らしくないなどの問題ではないのです。シルヴェスタ様は事件の被害者です。お身体が眠りを欲して当然でございますよ」

「分かりました。ありがとうございます。でも、これ以上は夜に眠れなくなりそうです。頑張って起きていますよ」

「くれぐれもご無理はなさいませんよう」

諭《さと》すように言われて、素直に肯首した。

それからしばらくして、フレディがやってきて、目覚めた時に傍《そば》にいなかったことを大袈裟《おおげさ》に謝られる。

「王様と宰相様がいらっしゃるなら、しょうがないだろう。エルも来るんだろ？」

城のお医者さんまで来るんだ。絶対にエルは泣いている。ひとりで飛び出しそうなのを、王様が押さえつけているんだろうなぁ。流石《さすが》に事件が解決していないのに飛び出してくるのは、侍従のウィレムさんも護衛騎士のカインさんも許さなかったらしい。それで、とんでもなく偉い人が付き添いで来ることになったのだ。

俺の想像は概《おおむ》ね当たっているようだ。

「それもあります」

フレディが肯定した。でも他にも何かあるみたいだ。

「騎士団がシルヴィーに取り調べの協力を要請しています。拉致《らち》された状況や暴行傷害のことなど、証言が必要なんです。それに宰相閣下も立会いたいとおっしゃって、皆様お揃いでお出ましになります」

城からだけじゃなくて、警邏隊《けいらたい》の取り調べみたいなのもあるのか。普通なら俺が詰所《つめしょ》に赴《おもむ》くか、騎士が肉屋に来るかで終わっていたのに、后子《ごうし》殿下に繋がるかもしれないから大騒ぎになっている。

「先触れの御使者からは、シルヴィーは夜着でも部屋着でも構わないと言付けていただいてます」

それ、鵜呑《うの》みにしちゃダメなヤツ。夜着って寝間着だろ？　バスチアンさんが持ってきてくれたコレ、艶々《つやつや》して肌触りがめちゃくちゃいいが、シャツの丈が長くなっただけの形をしている。丈は脹脛《ふくらはぎ》にかかるほど長いけど、ズボンはない。

「……俺の仕事着より断然いいものだけど、下が心許《こころもと》ない。何か服を貸してもらえるか？」

手ぶらで来ちゃったため、俺の持ち物はさっき脱いだ寝間着の上下しかなかった。適度に着古して身体に馴染《なじ》んだ愛用の寝間着だけど、ズボンと揃っているからといって王様の前には出られない。

「そうですね。僕もシルヴィーの足を僕以外の人が見るのは嫌です」

よく分からんがバスチアンさんはいいのか？

「バスチアンは我慢します」

俺がチラチラとバスチアンさんに視線を向けたのを見咎《みとが》めて、フレディは唇を尖らせた。ちょっと可愛い。ニョキニョキ身長が伸びて大人の男になったけど、たまに見せる『フレディ坊ちゃん』に安心する。

……？

安心ってなんだ？

別にフレディを恐れているわけじゃないのに。むしろ最近は頼もしささえ覚えているのに。安心しているのに、別の安心できない何かがあるようで、胸の奥がざわついた。

まぁ、いい。ひとまず脇に置いておこう。今は王様の前に出られる格好になるのが大事だ。

バスチアンさんが子どもの霊を導くという御伽噺《おとぎばなし》の聖者みたいな微笑《ほほえ》みを浮かべて、俺たちを見ていた。なんだか満足しきりって感じだ。

この人も色々謎だな。エルんところのウィレムさんもこんな感じだけど。侍従って仕事のひとは、みんなこうなのか？

首を傾《かし》げているとフレディが脱力した。

なんだ、急にどうした？

「上目遣いの思案顔で首をコテンって、まだ寝台の上ではやっちゃいけません」

「よく分からんが、ソファーの上ならいいのか？」

「……それも微妙に駄目です。フレディの体調が万全だと、殿医《てんい》殿の診断が下りたら覚悟してください」

「本当によく分からんが、結婚するなら歩み寄りは大切だよな。理解できるよう努力するから、後でちゃんと説明してくれ」

「そういうところです」

だからそれが、分からんのだ。チャチャッと説明してくれたらいいのに。

そんなよく分からない会話を続けていると、さっき盥《たらい》を片付けに部屋を出ていった青年が戻ってきた。幅の広い盆に綺麗に畳まれた服が乗っている。お貴族様の屋敷では、食べ物以外も盆に乗せて運ばれるらしい。

「僕が二年前に着ていたもので悪いのですが」

二年前。

今のは丈が長すぎるもんな。そうか、二年前には身長を追い抜かれていたのか。商店街じゃ、兄弟間や近所で古着をあげることが多いから、お下がり自体は抵抗がない。……歳下《としした》のフレディからのお下がりってのが引っかかるだけだ。

「もう着られないのでスニャータで処分してこようかと思ったんですが、持ち帰ってよかったです」

二年前なら留学中か。確かに帰国の運送の手間や人手を考えたら、処分を検討するよな。本当に持ち帰ってもらってよかった。コレがなかったら寝間着で王様の前に出るところだった。

お貴族様の服だから無駄にヒラヒラしていたらどうしようと身構えたけど、普通のシャツとズボンだ。散策や自主鍛錬《たんれん》の時に着ていたものだという。

衝立《ついたて》の陰で着替えると、ズボンはいいもののシャツの袖が少し長かった。手の甲が半分くらい隠れる。

「……その袖、僕の服を着てる感が半端《はんぱ》ないですね」

そりゃお前の服だし。

フレディが崩れ落ちる意味が分からなかった。


王様がお見えになった、と侍従さんが知らせにやってきた時、ちょっと困ったことが起こった。俺の寸法の靴がなくてフレディのを借りたんだけど、一歩踏み出してカポッと脱げたのだ。マジか。この大足め。

「……お前、まだ身長伸ばす気か!?」

思わず唸《うな》る。足の大きい奴は身長も伸びるという。なんか悔しい。

「陛下をお待たせするわけにはいきませんね」

フレディがやたらいい笑顔で俺の膝《ひざ》を掬《すく》い上《あ》げた。

「まさか、抱いて歩く気か!? 待て、せめておぶっていけ！」

「陛下の前に？」

うぐぐ……

女々《めめ》しくてもいい。今すぐに失神したい。けれども、そんな都合よく失神できるはずもなく——抱き上げられた勢いで、かろうじて引っかかっていたもう片方の靴も飛んでいった。バスチアンさんが拾って、ご機嫌に歩くフレディの後をついてくる。結局、居間の豪華版みたいな部屋に辿《たど》り着《つ》くまでそのままだった。

王様どころか子爵様にも挨拶《あいさつ》できていないのに、子爵邸に入り込んで初めての対面が抱っこ。恥ずかしくて死ねる。

部屋に入った瞬間、居《い》た堪《たま》れなくてきつく目を閉じた。

「シルヴィー！」

泣きそうなエルの声がして反射で目を開けると、大きな目をうるうると揺らした幼馴染《おさななじ》みが見える。彼は豪奢《ごうしゃ》なソファーにゆったり座る王様の膝《ひざ》に抱えられていた。

俺がフレディに抱き上げられていて、エルが王様の膝《ひざ》の上。お貴族様は平民を抱き上げねば生きていけない生き物だったのだろうか？

部屋の中は聞いていたより大勢のひとがいた。王様とエル、宰相様、騎士っぽいひと。それから書板を持った宰相府のひと。その他に侍従っぽいのと護衛っぽいのもいる。その中にはウィレムさんとカインさんが含まれた。

一斉に視線を向けられてちょっとビビる。

フレディは気にすることなく室内を進み、俺をソファーに座らせた。おい、挨拶《あいさつ》くらいさせろ。エルが王様の膝《ひざ》から跳ねるように降りて、俺の座っているソファーに腰を下ろす。ついでに腰に腕を回してべったりとくっついてくる。

「よかったぁ。シルヴィー、生きてるぅ」

勝手に殺すな。グスグス泣くので、持たされていたハンカチで涙を拭いてやった。こんなにくっついていて、王様の機嫌が心配だ。気になってチラ見すると、なんだか微笑《ほほえ》ましく眺められていた。結婚して十二年、流石《さすが》に幼馴染《おさななじ》みに嫉妬《しっと》はしなくなったか？

「リューイも来たがったんだけど、シルヴィーの具合がどんなだか分からないから、あんまり人数が増えるのも駄目だと思って」

ひとり増えてもたいして違わない人数だと思うぞ。……違うな、リューイが来たら、その侍従と護衛も増えるのか。そりゃリューイなら遠慮するな。

「無事な姿を見られて安心した。早速だが、騎士団と宰相府の聴取に付き合ってくれぬか。挨拶《あいさつ》は要《い》らぬ。長時間は其方《そなた》の傷に障《さわ》るから、余計なことは省くぞ」

王様が鷹揚《おうよう》に言った。

まぁ、知り合いだし。自己紹介が必要なのは、騎士っぽいひとだけだと言って簡単に紹介される。騎士っぽいひとはやっぱり騎士で、騎士団長とかいう偉い人だった。

書板を持ったひとはたしかギルバートさんだったな。宰相府で働くひとはなんだかんだで商店街によく顔を出してくれるから覚えている。彼は商店街でも伝説のひとだ。書記官という仕事をしていると言っていた。

まずは簡単にカッツェンの話から始まる。奴が拘束された時にフレディにチラッと聞いていたけど、ただのヒモ野郎じゃなくて、薬物の売人まがいなこともやっていたと改めて教えられた。娼妓のエッタが使っていた薬も、出どころはカッツェンだったようだ。

「聞きたいのはあなたが拉致《らち》された時の状況と、犯人たちが何か動機のようなものを話したのか、ということだ。些細《ささい》なことでもいいのだ」

騎士団長さんが尋ねた。普通だったら警邏隊《けいらたい》の詰所《つめしょ》で担当の騎士に聞かれるんだろうが、団長自《みずか》らの聞き取りなんて凄《すご》い経験をしているなぁ。

「掃除夫っぽいひとは、特に何も言っていませんでした。俺が配達に行くことも知らなかったし。……違うな、知らないふりだったかもしれません。俺を後ろから殴りつけたの、多分その男だ」

殴られた話をしたあたりで、エルの腕に力が込められた。その手をポンポンと軽く叩いてやる。

「女は何か言っていたのか？　黙秘を続けていて、彩美楼の元娼妓ということしか分からぬのだ。彩美楼にも問い合わせているが、年季明けの娼妓は詮索しないのがならいらしくて、書類は全て破棄されていてな」

心機一転、真っ当な暮らしを目指す女性のためにはそれがいいんだろうけどな。騎士団長さんの苦々しい声は捜査の進まなさを感じさせる。

動機、ねぇ。

ちらりと俺にへばり付く幼馴染《おさななじ》みのつむじを見る。それから王様に視線を向けると、王様は先を促《うなが》すように頷《うなず》いた。

「陛下の隣にいる男娼が嫌な気持ちになればいいって」

薄汚いとかも言ってたけど、流石《さすが》にエル本人の前では言いにくい。男娼も相当だけど。

「別に俺じゃなくてもよかったらしいです。他にも候補は見繕《みつくろ》ってた……ジャネットとか。エルが親しくしてる人物ばかりだったけど、最終的に俺になったのは、イリス姉ちゃんの名前が気に入らないって、よく分からない理由だったそうです」

思い返してみるに、阿呆《あほう》な女だった。そんな馬鹿げた理由で人生を棒に振りやがって。

「イリス殿のお名前が気に入らない、と？」

うわっ。宰相様の口からなんか恐ろしく低い声が出てきたぞ⁉　優しい笑顔の美形眼鏡って、商店街の娘さんたちに人気の宰相様が、うっすらと嗤《わら》っている。なんだこの薄寒《うすらさむ》い微笑《ほほえ》みは⁉

「イリスはアイリスの愛称です。……そうですか、殿下を男娼と誹《そし》り、我が妻の名が気に入らない『エッタ』という名の女。ジュリエッタ・ピヒナですね」

ピヒナって、オーリー坊ちゃんの家名じゃなかったか？　オリヴァー・ピヒナって言ってたよな。

あの礼儀正しくて穏やかな坊ちゃん。

「あの時の娘か……」

「え⁉　あのトンデモお嬢様が犯人⁉　十三年ぶりにその名前、聞いたよ！」

エルが素《す》っ頓狂《とんきょう》な声を上げて、王様が苦虫を噛《か》み潰したように眉を寄せた。

知り合いなのかよ⁉

「その女、我が妻の血縁上の従姉妹《いとこ》なのですよ」

宰相様が再びうっそりと嗤《わら》う。

宰相夫人はアイリス様ってお名前だったな。リューイのご学友たちと一緒に、商店街の散策に来たことがあったよ。栗鼠《りす》とか兎《うさぎ》とかビクビクする小さい動物みたいな、可愛らしい雰囲気の奥様だよな？

「……アレがあの方の従姉妹《いとこ》!?　嘘だぁ!!」

「今のトンデモ令嬢がどんなだか知らないけど、嘘だぁって言いたくなる気持ちは分かるよ」

王様の前だというのに思わず大きな声を出してしまったが、エルがしみじみ頷《うなず》いて、他の誰も否定しなかった。傍《そば》に立つフレディだけは怪訝《けげん》な表情をしている。十三年前の話っぽいから、当時五歳のフレディは知らなくて当然だ。

「貴族の恥なのであまり表沙汰にしたくないのですが、掻《か》い摘《つま》んで説明しておきましょうね」

宰相様の笑みがますます寒くなってきた。コレ、肉屋の倅《せがれ》が聞いたら駄目なヤツじゃないか？

「……諦めて、シルヴィー。俺、十三年前に同じこと思ったから」

やっぱり駄目なヤツーーーーッ!!

本当に掻《か》い摘《つま》んで説明されたところによると、先代のピヒナ侯爵が亡くなった後、勘当されたはずの放蕩《ほうとう》者の弟が爵位を簒奪《さんだつ》していたんだそうだ。正当な跡取りのオーリー坊ちゃんとその姉上は使用人扱いで虐待《ぎゃくたい》されていたって。そして父親と一緒に侯爵家に入り込んでいたトンデモお嬢様は、王様のお妃様になりたくてエルを男娼と罵《ののし》って暴力を振るったと。

罪は暴かれてオーリー坊ちゃんは無事に侯爵位を継ぎ、姉上のアイリス様は宰相様の奥様になった。俺と出会った時はリューイのご学友とその姉上だったから、幸せなお貴族様だと思っていたのに……苦労なさっていたんだな。

俺が拉致《らち》されたのは、その時のトンデモお嬢様が未だにエルを恨んでいて、仕返しをするためだったってことだけど。

聞いてない！

俺の耳は、なんにも聞いてない！

今に至るまで民に知らされていないってことは、この先何があっても漏らすつもりがない事件だろ？　なんで俺に聞かせるんだ⁉

「あの女に拉致《らち》された瞬間から、あなたも当事者ですから」

……ありえねぇ。

宰相様の薄寒《うすらさむ》い微笑《ほほえ》みと、王様の苦い笑み、騎士団長さんの狼狽《うろた》えた瞳。書記官さんだけが平然と書板で記録を取っている。

いつのまにか護衛騎士さんと侍従さんの人数が減っているし。話を聞いてはいけない立場のひとは、弁《わきま》えて速《すみ》やかに出ていったようだ。……俺は？

何が詰《つ》んだのか分からんが、とにかく詰《つ》んだ。

目も口も、ぱっかり開いていたんじゃなかろうか。そんな俺の肩にフレディの手が置かれた。宥《なだ》めるように数度ポンポンと叩かれる。

あー、失神してぇ。

そんな俺の願いは、叶わなかった。

何故《なぜ》ならフレディの手の温《ぬく》もりに、ひどく安心してしまったからだ。

怒涛《どとう》の会談を終えて部屋に戻された。

会談？　密談？　取り調べ？

よく分からんが、酷《ひど》い目にあった。最近の俺の口癖、『よく分からん』なのがよく分からん。とにかく酷《ひど》い目にあったことだけは理解している。

あんまりに呆然《ぼうぜん》としていたので、王様は苦笑して俺を解放した。さしたる抵抗もなく再びフレディに抱き抱えられて部屋に戻り、多分美味《おい》しかった夕食をひとりでとり、客間でぼへっと過ごしている。

俺を運んできたフレディはなんだかしきりに「ひとりにしてごめんなさい」と謝りながら、顳顬《こめかみ》やら頬やらに口づけをして部屋を出ていった。あの面子《メンツ》のところに行くのだろう。今日は休みのはずだけど、あの人たちと会っていたら、仕事と変わらないんじゃないか？

我に返ったのは夕食が終わってしばらくして、バスチアンさんに着替えを促《うなが》された時だ。適当に返事をしていたら、バスチアンさんに身包《みぐる》み剥《は》がされた。

「は？　あ？　え？」

狼狽《うろた》えているうちに全身を清拭《せいしき》され、素っ裸で寝台に寝かされていい匂いのする油でコリを解《ほぐ》される。ここまでくると落ち着きが出てきたものの、それはほぼ諦めの心境によるものだ。仰向《あおむ》けになった時は、大事なところをシーツで隠してくれたのが救いだった。

「最後に余分な香油をお拭《ぬぐ》いします」

ほかほかと気持ちのいい温度の手拭《てぬぐ》いで、ベタつきを綺麗にされる。

「……コレ、子爵家ではみんなするんですか？」

酷《ひど》く疲れた気持ちでバスチアンさんに聞くと、穏やかに微笑《ほほえ》みを返された。フレディにもしているのかと思ったんだけど、どうだろう。

「本日のお手入れはご入浴の代わりです。さっぱりされましたでしょう？」

「なるほど。コレ、理髪店の御隠居にやってあげたら喜びそうなんで、今度教えてもらえます？」

理髪店のじいちゃん、去年転んで骨折してから寝たきりなんだよなぁ。ばあちゃんも歳《とし》だし、嫁さんと孫息子が世話してるんだけど、風呂が大変だって呟《つぶや》いてた。理髪店だけに頭はいつも清潔なんだけどな。

「シルヴェスタ様が施術なさるのですか？」

「難しい？」

「いえ、そうではありませんが。慈愛の御心に感動しております」

またまた大袈裟《おおげさ》な。そういうのはエルに言ってやってくれ。

渡された寝間着に袖を通す。さっきほんの数刻着ていたものでよかったのに、綺麗に火熨斗《ひのし》がかけられた新しいものだ。残念ながらこの寝間着もズボンはない。

「フレッド様は皆様と会食の後、今後の計画を話し合われるそうです。遅くなられると思いますので、いつでもおやすみになってください」

「まだ早い時間なんで、何か時間を潰すものがありませんか？」

流石《さすが》にまだ眠くはない。フレディが来るかもしれないし。

バスチアンさんはすぐに本を数冊持ってきてくれた。フレディの下の兄上が子どもの頃に読んでいた、冒険小説を借りてくれたようだ。この歳《とし》で冒険小説もないが、他は教会が発行している経典の一般向け翻訳本とか、エスターク王国の建国史とか、開いた瞬間、秒で眠りの泉に引《ひ》き摺《ず》り込《こ》まれそうなヤツだった。

沢山《たくさん》のクッションを背中にあてがわれて、本を読み始める。本は貴重品で、庶民は貸本屋で借りてくるのが普通だ。年子の三人の姉たちは借りてきた一冊を回し読みしていたが、歳《とし》も性別も違う俺はその輪の中に入れなかった。自分ひとりのためにお金を出して、別の本を借りてもらうのも躊躇《ためら》われたし。

だから、新鮮でなかなか面白い。

今の俺には少し幼稚だけれど、荒唐無稽《こうとうむけい》な内容に斜めからツッコムという新しい読み方をする。最後にはクスクス笑いながら「そりゃないよなぁ」なんて言って本を閉じた。

子ども向けの本は、あっという間に読み切った。寝台の傍《そば》にあるチェストに置くと、それをすかさず取り上げる手がある。

「面白かったですか？」

フレディが微笑《ほほえ》んでいた。

いつの間に寝室に入ってきたのだろう。本に夢中すぎて気付かなかった。

「おかえり。王様たちはお帰りになった？　まさか泊まりとか」

「お帰りになりましたよ。后子《ごうし》殿下は近いうちに王太子殿下とお越しになるそうです」

リューイにはしばらく会っていないけど、警備が大変だから、やめてくれ。顔を出してくれるのは嬉しいけどな。

それはともかく、フレディは見送りを済ませて来てくれたのか。

「もう、風呂は入ってきたのか？」

長いチェリーブロンドの、乾き切る直前の光沢が眩《まぶ》しい。

「ええ、僕も後は眠るだけです。シルヴィーも読書の続きは明日です。灯《あか》りを落としますよ」

「分かった。おやすみ」

「はい、おやすみなさい」

バスチアンさんが入り口の足元にある灯《あか》りを残して、他は全部火を落とした。「おやすみなさいませ」と丁寧に礼をして寝室から出ていくのに、フレディはそのまま立っている。

それどころか、寝台に乗り込んできて背中のクッションをいくつか床に放り投げると、俺をがっつり腕に閉じ込めてシーツに潜《もぐ》り込《こ》んだ。

「うわっぷ、シーツに溺《おぼ》れる！」

「ふふふ、よかった。大声が出るくらいには元気ですね」

「なんだよ、お前が急に抱きついてくるからだろ」

クスクス笑うフレディをグイグイ押しのけようとするのに、抱き込まれて折り畳まれた腕には全く力が入らない。

「……本当に、よかった」

耳に吹き込まれた声は、熱かった。ふいに背中がゾクゾクする。

「真っ白い顔で目を閉じて、口元を吐瀉物《としゃぶつ》で汚したシルヴィーを見た時、あの女を殺しそうになりました」

鉛《なまり》を吐き出すように言うフレディは、とても苦しそうだ。「殺しそうになった」と口にしながら、彼自身が死にそうな表情《かお》で俺を見下ろしている。

「……ボタンのひとつでも外れていたなら、自分を止められたか分かりません」

夢か幻《まぼろし》かと思っていた白く煌《きら》めく剣は、しっかりと現実だっようだ。人攫《ひとさら》いにあいかけて俺に抱っこされていた小さなフレディが、大人になって助けに来るなんて。

「フレディ、格好良かったよ。助けてくれて、ありがとう」

額《ひたい》を胸に押しつけた。

「僕が怖くありませんか？」

「なんで？」

助けられておいて怖いとか、若大将の逃げた嫁さんと一緒じゃないか。若大将はやるべきことをやっていただけだ。フレディだって俺のために剣を抜いてくれたんだよな。それを否定して、薬漬けになって屍《しかばね》みたいに生きるのはごめんだ。

「そりゃお前が、ゲラゲラ笑いながら女の人を滅多《めった》刺《ざ》しとかしたら怖いけど、そんな猟奇的な殺人鬼じゃないだろう？」

さっき読んだ冒険小説に出てきた悪役が、そんな男だった。勿論《もちろん》子ども向けだから、真綿で包んだような柔らかい表現だったけど。子どもにこんなの読ませていたんかいって盛大に突っ込んだよ。

そんなツッコミどころ満載の冒険小説の悪役に比べたら、こうやって俺の様子を窺《うかが》うフレディは可愛くて格好良い。

「好きだよ、フレディ」

言葉がするりと口から飛び出した。

「僕も好きです。愛してます」

チュッチュッと音を立てて顔中に口づけられる。それは段々、唇に集中し、何度も啄《ついば》むように喰《は》まれた。舌先で伺いを立てるようにつつかれて、唇を開く。ぬるりと侵入してきた舌に上顎《うわあご》をくすぐられると、背中がしなった。

あれ？　俺のあそこ、熱くなっていないか？

エッタの前ではなんの反応も示さなかったのに、フレディとの口づけでこんなになるなんて、ちょっと恥ずかしい。若造でもないのに。

少し腰を引こうとして、フレディのあそこが太ももを掠《かす》めた。……お前も？

「殿医《てんい》殿があなたの体調は万全だと、請《う》け負《お》ってくださるまで駄目ですよ」

「じゃあ、口づけもやめろよ」

フレディが大人みたいな口づけをするのが悪い。俺は責任を転嫁した。

フレディの口づけは熱かった。拙《つたな》いのか巧《たく》みなのかは判断できないけど、ふわふわして気持ち良くて、意識が飛びそうになる。エッタが使った香よりよっぽど酩酊《めいてい》する。

「シルヴィー……」

切なげに名前を呼ばれた。フレディが身体を離す。

「いいんですか？」

「結婚って、それも込みじゃないのか？　お前が嫌だったり怖かったりするんなら、しなくても全然いいけど」

三十年間しなくても生きてこられたんだし、そのうち枯れるだろう。こういうことは好きなひとととするものだし、好きなひとが嫌ならしなくてもいい。

「……そうではなくて。頭を後ろから殴られてるんですよ」

「そっか。医者さんがおとなしくしてろって言ってたな」

なんだかおかしくなってきた。あんなに色っぽい口づけしておいて、今更だ。

「医者さんには一緒に叱《しか》られようか？」

拘束の弛《ゆる》んだ腕の中から抜け出して、寝そべるフレディの上に馬乗りになる。チェリーブロンドがシーツの上に広がった。

「たまにはお兄さんに格好つけさせろ」

覆《おお》い被《かぶ》さって口づける。

うわ、めちゃくちゃ恥ずかしい。コイツ、いつも当然の表情《かお》で口づけてくるけど、大した強心臓の持ち主だな。

何度かチュッと音を立てる。尻の下にあるフレディは力強い。

身体をずらして彼の寝間着の裾《すそ》を割った……なんでコイツの寝間着はズボン付きなんだ？　四苦八苦してズボンと下着を引き下ろす。腰を浮かせてそれとなく協力してくるのに腹が立つ。

くっそ、余裕だな！

フレディは、その、まぁ、体格に見合ったものを持っていた。……俺のほうが身長が低いからしょうがない。他人と比べる機会なんかないが、俺のは普通だと信じたい。

手のひらで包む。自分のものとは違って、どっしりと重量感があった。自分が気持ち良いようにすればいいんだろうか？

フレディを包む俺の手に、本人の大きな手が重なる。

「ねぇ、シルヴィーも一緒に」

促《うなが》されてもう一度身体を乗り上げると、寝間着の裾《すそ》を捲《まく》られた。下着の紐を弛《ゆる》められて、俺のが飛び出す。フレディの言葉を借りるならのっぴきならない状態のソレを、ふたりぶん纏《まと》めて握り込まれた。

「ふあっ」

思わず変な声が出る。

芯の通ったアレが重なっている感触、洒落《しゃれ》にならん！　なんだ、コレ!?

俺の下で目を閉じて、熱い吐息を漏らすフレディが色っぽい。

ふたりでふたりのモノを擦《こす》りながら、俺は上半身を丸めてフレディの唇に舌を伸ばした。熱い吐息が甘いかもしれないなんて想像しながら。

互いのものから溢《あふ》れ出した体液で滑りがよくなると、より快感が増す。ひとりでしている時の何倍も気持ち良い。

口づけながら擦《こす》り合《あ》って、やがて弾ける。

ふたりして肩で息をして、なんとなく視線がからんだ。灰色がかった緑の瞳が俺を見上げている。

「シルヴィーのショコレ色の瞳が、甘く潤《うる》んで色っぽいです」

それは俺の台詞《せりふ》だ。

心地の良い怠《だる》さが眠気を誘《いざな》う。

駄目だ、汚れたままだ。確かチェストの引き出しに手巾か手拭《てぬぐ》いがあったはず。身を浮かせて四《よ》つん這《ば》いになってチェストに手を伸ばすけれど、やけに広い寝台の真ん中からは遠い。

次は先に準備しておくべきだろうか。って、次ってなんだ。……結婚するなら、この先何度でもあるか。

恥ずかしいことを考えて顔が熱くなる。初めてこんなことをして、もう次の想像かよ。

もだもだ変なことを考えていると、フレディに腰を引かれた。互いの体液で濡れた手を俺の寝間着で拭《ぬぐ》っている。

「これは、新しいものに着替えましょうね」

いやいや、この寝間着で二枚目だぞ。一晩で三枚ってあるか？

「お前が手なんか拭くからだろ？」

口を尖らせるとチュッと口づけされた。

「脱がせる理由が欲しかったんです」

「何を言ってるんだか」

馬鹿なことを言っているのがおかしくて笑っていると、フレディが本当に寝間着のボタンを外してしまった。肩から肌触りのいい生地がするんと落ちる。半分ずれた下着だけになって、慌ててシーツを手繰《たぐ》り寄せた。

「今度は僕の番ですね」

「え？　もう一回？」

いや、これって一晩にそんな何度もするものなのか？

「ちょ、待て、やっ」

ぐるんとひっくり返されて、上下が入れ替わる。上からのしかかるように唇を奪われた。チェリーブロンドが流れ落ちて俺の顔を帳《とばり》のように覆《おお》う。

からんだ舌がくちゅくちゅぴちゃぴちゃとイヤらしい水音を立てて、頭がくらくらした。耳からの音じゃなくて、頭の中に直接響く。酒も飲んでないのに口づけに酔う。

空気が足りなくなって、それから逃れた。こぼれる唾液が口の端から頬に伝い、それを辿《たど》ってきたフレディの唇にまた吐息を奪われる。

のしかかる身体を力の入らない手で押しのけようとして、厚い胸板の感触に驚く。感じたのが素裸で、目を閉じたままで俺はフレディが自分の寝間着も脱いでいるのを知った。

「ねぇ、シルヴィー。知ってます？　今のは一回じゃないんですよ。まだ、始まってもいないです」

フレディがなんか言っている。耳には入ってくるのに理解が追いつかない。

押しのけようとしていた手を取られて、指の間に舌を這《は》わされる。背中に震えが走って、頭の片隅で「手、洗ってないのに」なんて考えた。

「もっと気持ち良くなって」

フレディの声が熱い。足を大きく広げられ、その真ん中に陣取られる。口づけが唇を離れて顎《あご》から喉《のど》に下りてきた。

喉《のど》の尖りを甘噛《あまが》みされて変な声が出る。慌てて口を押さえると、フレディは何もなかったように鎖骨《さこつ》の間の窪《くぼ》みを舐《な》めた。

大きな手のひらが肋骨《ろっこつ》から脇腹、腰の骨を辿《たど》る。全部に背中がぞわぞわして、どうしていいか分からなくなった。

「フレディ、待って、俺ここまでして、ないっ」

息も絶え絶えに抗議したのに、俺の胸を舐《な》めて甘噛《あまが》みするのに一生懸命なフレディには聞こえていないみたいだ。

「なぁ、フレディ」

地肌に指を差し込むように彼の髪の毛を掻《か》き回《まわ》す。顔を上げたフレディは、色っぽく唇を濡らしてニヤリと笑った。

聞こえてたなぁ!?

「お前、こういうのって、旦那がするんだろ!?」

商工会の若衆が飲み会の時、そんな話をしていたぞ⁉

「そうですよ」

「…………旦那？」

「なんですか、奥さん」

「俺、奥さん？」

「奥さんが色っぽく誘うから、もう、容赦《ようしゃ》なんかしませんよ」

は？

あ？

え？

「僕、若造なんですよ。シルヴィーから触られて、色っぽく達する姿を見せつけられて、可愛いお尻をこっちに向けて振られたら、我慢なんてクソ喰らえって心境になりました」

「色々突っ込みたいけど、他は置いとく！　俺が奥さん⁉」

「十二年前から、あなたをお嫁さんにしたかったんです」

「んあっ」

腰骨をなぞっていた手がさらに下を目指して、謎のザワつきに身体を浮かせた俺の後ろに宛てがわれた。

「シルヴィー、好き。僕のお嫁さん」

声と共に指が侵入してくる。

「あっ」

チリッとした痛みに眉を寄せると、フレディは小さく「ごめんなさい」と言った。そこは素直でとてもいい。指が抜かれてほっとする。

フレディが身体を離したので、力の入っていた身体を弛《ゆる》めた。彼は俺に乗り上げるみたいにして身体を伸ばし、チェストの引き出しを漁《あさ》る。俺は届かなかったのに、コイツ、本当に身長が伸びたなぁ。

身体の位置を元に戻したフレディが顳顬《こめかみ》に口づけてくる。てっきり手拭《てぬぐ》いを取り出したのだと思ったのに、見せられたのは小さな瓶だった。貴族の女性が香水でも入れていそうな、綺麗なものだ。

瓶の蓋《ふた》を止めていた封印紙が破かれる。目の前でキュッと蓋《ふた》が開けられるのを眺めていると、柔らかな柑橘《かんきつ》の香りが漂《ただよ》ってきた。

「嫌なら嫌と言ってください」

そう言いながら、フレディが瓶を傾ける。その懇願《こんがん》するような表情《かお》に、胸がキュウッと苦しくなった。

「嫌なわけがあるか。俺が旦那だと思ってたから、戸惑《とまど》ってるだけだ」

「そこが相入れないのって、重要な問題なんですが」

「……じゃあ、俺が奥さんでもいいって、お前が思わせて」

言った途端、噛《か》み付くように口づけられる。唇をこじ開けられて、さっきまでのが子どもの挨拶《あいさつ》だったみたいに喉《のど》の奥まで愛撫《あいぶ》され、流し込まれた唾液を飲み込んだ。息苦しさに朦朧《もうろう》となる。

瓶の中身を腹の上にぶちまけられて、それを掬《すく》った指が再び後孔に入り込んだ。いい香りのする油の助けを借りて指は抵抗なく出入りを繰り返し、やがて数を増やす。

フレディはずっと、「好き」「愛してる」「僕のお嫁さん」と呟《つぶや》きながら、俺の身体中に口づけた。

俺の口からはもう、意味のある言葉なんて出ない。

気の遠くなるような長い時間をかけて後ろを弛《ゆる》められて、フレディの「いい？」という言葉に何度も顎《あご》を引く。

フレディのずっしりしたモノに貫《つらぬ》かれた時、なんとも言えない解放感と多幸感に包まれた。俺は指通りのいいチェリーブロンドを掻《か》き回《まわ》して悶《もだ》える。

「僕のが挿入《はい》った衝撃でイくなんて、凄《すご》く可愛い」

フレディがなんか言っている。

「気持ち良い？」

返事なんてできない。硬くて長くてずっしりと重いモノに串刺しにされて、胎《はら》の中が熱い。この感覚が気持ち良いというのなら、良すぎて死んでしまいそうだ。

「フレディが、俺の旦那さん……」

思わず呟《つぶや》くと、数瞬、全ての時が止まった。串刺しにされている俺が動けないのは当然だが、何故《なぜ》かフレディも固まったのだ。

「自分の不用意な発言を、恨んでくださいね」

一拍置いて絞《しぼ》り出すように、苦しげに言葉を紡《つむ》いだフレディが、身体を起こして両手で俺の膝《ひざ》を掬《すく》い上《あ》げた。

「あぁッ」

猛然とフレディの滾《たぎ》りが俺の中を往復する。閉じた眼裏《まなうら》でチカチカと光が弾け、胎《はら》の奥はドロドロと煮えたぎった。

苦しくて遠のく意識のなか、それでもフレディが好きだと思ったのは、俺の本当の気持ちだろう。

§

フレディは医者さんの前に、バスチアンさんに叱《しか》られた。それはもうガッツリと。

「坊ちゃん！」

子爵邸に来てからずっと『フレッド様』と呼ばれるのを聞いていたせいか、バスチアンさんの坊ちゃん呼びは怒りの深さを感じさせる。

「バスチアンさん」

「バスチアン、でございます」

「バスチアン……」

「はい、なんでございましょう」

聖者のような微笑《ほほえ》みが鬼気迫っていた。

「そんなに怒らないでください。たぶん、悪いの俺なんです」

俺が奥さんでもいいと思えるようにしろなんて言っておいて、フレディだけのせいにはできない。

つか、全面的に俺が悪くね？　十二歳も歳下《としした》の才気ある若者を誑《たぶら》かして。

「シルヴィー、そんなことありません。僕の我慢がきかなかったのが悪いんです」

寝台の上で背もたれになっているフレディは、俺が目覚めた瞬間からずっと謝り続けている。昨日の朝よりよっぽどへばっているのだ。

「そんなに謝るなよ。なんか、俺とああなったの後悔してるみたいに感じて、嫌だな」

「後悔はしてます。殿医《てんい》殿の許可もなく、激しくあなたを揺さぶってしまって、何か障害でも現れたらどうしようと、悔やむのはそればかりです。あなたの身体を愛したことは望外の喜びですが、あんなふうに箍《たが》を外して負担をかけるなんて、夫失格です」

切々と訴えられた。

その口を閉じろ。バスチアンさんの前で恥ずかしすぎる。

「坊ちゃん、よくお分かりではないですか。奥様の体調もお気遣いになられない、情けないご夫君にお育てしたつもりはございませんよ」

それにしてもバスチアンさんって、侍従さんっていうより、爺やさんなんだなぁ。ますます年齢が分からない。そのバスチアンさんに叱《しか》られて年齢相応の落ち込みを見せるフレディは可愛いが、マジで俺が悪いと思うんだ。

いやその前に、当たり前に『奥様』と言われている。まだ結婚していないのに。

恥ずかしすぎるが、そうなった経緯をしどろもどろ説明すると、バスチアンさんはしばらく宙を仰《あお》いだ後、深々と息をついた。

「坊ちゃん……いえ、フレッド様。この程度で済まされたこと、お褒《ほ》めすべきか悩みますな」

この程度ってどういうことだ。充分にアレコレされたと思うぞ。ああいうのって一晩一回かと思ってたよ。

「過ぎたことは仕方ありません。フレッド様は出仕の支度をいたしましょう。シルヴェスタ様は、本日は寝台からお出ましになりませんよう」

有無を言わせない聖者の微笑《ほほえ》みでバスチアンさんが言ったので、フレディは俺の背後から抜け出す支度を始めた。手に届く枕やクッションをありったけ手繰《たぐ》り寄《よ》せ、自分の身体の代わりに俺の背中に宛てがう。

「こんな状態のシルヴィーをひとり残していきたくないのですが、スニャータからの使者をお迎えしなければならないんです」

おい、ぺろっと重要なことを言うな。

「……カッツェンの引き渡しをするんですよ」

あ、俺がらみか。スニャータで違法薬物の密売してたんだっけ。結構重い罪だよな。

「捜査協力という名目で、シルヴィーへの面会を求められています。それの調整で、しばらく帰りが遅くて会いに行けなかったんです」

スニャータ側が会いたいのは俺個人じゃなくて、カッツェンの標的だった人物ってことだよな。確かに外国のそれなりに偉い人と平民の俺を会わせるためには、調整が必要だろう。

エスターク国籍の犯罪者じゃないから、国同士の取り決めに従って処罰しないといけないんだってさ。だから俺の証言が必要なんだそうだ。法務大臣と外務大臣と宰相様が立ち会うなんて、庶民には拷問《ごうもん》って言わないか？

「普通に法務官や、外務官でよくない？　カッツェンって勘当された豪商の息子だろ？」

「スニャータ国内での被害者の中に、末端王族の夫人が含まれるのだそうです。そのためカッツェンを引き取りにくる使者も、王族に連《つら》なる御方だそうで」

……俺は巻き込まれたクチか。いや、最初から全部巻き込まれだけど。

今のところエスタークでは俺への傷害容疑しか確認できていない。彼の犯罪の殆《ほとん》どはスニャータで犯した事件だ。俺が拉致《らち》されるまでは、彼にエッタたちとの繋がりがあるなんて、欠片《かけら》も思っていなかっただろうし。

最初はさっさとスニャータに送り返してしまいたかったが、エスターク内に薬物を撒《ま》き散《ち》らした可能性があり、帰してしまうとこちらの捜査が滞《とどこお》るということだ。

スニャータの王族相手にあの宰相様が丁々発止《ちょうちょうはっし》やらかすんだろう。姉ちゃんたち、それからジャネット、お前たちが目の保養だと言って眺めている新聞記事の美形眼鏡は、なんだかよく分からん薄寒《うすらさむ》い男だぞ。

宰相様の下で使者を迎える準備をするのだ、フレディが忙しくても仕方ない。

「……もしかしたら、シルヴィーが起きている時間に帰ってこられないかもしれません。あなたに無体を働いたまま、逃げるように仕事に行く僕を許してください」

いちいち大袈裟《おおげさ》だな。何が無体だ。

「あのなぁ、そんなに嘆《なげ》くような言葉ばかり吐くなら、もう二度としないぞ。やった翌日はひたすら謝り倒す旦那なんて、俺はごめんだ。お前が帰ってくる頃には寝てるかもしれないけど、おとなしく子爵邸で世話になってるから、キリキリ仕事してこいよ」

「許してくれるんですか？」

「許すも何も、昨夜のはふたりのことだ。それとも何か？　俺が『歳下《としした》のお前を誑《たぶら》かす、ふしだらな男でごめん』なんて言い出したらどうするんだ？」

いや、実際そうなんだけど。

「……すみません、シルヴィー。僕が考えなしでした。ふたりで殿医《てんい》殿に叱《しか》られましょうって、約束しましたね」

「分かればいい」

これで安心して仕事に行ってくれ。俺も肉屋が気になるが、それは諦めよう。

「では、いってきます」

頬に両手が添えられて口づけ……させるか！

「バスチアンさんがいるから、駄目」

「残念です。いってきますの口づけをしたかったのに」

「調子に乗るなよ。さっきまで凹《へこ》んでたくせに」

軽口をたたきあってフレディを寝台から追い出す。

「名残惜《なごりお》しいですが、そろそろ時間が迫ってきました。いってきますね。……そうだ、行きがけに仕立て屋に寄って予約をとってきます。明日か明後日、シルヴィーの体調のいい日に行きましょうね」

フレディは笑顔で寝室を出ていった。

ちょっと待て、仕立て屋ってなんだ？　いや、仕立て屋は知っている。俺が仕立て屋になんの用があるかってことだ。

「バスチアンさ……」

バスチアンさんが被せてきた。

「バスチアンでございます」

「バスチアン」

「はい」

「仕立て屋って、新しい服を作るんですか？」

確かに着替えはないが、フレディのお下がりで構わないんだけどな。昨日借りたのも全然ほつれもなく綺麗に保管してあったし。

「スニャータからのご使者様と面会なさる時には、それなりのお召《め》し物《もの》が必要になられます。お相手は王族に連《つら》なるお方と聞き及んでおりますよ」

……言っていたな。肉屋から一張羅《いっちょうら》を持ってきては駄目だろうか？　駄目だな。今着ている寝間着のほうがよっぽど上等だ。

「それにお靴は必ず必要です」

そうだった。フレディの靴のままじゃ、延々と抱っこ移動だ。布製の柔らかな室内履きは、外出には向いてない。

どうしよう、俺の貯金で賄《まかな》えるか？　お貴族様御用達《ごようたし》の店で買い物なんかしたことないぞ。

仕立て屋に行く前に、肉屋に寄ってもらおう。財布、持ってこなかったんだよ。

ぼーっと考えているうちに、眠くなってきた。昨夜あんまり眠ってないし。

「シルヴェスタ様、今日はゆっくりお休みください。午後に御殿医《ごてんい》様がおみえになりますからね」

バスチアンさんに促《うなが》されて素直にシーツに潜《もぐ》り込《こ》んだ。身体が休養を欲している。医者さんが来る前にできるだけ体調を整えておこうと、しっかり眠ることにした。

目を閉じて、秒で落ちる。疲れてたんだな、俺。


仕立て屋って、お城に店を構えていたんだっけ？　お城に来るのに堪《た》えうる服――フレディのお下がりがあるんなら、新しいの必要なかったじゃん。

王妃の間の茶話室《さわしつ》とやらで、山のような布と糸、描き散らかされた意匠画に埋もれて、俺は途方に暮れた。

「自分のを選ぶのってうんざりするけど、シルヴィーの服だと思うと楽しいな。なんかお義母様《かあさま》とケイティの気持ちが分かっちゃった」

部屋の主、后子《ごうし》殿下が満面の笑みで言う。お義母様《かあさま》って王太后様だよな？　ケイティって誰？　……大公妃様なんて言われたらビビるわ!!

なんでこうなった？

スニャータからの情報で、俺が吸わされた香は薬を効きやすくする効果のあるもので、二日ほどで完全に抜けると分かった。エッタが飲ませようとした薬でなくても、例えば風邪薬などでも効きがよくなるらしい。

頭を殴られたのも、ひとまずなんともない。

そんなわけで医者さんから普通通りの生活を送る許可が出たのだが、カッツェンの仲間が潜伏《せんぷく》している可能性があるとかで自由に出歩けない。ようやく挨拶《あいさつ》ができた奥様と若奥様であるフレディの長兄の奥さんが贔屓《ひいき》にしているという仕立て屋が来ることになったんだけど、直前で中止になった。俺的にはフレディのを借りれば充分だし、なんの問題もなかったんだが、仕立て屋が子爵邸に来るのが中止になったのであって、服を仕立てること自体は話が進んでいた。

「本当は僕が選びたいのですが」

なんてブツブツ言いながら、フレディが着られなくなった自分の服を俺に色々宛てがう。そうやって用意されたお下がりを着せられて、フレディの出仕と一緒に屋敷を出て、気付いたら城の門の中だったわけだ。

「馬車の小窓の帳《とばり》、わざと閉めたままだったろ⁉」

ニコニコ笑って「さあ？」とか言うな。口づけに夢中になっていたとか、言わないからな‼

まだちょうどいい寸法の靴がないんだぞ。せめて肉屋に寄って、いつもの俺の靴を調達してくれよ。

スラックスにシャツ、それからジレとかいうベストと何が違うのかよく分からん服を着て、足元は柔らかな室内履きだ。これは城に来る格好ではない。

そんな騒動を経て茶話室《さわしつ》とやらまで案内された俺は、二日ぶりのエルと半年ぶりくらいのリューイと、初めましての仕立て屋姉弟と顔を合わせた。

帰りに迎えに来るからと言ってそっと俺を送り出したフレディを見て、エルが挙動不審になる。

「えぇぇ!? フレッド君、あんななの!? 甘さがダダ漏れで、糖蜜ガブ飲みしたような気分だよ!!」

「いや、お前んとこの王様のほうが酷《ひど》いだろ?」

「……兄上もフレディもあんまり変わらないような」

エルの発言に物申しているのに、彼の甥《おい》っ子《こ》リューイが控えめに突っ込んできた。立太子の儀をしてからは初めて会う。

「おう、リューイ。久しぶり。……もう王太子殿下だよな。おめでとう。どうしよう、ちゃんと喋《しゃべ》ったほうがいいか?」

フレディもデカくなったけど、リューイも相当デカい。十二歳くらいまではエルとそっくりの顔《がん》貌《ぼう》をしていたのに、今では王様そっくりだ。叔父より異父兄に似たんだな。黒い豪奢《ごうしゃ》な巻き毛のせいで、より華やかだけど。

王様の異母弟だと判明しているリューイは、エルの実の甥《おい》っ子《こ》だ。リューイをきっかけにエルは王様と出会い、俺は見事に初恋のひとを掻《か》っ攫《さら》われた。いい思い出だ。今でもエルが大切なのは変わりないし。

「いつも通りにして。パン屋で育った私も私の一部だから、シルヴィーには弟分扱いされていたい」

「その割に、私とか言ってるし」

「だって、いざという時にボロが出るんだもの」

照れ臭そうに笑う表情に、エルの面影《おもかげ》がある。これだけ王様似の男前に育って性格はエル寄り、頭の中身はあの宰相様が育てたって、エスタークの未来の王様は最強じゃないか？

「でも元気でよかった。もう行かなきゃならないんです。今日は私も宰相府でスニャータの御使者を迎える打ち合わせに出ます。あちらの王族の方とは、立太子して初めてお会いするので手順を踏まなきゃならないんですって」

こんなに若いのに、国を背負って立つんだ。大きくなったなぁ。俺は親戚の小父さんになったみたいな気持ちでリューイを見送る。エルは「いってらっしゃい」と軽い。毎日会ってりゃそんなもんか。

ってくらいまでは、場所が城ってこと以外は普通の会話だったんだよ。

仕立て屋の姉が興奮して詰《つ》め寄《よ》ってきてから、流れがおかしくなった。

「殿下、もう、よろしくて？　よろしいわよね！　わたくしご挨拶《あいさつ》が終わるのを、ちゃんとお待ちしましたわ！　よろしいとおっしゃって!!」

「姉さん駄目だよ！」

「うふふ～。三十路《みそじ》のおっさんの衣装って聞いてたのに、なんのなんの。可愛ゆらしい食べ頃の青年ではないですかッ。神が、降りてくるッ！」

「すみません、すみません！　うちの姉、馬鹿と天才は紙一重《かみひとえ》なひとなんですぅッ」

姉のほうが画帳を捲《めく》って猛烈な勢いで何かを描きはじめる。弟は慌てふためいて謝り倒していた。

いや、怒っていないから。ちょっと怖いけど。むしろ弟に仲間意識が芽生える。お互い弟として強く生きよう。

「スージーとトーマスに任せとけば、お義母様《かあさま》の紹介だから間違いないよ。俺も結婚前から世話になってるんだ」

エルのお義母上《ははうえ》は王太后殿下だろ。そんなお方の紹介する仕立て屋が作る服って、いったいいくらするんだ？

「……エル、俺、支払いができる気がしないんだけど」

「え？ フレッド君、払ってくれるでしょ⁉」

財布も持ってきていないし、と震えていると、エルが俺の背後を見やってバスチアンさんに問いかけた。

「勿論《もちろん》でございます。我が主人からもですが、子爵からも不自由のないようお支度して差し上げるよう、言付かっております」

「は？」

驚いて振り向いた。

バスチアンさんはいつもの聖者の微笑《ほほえ》みで、俺に向かって頷《うなず》く。

「バスチアンさん」

「バスチアン、でございます」

それ、今、いらないから。そこにエルが、楽しげな声を上げた。

「惜しい！　執事さんぽいから、名前はセバスチャンかなって思ったんだけど」

「執事の名前が、セバスチャンじゃなきゃいけない意味が分からん」

「それはお約束ってヤツ」

ますます分からん。そもそもバスチアンさんは執事じゃなくて侍従だ。それはともかく、子爵家に俺の服の代金を払ってもらうなんて。

「俺が子爵家の金で買い物するのって、変じゃないか？」

「……だよね。そう思うよね」

俺の疑問にエルがうむうむと頷《うなず》いた。バスチアンさんは相変わらず聖者のように微笑《ほほえ》んでいる。

「貴族の男の人って、とっても面倒くさいんだ。例えばシルヴィーが自分でお金を払って服を仕立てるとする」

「いや、払えないから、無理」

「例えばだよ。この場合、シルヴィーがとんでもないお金持ちで、そこの高級生地を右から左まで全部買えたとしてもってこと」

ふむふむ。

「婚約者に自分で支払わせるなんて、なんたる甲斐性《かいしょう》なし……と社交会で誹《そし》られるんだよ」

は？

顎《あご》が外れる勢いで、開いた口が塞《ふさ》がらない。バスチアンさんをガン見すると、ゆったりと頷《うなず》かれた。

「だから、シルヴィーが自分で支払うなんて言うと、フレッド君、ひいては子爵家に恥をかかせることになるんだ。婚約者の家の財力を侮《あなど》っている、もしくは不安視してるってことだからね」

もう何も言えなかった。

楽しそうに画集を捲《めく》るエルと、意匠画を描き散らかしては布の見本を俺に巻きつけて悶《もだ》える仕立て屋（姉）。延々と朝から昼まで。

エルの侍従のウィレムさんが昼食の案内をしてくれなかったら、止まらなかったと思う。

昼食後には靴屋と宝石商もやってくると知って、絶望したのは言うまでもなかった。


靴は履いた。

靴屋はびっくりするほど長い時間をかけて足の寸法を計測し、持ち込んだ靴の中から四足選んで並べた。その中からエルとバスチアンさんが今日の衣服に似合うものを選んで、それを靴屋が木槌《きづち》で叩いて調整する。

靴ってこんな買い方をするもんだっけか？　足の裏の長さと幅、甲の高さを測るのは分かる。測ったことないけど。足首とか脹脛《ふくらはぎ》って、靴に関係あるんだろうか？　革を木槌《きづち》で叩くのも初めて見た。

そうやって調整された靴を、バスチアンさんが跪《ひざまず》いて俺の足に履かせる。紐の結びが芸術的に美しい。

……白目を剥《む》きそうになった。

「いやぁん、戸惑《とまど》いと躊躇《ためら》いが交差する、なんとも言えない初々《ういうい》しさ！　滾《たぎ》るわぁ！　神が、神がわたくしに！　降りてくるぅッ!!」

「姉さん、落ち着いてぇッ！」

スージー、三十路《みそじ》に初々《ういうい》しいってなんだ。あとトーマスよ、頑張れ。

「バスチアン殿」

エルの侍従官のウィレムさんが、バスチアンさんを立つように促《うなが》した。

「シルヴェスタ様は市井《しせい》での生活が長くていらっしゃいます。お世話されることに不慣れでおられますから、まずはご入浴後のお手入れや正装のお支度から慣らして差し上げてください」

ウィレムさんが神様に見える。

「シルヴェスタ様も、ご入浴後のお手入れは頑張ってお受けください。今後は、あなた様のお髪《ぐし》に艶《つや》がなかったり、お肌が荒れておいでになったりするのは、フレッド様の恥になりますからね」

マジか。

「ウィレム殿、ご指南ありがとうございます」

「いえ、若輩者《じゃくはいもの》が差し出がましい真似をいたしました。お恥ずかしゅうございます」

「年寄りが張り切りすぎました。なにしろ十二年かかってようやく、シルヴェスタ様のお世話をすることが叶いましたので……」

こっちも十二年越しか!?

「シルヴェスタ様、ご負担になられる時は、ご遠慮なさらず口に出されてくださいませ」

「……はい」

って言うしかできない……

「慣れるしかないよ」

エルが俺の背中をぽんぽんと叩く。しみじみ懐かしむように言われて、コイツは十三年前……つまり成人を迎える前に経験しているんだなぁと思い出した。

「で、次はもっと魂消《たまげ》る案件だよ。心の臓を止めないでね」

何を恐ろしいことを言っているんだ？　と思っていると、後ろに下がった靴屋の代わりに、ちょび髭《ひげ》のおっさんが布張りの箱を開ける。その中身に仰天して、ソファーから転げ落ちそうになった。

「ご婚約、おめでとう存じます。記念のお品をお求めと伺い、参じましてございます」

「婚約の記念品は彼の婚約者が選ぶから、今日は普段使いよりちょっと上のものを見せてくれる？　身分ある方と非公式に会見するから、急いでるんだ」

「それではこの辺りからお選びいただくのがいいでしょう」

ちょび髭《ひげ》のおっさん――宝石商は大ぶりのアクセサリーが入った箱を下げて、小さいけどキラキラと眩《まぶ》しい小物が並んだ箱をずいっとこちらに押す。

ひぃ、って声が出そうになった。価値は分からない。でも、輝きの存在感に気圧《けお》される。

「おや、殿下のご友人は見る目がおありですな。宝飾をお選びになるのは初めてと伺っておりましたが、価値がお分かりのようです」

分かってない、分かっていないから！

俺の無言の訴えが通じたのか、宝石商はブローチをひとつ手に取って微笑《ほほえ》んだ。

「本当に全く価値がお分かりにならない方にとって、宝石はただのキラキラした綺麗なものです。我慢が効かない方なら、手にとって眺めてご覧になるでしょう。あなた様はこれらがおいそれと手に触れていいものではないと感じていらっしゃいます」

「い、いえ。エルが……后子《ごうし》殿下が身につけてい……らっしゃるものと、意匠が似ている気がしてことは、お高いはずなんだよ！

「ほう、意匠師の癖まで見分けられますか。これはこれは」

感心したように頷《うなず》かれる。今の発言の、どこに褒《ほ》める要素があったのか、さっぱり分からん。

「ごめんね、シルヴィー。俺たちの感覚じゃ宝飾なんて持っててもしょうがないし、そんなもの身につけてたら、恐ろしくて廊下も歩けないよね」

言葉が出ず、俺は必死に首を上下に振った。

「怖くて自分で選ぶなんてとても無理だから、俺の時はお義母様《かあさま》が有無を言わせずに選んでくれたよ。だからシルヴィーは、俺が目星をつけておいたものの中から、フレッド君に決めてもらったらいいんじゃない？　初めての宝飾は、絶対に旦那様に選んでもらったほうがいいよ」

旦那……だと？

待て、エルよ。何故《なぜ》あっちが旦那だと知っている？

いろんなことがいっぱいいっぱいで、頭が破裂しそうだ。

俺が魂《たましい》を飛ばしている間に、エルは楽しそうに、いくつかのブローチとピンズを選んで、宝石商がそれを小さな布張りの盆に移動させる。緑色の宝石のものと地金が薔薇金《ピンクゴールド》のものが多い。なんかドキドキす……いや、気のせいだ。

それから仕立て屋姉弟と靴屋と宝石商は別室に移った。四人で素材と意匠の擦り合わせを行うらしい。

「待ってる間、休憩しようね。ティムとトイを呼んでるんだ」

城の厨房《ちゅうぼう》で働くベテラン料理人のふたりは、彼らが見習いの時から知り合いだ。貧民街で行われる炊《た》き出《だ》しの奉仕活動では、エルのお供でその腕を奮って大活躍していて、その時に紹介された。

城に来て緊張している俺を気遣って、年齢の近い知り合いを呼んでくれたんだろう。

久しぶりに会ったトイさんとティムさんは、相変わらずの凸凹《でこぼこ》ぶりだった。背が高くておっとりしたトイさんがニコニコと、小柄でキャンキャンしたティムさんの後ろに立っている。

王様の政策が上手《うま》くいって貧民街の住人が減ったから、必然的に炊《た》き出《だ》しも減った。いいことだけど、ふたりに会う機会がない。だから、会えて嬉しい。

厨房《ちゅうぼう》で菓子を担当しているティムさんが手がけた菓子が、天地に並んだ皿の上に並べられている。サンドウィッチはトイさんの作品らしい。

それにしても、皿が、縦に？

トイさんがニコニコして「ディッシュタワーだよ」と教えてくれた。

「貴族のお茶会の真似事をしとこうね」

マジか!?

「フレッド君は三男だから、現状シルヴィーが社交に精を出す必要はないけどね。一応こんなもんだよって、知っておくと安心でしょ」

お、おう。たしかにいきなり皿の塔が出てきたら、阿呆《あほう》みたいに口を開けて眺めたに違いない。

「これを見せたかっただけだから、後は肉屋の居間で寛《くつろ》ぐみたいにお茶しよ」

エルが言うと、ウィレムさんとバスチアンさんがささっとカップにお茶を注いで給仕してくれた。思わず立ち上がって手伝いそうになるのを、ぐっと堪える。ここはジャネットの酒場じゃない。

「それにしても、フレッド君とシルヴェスタさんがねぇ。ふふっ、俺のおかげかなぁ」

ティムさんは宰相府の書記官さんの妻だ。フレディが俺に懐いたのは、このティムさんが付き纏《つきまと》い男に誘拐された事件がきっかけだった。子どもだったフレディは誘拐犯を追尾中に迷子になったんだよ。それを俺が保護したってわけだ。

「あぁ、あの。ティムさんが旦那さんに熱烈な口づけされた時のね」

「それは忘れてくれるかな？」

街の人も結構覚えているぞ。なにしろ王様が直々《じきじき》に出向いての捕物だったからな。ティムさんと旦那さんの口づけはもはや商店街の伝説だ。

「熱烈とか言ってるけど、フレッド君は若いんだから、そっちのがよっぽど熱烈でしょ？」

トイさんがほやんと言う。

「そうなんだよ。朝ちょっと挨拶《あいさつ》したんだけどね、糖蜜駄々《だだ》漏《も》れの甘々でびっくりしちゃった」

エル、参戦するな！

「若い旦那さんだと、夜が大変そうだねぇ」

ティムさん、アンタ、何言ってんだ⁉

つうか、さっきのエルもだけど、なんであっちが旦那だと決めつけるんだ？

「だ、だ、旦那って」

「だって、君が奥さんでしょ？　でなきゃ王妃の間に入る許可なんて出ないよ。陛下、そこらへん、了見がめちゃくちゃ狭いから」

それ、国王陛下に対する不敬罪にならないか？

あとな、気付いちゃったんだけど。

その理論でいくと、俺がこの部屋に招かれたことを知っている城の人間は全員、俺が奥さんだって認識しているんだよな……

フレディに翻弄《ほんろう》されていた二日前の自分を知られたわけじゃないけれど、恥ずかしさに耳が熱くなった。

「シルヴィー、真っ赤だよ」

うるさい、黙れ。この天然妖精が！

§

怒涛《どとう》のお城訪問から三日過ぎた。明日はいよいよスニャータから使者がやってくる。俺との面会は明々後日だという話だ。

仕立てている面会用の服は明後日の午前中、仕立て屋姉弟が子爵邸に納品に来る予定だ。子爵夫人と継嗣《けいし》夫人がはしゃいでいる。王太后殿下と后子《ごうし》殿下御用達《ごようたし》の仕立て屋と接点が持てるというのは、貴族の女性にとって夢のような出来事らしい。

フレディは使者を迎えるための最後の詰《つ》めを終えて、久々に早い時間に帰宅した。

家族揃っての夕食にビクビクしながらお邪魔する。食事の仕方が綺麗だと驚かれた。手順を教えてもらいながらだけど、音を立てないとか口にものを詰《つ》めすぎないとかを褒《ほ》められたんだ。

いや、子どもの頃からこんなんだし。

待てよ。そういえば、エルがやけにそういうことに煩《うるさ》かったな。エルん家に上がり込んでオヤツを食べながら指摘されたんだった。アイツ、今思えばパン屋の倅《せがれ》にしてはお上品だったな。

フレディの長兄のところには十五歳の長女の他に妹がふたり、最後に赤ん坊の男の子がいた。肉屋と同じ姉弟の並びに、親近感が湧く。

次兄はまだ独身で、口癖が后子《ごうし》殿下みたいな可愛い奥さんが欲しい、なんだそうだ。俺より年上なんだが、夢を見すぎだと思う。

子爵夫妻が俺を温かく迎えてくれているのが分かって、なんだか面映《おもは》ゆい。フレディは遅くにできた可愛い末っ子だろうに、こんなおっさんを捕まえてきて許されるのかと思ったのに、むしろ頭を下げられた。

「お作法のお勉強が大嫌いで、先生の目を盗んで逃げ出していたやんちゃな末っ子が、あなたを護《まも》れる大人の男になりたい一心で、素晴らしい努力をしたのよ。あのままでは市井《しせい》に下りて一旗《ひとはた》あげるなんてことも、無理だったでしょうね」

手放しで褒《ほ》められるのが恥ずかしい。子爵夫人はにっこりしている。

「母上、間違ってはいませんが、僕の子どもの頃の駄目な挿話は、シルヴィーには内緒にしてください」

「うふふ、我が息子ながらいい男になったわ。旦那様に似てね」

「おいおい、シルヴェスタ君の前で恥ずかしいだろう」

子爵家夫妻は仲良しだ。というか、子爵一家は仲良しだ。空気感が肉屋に似ていて心地良い。

そうして食事を終えて、俺は客間に戻った。当然のような表情《かお》をしたフレディにエスコートされて。

「ではシルヴィー、僕は自室でお風呂に入ってきます。あなたもゆっくりしてくださいね」

ゆっくりねぇ。

時間がかかるのは入浴後のお手入れとやらのほうだ。ひとりで風呂に入って、出てきたらバスチアンさんに全身を香油で磨かれる。

本当は髪の毛や身体を洗うのにも、適した手順と湯の温度があるとかで、バスチアンさんは浴室の中まで入りたそうにしているんだけど、そこは譲歩してくれた。三十路《みそじ》のおっさんを磨いてもどうしようもないだろうが、スニャータの王族と会うんだ。ここは慣れるしかない。手入れして駄目なら仕方がないけれど、何もせずに子爵家の恥にはなりたくないしなぁ。……なんて妙な決意をしてみた。

全身隈《くま》なくバスチアンさんにこねくり回されて、ややぐったりしてソファーにだらしなく寝そべっているところに、ようやくフレディが帰ってきた。……帰ってきたってなんだ。ここは客間だろ。フレディの部屋は別にある。

「ふふっ、いい香りがします」

俺の上に覆《おお》い被《かぶ》さるようにして、髪の毛の匂いを確認される。それ、変態くさいからやめろ。

「子爵家の石鹸《せっけん》の匂いだよ。俺の手柄じゃない」

「あなたの肌に馴染《なじ》むいいものを選んだ客室係に、ご褒美をあげないといけませんね」

顳顬《こめかみ》に口づけを落とされる。すすっとバスチアンさんが消えた。

え、ちょっと、今ふたりきりはまずいって。

「その前に僕にご褒美をください。仕事、頑張ってきました」

仕事を頑張るのは当たり前だろうが。いや、俺は今、仕事していないけど。肉屋の様子は姉ちゃんからマメに手紙が来るから心配していないものの、仕事をしない日々なんて今までなかったので、うずうずして仕方がない。バスチアンさんに駄目元で掃除道具を貸してくれないかと提案したところ、やっぱり笑顔で却下された。

「シルヴィー、僕に集中して」

変なことを考えていると、顳顬《こめかみ》の口づけが唇に移動してくる。チュウッと、小鳥の囀《さえず》りみたいな音を立てて、何度も繰り返された。

「ソファーとか、駄目だろ」

「じゃあ、寝台だったら許してくれますか？」

許すって、何をだよ。いや、分かるけど。遠回しに言われるほうが恥ずかしいんだって。

「明日……スニャータの使者が来るんだろ。朝は早いって、バスチアンさんが……ひゃあッ」

太ももも触るなって！

捲《めく》れた寝間着の裾《すそ》からフレディの手が侵入してきて、太ももを撫《な》で上《あ》げた。くすぐったさの中に、快感の糸先を感じて背中がしなる。

「二度目って、不安なんですね」

いきなりなんだ？

「初めての時は勢いで突き進んでいけたのに、もう一度誘うのはとても怖い」

フレディが太ももを撫《な》でていた手を寝間着の裾《すそ》から退《しりぞ》けた。軽々と俺の身体を起こしてソファーに座り、向かい合うように膝《ひざ》に乗せる。寝間着の裾《すそ》が盛大に捲《まく》れ上《あ》がって、みっともない格好になったけど、抗議するのはやめた。

とても不安げな表情《かお》が見えたから。

頬に落ちかかるチェリーブロンドを整えてやりながら、緑の瞳を覗《のぞ》き込《こ》む。洋燈《ランプ》から漏れる橙色《だいだいいろ》の光を映して、虹彩がゆらゆらしている。そのゆらめきは不安の表れに見えた。

「やっぱりおっさんを押し倒したの、後悔してる？」

「まさか！　……そうではなくて」

そうだろうな。俺も念のために聞いてみただけだ。後悔している奴が馬車の中であんなことはしない。

「シルヴィーは本当に受け入れる側でよかったのかな、とか」

「うん」

「僕がガキすぎてつまらなくないのかな、とか」

「うん」

「無理をさせすぎたから、閨《ねや》は懲《こ》り懲《ご》りだと思ってやしないかな、とか」

「うん」

「他にもたくさん、思うところがあって」

ヤバい。可愛い。

初めての時、散々翻弄《ほんろう》されたせいで、コイツ本当に未経験なのかと疑っていたんだけど、自信満々に見えてビビッていたのかと思うと、堪《たま》らなく可愛い。

「俺が奥さん側なのは、まぁ、受け入れた」

……受け入れる側があんなに恥ずかしいものだったのは想定外だったとはいえ、なんかもう、とにかく凄《すご》いのは理解している。

「恥ずかしいから、二度と言わないぞ。『食べちゃいたいくらい好きだ』って、ああいうのを言うんだって思った。俺の胎《はら》ん中で、お前のこと食っちゃってたろ？　身体の内側に取り込んで、これ以上ないくらい深いところで繋がって。あの時、世界中の誰よりも近くにいるのは、お前だった」

あの時感じた多幸感は、一生忘れないだろう。

顳顬《こめかみ》に口づけをしてやると、フレディがビクッとした。

「あとな、お前にされたのと同じこと、他の奴にやられるなんて冗談じゃないと思った。フレディ、俺を奥さんにできるのは、お前だけだよ」

顳顬《こめかみ》、瞼《まぶた》、鼻の頭。ちょんちょんと口づける。最後に唇に口づけて、あとはフレディに委《ゆだ》ねた。

「寝台に、連れていってもいいですか？」

「勿論《もちろん》。ただし、明日に響かないようにな」

「あなたの明日の予定は？」

「俺じゃなくて、お前の予定が大事じゃないか」

俺の予定は午後に、子爵夫人と継嗣《けいし》夫人に挨拶《あいさつ》の仕方を教わりながらお茶を飲むくらいだ。フレディはスニャータの使者のお迎えだろ。

「分かりました。僕の都合に合わせていいんですね」

あれ？　そんな話だったか？

フレディは俺を膝《ひざ》に乗せたまま立ち上がる。重心とか膂力《りょりょく》とかどうなっているんだ。とにかくもの凄《すご》い力持ちなのは分かった。

そうして寝室に運ばれる。

とさりと優しく寝台に下ろされた。灯《あかり》は小さなものしか点《つ》いておらず、柔らかな橙色《だいだいいろ》の光はフレディの表情を鮮明にはしてくれない。

熱い唇に吐息を奪われて、コイツの本気を感じる。

流れ落ちてくるチェリーブロンドを掻《か》き分《わ》けるように首に腕を回すと、一層口づけが激しくなった。空気が足りない。何もかもコイツが初めてで、慣れない口づけが苦しい。それでも必死な様子が愛しくて、押し退《おの》けるなんて考えられなかった。

「シルヴィー、シルヴィー」

それしか紡《つむ》ぐ言葉を知らないかのように俺の名前ばかりを口にするから、舌を伸ばして唇を舐《な》めてやる。その間も寝間着の裾《すそ》から入り込んだ手のひらが素肌の上を這《は》い回《まわ》り、その刺激から逃れるように身体がくねった。

俺の意思に反して身体が動く。声を漏らすのをしばらく堪えていたものの、フレディの指が後ろを探《さぐ》り当《あ》てた瞬間にその努力は霧散《むさん》した。

「あぁッ」

「シルヴィー、シルヴィー、好きです。可愛い」

可愛いって、なんだ？　文句を言ってやりたいのに、口からは悲鳴じみた喘《あえ》ぎ声《ごえ》しか出ない。初めての行為からさほど日が経っていないが、受け入れる場所は硬《かた》く窄《すぼ》んでいる。フレディは柑橘《かんきつ》の香りのする油の入った小瓶を器用に開けると、時間をかけて丁寧にそこに塗り込んだ。

……時間をかけられすぎた。おかげで繋がった場所の痛みは全くなかったが、感じすぎて泣きながら強請《ねだ》る羽目に陥《おちい》る。散々喘《あえ》いだ今、喉《のど》が激しく痛む。

後悔先に立たず。

フレディの都合に合わせた俺は、どえらいことになった。

§

その翌朝。俺の精神力は枯渇《こかつ》寸前になった。

する度に謝り倒す旦那は願い下げだが、色気ダダ漏れで愛情表現を惜しまないのもなんとかしてほしい。

「可愛かった」「素敵だった」「色っぽくてどうにかなりそう」「僕にからみついて離さないのが堪《たま》らない」など、寝起きに身体を労《いたわ》られながら、顔中に口づけを受ける。

頼むからその口を閉じてくれ。恥ずかしくて口から魂《たましい》が抜けそうだ。

愛情表現というより閨《ねや》ごとの延長のような気もしてきた。これ以上どえらいことをされる前に、追い出そう。そうしよう。

「……イ、し……なきゃ」

おい。俺の声、どこに行った。

「フレディ、支度しなきゃ」と言いたかったのだが。記憶にある限りカッスカスの喉《のど》の原因は、目の前の坊ちゃんである。

「掠《かす》れ声も色っぽいですが、痛々しいですね。バスチアン、糖蜜水を」

「かしこまりました」

昨夜、絶妙な間合いで部屋を出ていったバスチアンさんが、ワゴンを押して入ってきた。一番上の棚板にピッチャーとグラスが置いてある。中段は盥《たらい》とたくさんの手拭《てぬぐ》い、下段に見えるのは着替えのようだ。

「朝食は客間でとりましょうね」

この状態で、食堂でご家族様と一緒に食事する厚顔さも体力も持ち合わせていない。……そこそこ鍛《きた》えていて仕事もしていたはずなのに、身体が重い。「少しの時間も寂しいです」と離れ際に頬に口づけてくるフレディを押しのけるのも億劫《おっくう》だ。調子に乗って唇にしようとしてきたのは、流石《さすが》に顔を背《そむ》けたけど。バスチアンさんがいるとこじゃ、駄目！

どうせ自室で身支度をしたらすぐに戻ってくるくせに、寂しいわけあるか。

フレディが寝室から出ていくと、バスチアンさんはピッチャーから糖蜜水をグラスに注いで渡してくれた。行儀悪いが一気飲みだ。

「おかわりはいかがですか？」

「……さい」

多分聞こえていないため、首を縦に動かしてグラスを差し出す。

今度は味わってゆっくり飲んだ。糖蜜の甘さに蜜柑《みかん》の香りが合わさる。これ、好きだ。

それからバスチアンさんはお湯で絞《しぼ》った手拭《てぬぐ》いで俺の顔と髪の毛を拭いて、髭剃《ひげそ》りの準備をしかけてやめた。どうせほとんど生えない。

かつて伸ばそうとした時も、薄くてひょろ～っと情けないのしか生えず、姉ちゃんに「不潔だ」と殴られて終わった。一度でいいからもじゃっと格好いい髭面《ひげづら》になってみたいものだ。

脳内でそんな独り言をしている間にも、バスチアンさんは俺を寝台の縁に座らせ、シャツやズボンを渡してくれる。本当はぜんぶ着せつけたいんだろうなぁ、と思いつつ、着るだけ着た。腰が強張《こわば》って屈《かが》めないので、ズボンを穿《は》く時にちょっと手伝ってもらう。……なんかおじいちゃんの介護みたいだな。

その後、俺をおっさん通り越しておじいちゃんにした元凶と朝食をとって、彼を仕事に送り出した。フレディは、食事中には上着を着ていなかったけど、明らかにいつもの支度じゃない。長い髪のサイドを上げて頭頂部で結っている。首元を覆《おお》う幅広のタイを飾る宝石も、見たことのないものだ。

本当に外国の要人と会うんだな。

いつもと違う装《よそお》いに、外《と》つ国《くに》の使者を迎えるという重大な仕事を任される事実を見て、謎の優越感を覚えた。

俺のフレディは凄《すご》いんだぞって思ったところで、めちゃくちゃ恥ずかしくなる。外国の要人と会うだけなら、俺だって明後日会うのに。

そのせいというわけではないが、生まれたての仔牛《こうし》みたいに足をガクガクさせた俺は、玄関まで彼を見送りに行けなかった。フレディに抱っこ移動された居間のソファーで、いってきますの口づけをされる。バスチアンさんがいたのに逃げそびれて、唇同士がくっつけられた。フレディは満足そうに出かけ、俺はバスチアンさんの聖者の微笑《ほほえ》みに耐える。……ちくしょう、覚えておけよ。

このままじゃ、午後から奥様たちとお茶なんて無理だ。断っても怒る方々ではないけれど、理由を聞かれたら答えにくい。どうしたものかと唸《うな》っていると、見かねたバスチアンさんが全身マッサージを提案してくれた。騎士も訓練後に酷使した筋肉をほぐすのにやってもらうらしい。

施術はとてつもなく気持ちが良くて気付いたら寝ていた。昨夜の疲れもあったのかもしれない。寝て起きたら声が出る。

その後、お茶会のため支度や茶話室《さわしつ》へのエスコートなど、バスチアンさんが有無を言わせぬ手際のよさで取り仕切った。そのおかげだろうか、スニャータの王族と会見するための支度は、少し余裕を持って迎えられそうだ。

そんなふうに迎えた翌日。朝も早くからフレディに連れられて城に上った。前日に仕立て屋姉弟が持ち込んだ大量の箱と、靴屋が持ち込んだ多くの箱は馬車に乗り切らなくて、バスチアンさんが別立ての馬車で運んでくれることになっている。

俺の身体はひとつしかないんだが。今日はいったい、何度着替えるんだ？

「で、スニャータの王族というのは、どんな方だった？　挨拶《あいさつ》の仕方は付け焼き刃で詰《つ》め込《こ》んだけど、会話が進むと言葉遣いが怪しいぞ」

一昨日《おととい》城に到着したスニャータからの使者のお出迎えには、フレディも参加していた。彼らは昨日、留置所にカッツェンやエッタの様子を見に行ったので、その案内をしていたようだ。

ちなみに『見に行った』というのは間違いじゃない。牢に入った罪人を王族に直接対面なんかさせない。あちらに分からないところから、『見せた』んだそうだ。

「使者に立つくらいだから、王様とは血筋が遠い人なのか？」

「いや、セージ王の異母弟に当たる方です」

近いな。

「あと、ローズマリー王妃の同母兄ですね」

めちゃくちゃ近いな。

というかそれって、うわさの脳筋王子なんじゃ？

「だから僕が案内役なんですよ。一緒にアランも護衛役のひとりとして付けられてます。ご本人がべらぼうに強いので、護衛なんて無意味ですけどね」

脳筋王子は騎士団長とか言っていたな。国内で捕らえ損なった罪人を引き取りに来るのには妥当なのか？　被害者に王族がいなかったら来なかったとは言い切れない。

「えっと、その、直情型の王子様、よくカッツェンを見るだけで済ませたな」

性格的に直接乗り込んで、正面から問いただしそうなんだけど。

「副官殿が、しっかり手綱《たづな》を握ってくださっていますので」

フレディの笑顔はとても爽《さわ》やかだ。宰相様の薄寒《うすらさむ》い笑顔が脳裏にちらついたけど、気のせいだろう。

そんな会話を交わしながら、大量の荷物と共に王妃の間を訪ねると、喜色満面のエルが迎えてくれた。

「おはよう、シルヴィー！　うわぁ、三日でお肌プルプルだね！　バスチアン、お手柄だよ！」

しがみ着かれたんだか体当たりを喰らったんだか分からない勢いで抱き着かれ、たたらを踏む。足腰は鍛《きた》えているが、不意打ちは駄目だ。

エルに引っ張っていかれたのは居間だった。衝立《ついたて》や鏡台が準備されていて、何故《なぜ》か仕立て屋姉弟もいる。弟は裁縫箱を広げていて、細かな調整をするために控えているのだと分かったが……姉、要《い》らんだろ？

「おはようございます、后子《ごうし》殿下。本日はシルヴェスタ殿をよろしくお願いいたします」

「任せて！」

「では、シルヴィー。綺麗にしてもらってくださいね」

自信満々に請《う》け負《お》うエルに、甘ったるい笑みを寄越すフレディ。

……三十路《みそじ》のおっさんに、綺麗は不必要かと思われるのだが？


午後からの会談に、準備が午前中いっぱいかかるとか聞いてない。

「王妃の間で入浴した平民、俺が初めてじゃないか？」

「残念、俺」

げんなりしながら独り言のつもりで言うと、俺の次に入浴してきたエルがドヤ顔で被せてきた。

ドヤ顔が可愛い三十路《みそじ》も凄《すご》いな。結婚前、リューイのお世話係として城に滞在している時に担《かつ》ぎ込《こ》まれたらしい。

それにしても后子《ごうし》殿下より先に風呂を貰《もら》うって、胃が痛くなる案件だ。俺のほうが泥縄なぶん、髪の毛や肌の手入れに時間がかかるからと、風呂場に突っ込まれたんだけどさ。

猫足の優美な浴槽に、三十路《みそじ》のおっさん。

エルはいいんだ、妖精だから。そう思ったが、王妃の間は普段、使っていないんだそうだ。王の間が主な生活空間で、料理したり作業をしたい時は猫の間を使うって言ってた。

……猫の間？　聞けばエルがリューイのお世話係だった時、猫殿と呼ばれていた名残《なごり》とか。猫扱いだったのは、数代前の王様にとんでもない愛猫《あいびょう》家がいたせいだという。ますます意味不明だ。愛猫《あいびょう》家の王様とエルが猫扱いされるのに、どんな繋がりがあるんだ？

俺がバスチアンさんに香油とやらで磨かれている隣で、エルがウィレムさんに磨かれている。並んだ寝椅子の間には衝立《ついたて》が置いてあって、寝そべっているとお互いに首から上しか見えない。顔を見ながら会話ができるものの、施術着を剥《は》ぎ取《と》られても身体は見られることはなかった。

……施術してるバスチアンさんとか、お城の侍従官さんとかは見放題だけどな。

エルが王様の嫁さんに納まった時、俺が同じような目にあうなんて微塵《みじん》も思わなかった。フレディと結婚することに同意した時も、自分が貴婦人みたいに磨かれるなんて予想だにしなかったし。

ゆっくり心構えする間もなく、非公式とはいえ外《と》つ国《くに》の王族と会見する羽目に陥《おちい》った俺を、エルはとても心配しているんだろう。自分の生活を見せることで、少しでも不安を取り除こうとしているに違いない。

「ありがとうな、エル。説明されても未知のものに触れる不安は、それなりにあったからさ。お前が手本を見せてくれるのは安心する」

フレディは旦那側なので、この際脇に置いておく。この不安は平民出身で、尚且《なおか》つ奥さん側じゃないと分からないヤツだ。

「俺には漠然とした予備知識があったからねぇ」

エルはなんだかしみじみ言っている。

「予備知識ね。そんなの仕入れるとこ、商店街にあったか？」

「それはホラ、俺、妖精さんだし」

「自分で言うな！」

顔を見合わせてふたりで笑う。うつ伏せで寝そべって、脹脛《ふくらはぎ》を解《ほぐ》されながら。そうやって午前中を丸ごと使ってこねくり回されてすっかり疲れ果てた後、ガウン姿というだらしない格好で昼食をとる。裁縫師のトーマスは、調整の時間をたっぷり与えられて喜んでいた。

完璧に仕上がった服を着る。若草色の上着の下に黒いベストを着て、白い細身のズボンを穿《は》く。靴はピカピカとした飴色《あめいろ》の光沢を放つ革靴で、誂《あつら》えたようにピッタリだ。いや、本当に俺のためのお誂《あつら》えだろうな。若草色の上着には薔薇金《ピンクゴールド》の糸で立体的な刺繍《ししゅう》が施《ほどこ》されている。

丁寧に梳《くしけず》られた焦茶色《こげちゃいろ》の髪は、顳顬《こめかみ》のところで細い編み込みにされた。

「うわぁ、フレッド君色だね」

うるさい。エルだってひよこ色の上下に金糸と銀糸じゃないか。王様色だろ、それ？　幅広のタイに飾ってある、つるんとした黄色い宝石なんか、まんま、王様の瞳の色じゃないか。

ウィレムさんとバスチアンさんが、ふたり並んで満足げに微笑《ほほえ》んでいる。そうして準備を終えたちょうどその時、見ていたようなタイミングで王様とフレディがやってきた。

王様はキラキラしい服を着ていて、フレディも着替えている。文官用の控室があるそうだ。

「なんて綺麗」

フレディがほうっとため息を漏らした。……やめろ、赤面する！

「間に合いました。これを」

彼が傍《そば》に寄ってきて小さな布張りの箱をぱかりと開く。中には緑色の小さな宝石をあしらった薔薇金《ピンクゴールド》のピンズが入っている。フレディは素早く俺のタイにそれを飾り付けた。

なんだこれ。

横から見た牛の形の地金に宝石の目。全部の大きさは親指の爪より小さい。

なんて気の利いた贈り物だ！

「ありがとう、フレディ。正直言ってこの間見せてもらった宝石みたいな凄《すご》いの、贈られても困ると思ってたんだ。これもきっと高価なものだけど、牛って……ぷふッ、俺のためだけに作ってくれたんだよな」

絶妙にダサいけど、肉屋の倅《せがれ》にしか付けられないだろ。

「夜会などには飾れませんが、今日は非公式ですから」

腰に手が回って抱き寄せられた。エルの前で口づけなんかされたらどついてやろうと思っていたのに、フレディは待てを覚えたようだ。見下ろす瞳は熱を孕《はら》んで輝いていても、我慢はしている。

迎賓室《げいひんしつ》の茶話室《さわしつ》までは、王様とエルの後ろをフレディにエスコートされて歩いた。偉い人が先らしい。先行きの騎士さんが先頭なのは、暴漢が出てきたら盾になるためだって。城の中で暴漢？と首を傾《かし》げると、それが様式美だと言われた。

王様とエルの侍従官の後ろに俺とフレディが歩く。こんなに人がいるのに、建前上は王様とエル、それからフレディと俺しか歩いていないって。城の中はお化けだらけか。

半ば呆然《ぼうぜん》と歩いていると、エルが振り向いてクスクス笑った。

「凄《すご》いでしょ、お城って。子爵家の三男の奥さんなんて、王様の奥さんに比べたら楽勝楽勝！　フレッド君の愛に溺《おぼ》れていれば、なんとかなるよ!!」

黙れ、この天然妖精。王様、隣にいる嫁の口を塞《ふさ》いでくれ！

廊下の壁際で恭《うやうや》しく頭を下げている人々の口元が、綻《ほころ》ぶのが見えた。中にはぷすっと息を漏らしている人もいる。

耳が熱い、絶対に顔が赤くなっている。

恥ずかしすぎて俯《うつむ》くと、俺の手を取るフレディの手に力が込められた。彼はさっと身を屈《かが》めて耳元に口を寄せ、俺だけに聞こえるように低い声で囁《ささや》く。

「……溺《おぼ》れてよ」

反則ーーーーッ！

なんでここで敬語をやめるかな⁉

腰が抜けそうになって、慌てたフレディに支えられた。振り向いた王様は困ったような面白がるような複雑な笑みを浮かべていて、エルは満面の笑みだ。

「戯《たわむ》れは会見が終わってからにせよ。シルヴェスタが使い物にならなくなるではないか」

「駄目だよ、リュシー様。物みたいに言っちゃあ」

王様、揶揄《からか》わないでください。

エルは面白がるな。王様を窘《たしな》めているようでいて、しっかり声が笑っているぞ。

ひとりでは絶対に元の部屋に戻れないほど角を曲がって、迎賓室《げいひんしつ》とやらに辿《たど》り着《つ》く。そこでフレディと俺は王様たちを追い越して入室した。ここは身分が低いほうが先なんだそうだ。先に行ったり後から行ったり、訳分からん。

茶話室《さわしつ》の中にはお茶会の下準備がしてある。

えっ、お茶会？　てっきり警邏隊詰所《けいらたいつめしょ》の豪華版みたいな場所で、事情聴取かと思っていたのに。

いや待て、それなら王様とエルはいなくてもいいのか？

「フレディ」

不安になって思わずフレディの服の袖口を掴んでしまったことに気付いて慌てて離す。フレディは俺の手を取って握り締めた。

「大丈……」

その台詞《せりふ》は最後まで聞けなかった。

バーンッと扉が開いて、縦も横も大きい赤味の強い金髪の男が飛び込んできたからだ。

「フレッド！　聞いてないぞ!!　お前、婚約したんだって!?」

ひっ。

悲鳴は呑み込んだ。

フレディのチェリーブロンドによく似た色味の髪は、スニャータ王国前王の第四王子のよく知られた特徴だ。

「ふぅん、意外と普通だな」

ずいっと顔が近づけられて、しげしげと観察される。不躾《ぶしつけ》だが相手は王子様だ。しかも外《と》つ国《くに》の。

フレディがスッと俺の前に立って口を開こうとしたその時――

「殿下、お行儀」

冷たい声がスニャータの王子の背中に突き刺さった。

その人は雪のような人だった。

ふわふわとした綿雪のような、どこか温かみのある白い髪に、赤みの強い茶色の瞳をしたとても小柄な人物が、垂れがちな眦《まなじり》を半分にすがめて、スニャータの第四王子の襟首《えりくび》を掴む。

フェンネル王子のほうがその綿雪さんの頭ひとつ半ほど背が高いので、必然的に首が詰《つ》まって後ろにそっくり返った。

「フレッド殿、早速うちの馬鹿が失礼しました。ご婚約者の方も怖がらせてしまって申し訳ありません」

性別不明だが、声を聞いた限りは男性だ。綿雪さんが表情を緩めると、部屋の中が暖かくなった気がする。

「いいえ、フェンネル王子のすることですから」

「身も蓋《ふた》もないことを言わないでください。こんなのでも、私の夫なんですよ」

やっぱりこの大男、フェンネル王子だった。そして王子に奥さんがいた。いや、王子様の奥さんだからお妃様か。普通に男のお妃様なんだな。第四王子というから、色々面倒なことにならないよう、敢《あ》えての男性なのか？

それにしても、フレディもお妃様も王子様の扱いが雑だ。……エルがこの王子様のことを話す時も雑だよな。

「お前たち、俺の扱いが雑だぞ！」

本人も気が付いていているんだな。怒るでもなく豪快に笑う姿を見て、この人は普段からそういう扱いを受けていているんだと確信した。そしてそれを気にしていない。

「フェンネル、うるさいぞ。ロビン妃、今日も此奴《こやつ》の手綱《たづな》は任せたぞ」

部屋に入ってきた王様が、面倒くさそうに言う。

あれ？　王様の入室までもうちょっと手順があったんじゃ？

「心配しないでください。うちの殿下が色々すっ飛ばしただけですから」

綿雪さん、改め、ロビン妃が俺に向かって微笑《ほほえ》んだ。

「フェンネルがいる時点で色々こうなることは、八割方予想していた。二割はロビン妃に期待していたんだがな」

「大変不甲斐《ふがい》なく思っております」

「面倒な話は後にしよう。やあ、フレッドの婚約者殿。俺はスニャータの騎士団を預かるフェンネルだ。此奴《こやつ》は俺の弟分だ、幸せにしてくれるから、安心しろ！」

……いい人だ。

同じくらい阿呆《あほう》っぽいけど。

王様とロビン妃の会話をぶった切って、フェンネル王子は自己紹介を始めて、朗《ほが》らかに笑った。

暑くる……うざ……陽気な方だな。

縦も横も大きい赤毛のフェンネル王子と、小さくて華奢《きゃしゃ》な白毛のロビン妃が並ぶと、際立って美しい。

王子様、顔はいいんだ。うちの王様やフレディみたいな爽《さわ》やかな美形じゃないけど、男臭くてこってりした美男子だ。

「殿下、お行儀」

ロビン妃が王子の手の甲をつねる。王子の痛覚は鈍いみたいだ。

「もうよい。シルヴェスタ、こんな奴なのでマナーは気にせずともいい。肉屋の居間と思って楽にせよ」

いや、無理。

「あのね、シルヴィー。俺と初めて会った時のフェンネル王子もこんなでね、ちっちゃかったリューイにめちゃくちゃ警戒されたんだよ。誰にでもこうだから、気にしなくていいよ」

エル、お前も通ってきた道か。そして客商売をしていたお前がそんなにぞんざいに扱うだなんて、この王子様、十二年の間に何をやらかしたんだ。

「弟分とかおっしゃってますけど、実質親子ほど歳《とし》が離れてますからね」

フレディも容赦《ようしゃ》ないな。留学中は世話になったんじゃなかったのか？

本当に扱いが雑なんだな。

「ではリュシフォード王にご容赦《ようしゃ》いただきましたので、改めてご挨拶《あいさつ》を。ロビンと申します。この度はフェンネル王子の妃ではなく、騎士団長の副官として参りました」

……公私ともにお目付役なんだ。継承問題は関係なくて、手綱《たづな》を握れる人ってことで選ばれたのかもしれない。

「ロビンって駒鶫《こまつぐみ》でしょう？　可愛いお名前だよね」

エルが褒《ほ》めた。ロビン妃に問いかけてから、俺に同意を求める。笑顔は極上だ。これぞ客商売。

「ふふ、スニャータでそんなふうに言ってくださる方はいませんよ。生まれた時、こんな色味でとても弱々しく見えたので、すぐに死んでしまうと思われたんですよ。鳥になって広い空を翔《か》けていけるよう、母に涙ながらにつけられたんです」

「それがこんなにふてぶてしく」

「殿下。何かおっしゃいましたか？」

ロビン妃は見た目は儚《はかな》げなのに容赦《ようしゃ》なく王子の足を踏みつけている。王子は全く意に介していない。

「仲が良くて何よりだが、シルヴェスタを紹介しよう。フレッド・アイゼンの婚約者でシルヴェスタだ。フィンの幼馴染《おさななじ》みで、肉屋を生業《なりわい》にしている」

まさかの王様からの紹介。

「エルフィン后子《ごうし》の幼馴染《おさななじ》み？　なるほど、弟分ですか」

「どちらかと言うと兄貴分ですね」

「は？」

フェンネル王子とロビン妃が揃って目を丸くした。

「エルフィン后子《ごうし》が妖精じみた若さなのは置いておくとして、シルヴェスタ殿は二十代半ばほどに見えますが？」

悪かったな、童顔で。

つまり何か？　ふたりはエルの本当の年齢を知っていて、俺のほうが一般的な三十歳より若く見えたから弟分だと思ったのか。

「后子《ごうし》殿下とシルヴェスタ殿は同い年ですよ」

フレディが補った。私的と言いつつ外交の真っ最中だからか、呼び方がよそよそしい。

「スニャータにいらしたら、貴族のご婦人方の茶話会《さわかい》に引っ張りだこですね。若さの秘訣は、常にあの方々の話題の中心です」

「エスタークは魔法の粉でも人間に振りかけているのか？　ユリン叔母上も化け物じみた若さだぞ」

エスタークの王太后様は、スニャータの出身でフェンネル王子の実の叔母上のはず。直接お顔を見たことはないが、エルが『美魔女』という絶妙な譬《たと》えをしていた。そんなにお若く見えるのか。

それにしても化け物じみただなんて、言葉を選ばないな。うちの姉ちゃんにそんなことを言ったら、脳天チョップだ。

きちんとした挨拶《あいさつ》もしないで立ったままグダグダと話していたので、ウィレムさんが咳払いをした。

「いつまでそうしておられますか？　とりあえずお席にどうぞ」

王族四人を相手に凄《すご》いな。この人は基本的にエルには甘いけど、時々容赦《ようしゃ》がない。

そうしてテーブルに着くと、あっという間にこの前見たディッシュタワーがセットされて、お茶が供される。エルが俺にちらりと視線を向けて、悪戯《いたずら》が成功したみたいに笑った。初見なら絶対しげしげと不躾《ぶしつけ》に眺めて、意地悪な見方をされたら物欲しげだと思われたかもしれない。

お茶を喫しながら、ロビン妃が口を開く。

今回フェンネル王子がやってきたのは、スニャータでカッツェンの被害にあった末端王族という人が、ロビン妃の従兄《いとこ》の妻だったからだそうだ。

「私も端くれとはいえ、王族に連《つら》なる家に生まれました。スニャータの先代、先々代はご側室だけでなく愛妾《あいしょう》も多く召し抱えておられましたから、臣籍降下した王子も腐るほどいるので、珍しいことではありません」

そんなものか。

そんな中、臣籍降下もせずに王族に引っ掛かっていた三代前の王様を曽祖父に持つロビン妃の従兄《いとこ》が、妻を残して亡くなった。跡取りの幼い息子と共に事故で。

奥方は心身喪失状態で引きこもっていたそうだ。周囲も羨《うらや》むほどの鴛鴦《おしどり》夫婦で、周囲の目も然《さ》もありなんといった具合だったという。

そこへ言葉巧《たく》みに、しかも薬物を持ってして取り入ったカッツェンは、奥方から相続遺産だけでなく、王族の印璽《いんじ》も掠《かす》め取《と》った。

「印璽《いんじ》って、王様だけが持つんじゃないんですか？」

うっかり口に出してしまう。話の腰を折って申し訳ない。ロビン妃はいいえ、と微笑《ほほえ》んで説明してくれた。

「印璽《いんじ》というものは貴族家の当主なら持っているものですよ。領地を治める際に、必要な書類に押さねばなりません。国王の印璽《いんじ》は国璽《こくじ》となりますので明確に違いますが、従兄《いとこ》のものもそれなりに力のあるものでした。……高位貴族程度には」

話が複雑になってきた。これ、俺が関わっちゃいけない案件だ。

聞きたくない話は進む。

「カッツェンは、奪った印璽《いんじ》を持ってスニャータを出た。それで困ったのは、ティルティスだ」

「ティルティス王国はスニャータの南東にある、縦に長い王国です。三代前の王位継承争いの決着がつかず、国を南北に分断してそれぞれ王を立て、互いに自分たちが正当な王を戴《いただ》いていると言って譲りません」

真面目な表情でフェンネル王子が言った。ロビン妃は頷《うなず》いて俺にも分かりやすいよう、説明してくれる。

ティルティスという国は、俺たち庶民にとっては『そんな国あったよなぁ』程度の存在だ。スニャータ王国みたいに王太后様のご出身だとか、最近食堂で人気のメニューの国だとかがなければ、外国の情報なんて知ることがない。

勿論《もちろん》王様とエルは当たり前に知っている情報なんだろう。フレディも平然と聞いている。

でもなんで後継問題でスニャータの印璽《いんじ》がないと困るんだ？

「南北の王朝は王位を巡って内乱……ティルティス国内で武力衝突したのですよ。それがずっと続いているんです」

フレディが教えてくれる。

「それって、何十年も同じ国の民の間で戦争してるってことか？　人もお金もそんなに長くは保《も》たないだろ？」

「シルヴェスタは存外頭がいい」

首を傾《かし》げて言うと、王様が面白そうに笑った。存外ってどういうことだ？

「あのね、シルヴィー。今の話ですぐに、戦争に人命とお金が費《つい》やされていることに気付けるって、平民ではなかなかないよ」

あぁ、そういうこと。

時々エルの話を聞いてたから、そのおかげかも。

「シルヴェスタ殿の仰《おっしゃ》る通り、ティルティスの人々は疲れ果てています。正規の軍人はすぐにいなくなり志願兵や徴兵が戦闘に駆り出され、剣を持ったことのない人々の恐怖を紛《まぎ》らわせるために、薬物が多用されているのです」

ここで薬が出てくるのか。ロビン妃の淡々とした説明はとても分かり易《やす》い。そんな国が隣にあるなんて、スニャータも大変だ。

「底をついた資金の調達を、近隣諸国に薬物を密輸出することで行っています。我が国でも何度か摘発していますが、本体は顔を見せません。不甲斐《ふがい》ないことに我らが捕えるのは蜥蜴《とかげ》の尻尾《しっぽ》ばかりです」

以前聞いた話がここに繋がるんだ。スニャータの盗賊団だか地下組織だかが、ティルティスと取引しているんだな。

「カッツェンが手に入れたのは私の従兄《いとこ》の印璽《いんじ》です。それを使って輸入許可証を出していたんですよ」

王族の印璽《いんじ》ひとつで密輸がめちゃくちゃ簡単にできたんだな。それが使えなくなると、資金繰《ぐ》りが難しくなるのか。

……なんで俺が他国のこんな話を聞いているんだ？

「ティルティスは印璽《いんじ》を持ち逃げしたカッツェンを捜している」

「ちょっと待ってください」

凄《すご》く嫌なことに気付いたんだけど。

「……もしかして、ティルティスは印璽《いんじ》の行方を突き止めるために、カッツェンが接触した人物を、手当たり次第探《さぐ》ってるってことですか？」

「そうだ。故《ゆえ》にジュリエッタ・ピヒナとダビドは保護も兼ねて収監している」

ダビドって誰かと思ったら、俺を殴った掃除夫だった。でも問題はそこじゃない。

「ジャネットは？　あの男、散々ジャネットの店に通《かよ》い詰《つ》めてたんだけど」

顔を合わせた回数でいったら、俺よりジャネットのほうが断然多い。あいつが待ち伏せているから店に入るなって、ジャネットに何度も入り口で追い返されたんだ。

「宰相と騎士団長を呼んでまいれ！」

王様が椅子の音を大きく立てて立ち上がった。すぐに侍従さんがひとり茶話室《さわしつ》を出ていき、俺はエルと無言で顔を見合わせる。

しばらくして、ロビン妃が気遣わしげに俺に問うた。

「ジャネット殿とは？」

「酒場の若女将《わかおかみ》で、俺たちの幼馴染《おさななじ》みです」

答えた俺の声は震えている。エルの顔は真っ青だ。隣に座るフレディが俺の肩を包み込むように抱き、王様が椅子に座り直してエルを膝《ひざ》に乗せた。

先触れとほとんど同時に、宰相様とこの間紹介された騎士団長さんがやってくる。

「緊急事態と伺いましたが」

宰相様は挨拶《あいさつ》もなく王様に問うた。

「酒場のジャネット夫人は覚えているな」

「ええ。殿下とシルヴェスタ殿の幼馴染《おさななじ》みで、打てば響く、気風《きっぷ》の良い女性ですね。折に触れ、我々も世話になっています」

宰相府の若い文官や平民出身の騎士が仕事帰りに一杯引っ掛けに行くらしいからな。あの酒場で飲むのは出世の験担《げんかつ》ぎみたいなものらしい。

「迂闊《うかつ》であった。彼女もカッツェンとの接点があると思われてもおかしくはない。我らは奴の標的がシルヴェスタだと知っているが、ティルティス側はそうではあるまい」

王様たちはカッツェンがジャネットに興味がないのを知っていた。けど、客観的に見れば、陽気でちょっと色っぽい、酒場の若女将《わかおかみ》に入れ揚げているように思える。俺目当てと考えるより自然だ。

「念のため、ジュリエッタ・ピヒナの口から名前が出た、シルヴェスタの姉たちとパン屋の向かいの夫人も警護するよう手配しろ」

「肉屋には騎士団から若いのを何人か当番制で入れています」

え、そうなの？　俺が抜けた穴、子爵家から手伝いを出してくれていると思っていたのに、騎士団から？

姉ちゃんたちや婆ちゃんのことを気にかけてくれるのは嬉しいが、肉屋のことが引っかかった。

「仕入れに行くのは若い力のある男がいいと判断して、子爵と交渉して交代しました。子爵家の家人では仔牛《こうし》を担《かつ》げませんので」

騎士団長さんが勝手をして申し訳ないと言う。

申し訳ないのはこっちだよ。お手数をかけてすんません。ふたりでぺこぺこ頭を下げあっていたけど、どちらからともなく、そんな場合ではないと我に返る。

「ではすぐに城下の警邏隊詰所《けいらたいつめしょ》に行って参ります。私が直接行って事《こと》の重大さを周知させてまいりますので、殿下はお心安くお待ちください。それでは陛下、御前失礼仕《つかま》ります」

騎士団長さんは颯爽《さっそう》と退室した。フェンネル王子と似たような縦も横もでかい人なのに、どことなく動きが軽やかだ。……そういえば、王子もスニャータの騎士団長だったな。騎士団長ふたりと面識ができてしまった。俺の平穏はどこへ行ったんだ？

肩を抱かれたまま、ほんの少し体重をフレディにかける。見た目では分からないくらいの僅《わず》かな動きに、彼は気付いてくれた。

「ねぇ、リュシー様。ジャネットに会いに行きたい」

相変わらず青い顔のままエルが王様に言う。

「無理を言うな」

「分かってる。言ってみただけ」

王様が労《いたわ》るようにエルの頬を撫《な》で、エルはその手のひらに頬を押しつける。甘えるような仕草に色は感じられない。

そうだ。エルは危ないところに首を突っ込むような真似は、極力しない。后子《こうし》の自覚があるからだ。ただジャネットが心配で、もしかしたらと一縷《いちる》の望みを口にしたのだろう。王様もエルが無理と知りつつとりあえず言っただけだと分かっているから、叱《しか》るでもなく寄り添っている。

フレディの手が俺の肩から離れた。温《ぬく》もりの喪失を残念に思う間もなく、膝《ひざ》の上にある手を握られる。

「シルヴィーが行くのも駄目です」

「うん」

分かっている。行ってもいいのなら、そもそも子爵家に保護する話なんて出ない。

「申し訳ありません。私たちが従兄《いとこ》の妻を注視していれば、あなたを巻き込むことはなかったのです」

ロビン妃の声は硬《かた》かった。

旦那と子どもを亡くしたばかりの女性を、そっとしておいてやりたいってのは優しさだ。それに印璽《いんじ》や薬の件が明るみに出る前に、カッツェンはスニャータを出たと聞いた。スニャータからではなく、ティルティスから逃げたと考えるのが妥当なんじゃないか？　少なくともスニャータでは、裕福な商家の馬鹿坊《ばかぼん》としか思われていなかったようだし。

「悪いのはカッツェンです。ロビン妃が気に病《や》まれることはないです」

俺が言えたのは、それだけだった。

§

ジャネットは無事だった。

店の中はぐっちゃぐちゃらしいけど。

騎士団長さんが出ていった後、重苦しい空気の茶会は一旦お開きになった。

俺はエルに連れられて王妃の間に戻り、フレディは王様と宰相様について仕事に行く。スニャータの王子様とそのお妃様も一緒に。

騎士団長さんから連絡が来たらすぐに俺の耳に入るように、俺も子爵邸には戻らない。

再び連れてこられた、王妃の間の居間という激しく煌《きら》びやかな空間に慄《おのの》く余裕もなくソファーに腰を下ろすと、隣にエルがぴったりとくっついてきた。

待て。王様に見られたら俺の命がなさそうなんだが。

ウィレムさんに助けを求めて視線を流すと、大丈夫、と言うように頷《うなず》かれる。数年前から王様の中で、俺はすでに恋敵ではないのは分かっていたが、本当に許されるのか少々悩む。

けれど小さく震えているエルを思うと、傍《そば》にいられない王様の代わりに、俺が支えてやる他なくなる。……俺がいなけりゃ侍従官のウィレムさんなんだろうけど、ジャネットとの繋がりを考えれば、俺と寄り添っているほうが安心するのかもしれない。

内心の恐怖を打ち払いながら、エルの髪の毛をクシャクシャとかき乱す。こいつの親父《おやじ》さんとお袋さんが亡くなった時のことを思い出した。あの時、ふたりは元気な姿で帰ってこなかったが、ジャネットはきっと大丈夫だ。

自分がエッタに囚われていた時よりも、激しい恐怖に苛《さいな》まれる。エルを支えることで、自分の正気を保つ。きっとそれも含めて、エルとくっついているのが許されているのだろう。

俺たちは最悪の想像を頭からふり払いながら、息をひそめるようにして連絡を待っていた。

ところが、クスクス笑いながら王妃の間にやってきた王様が言う。

「素晴らしいな、ジャネット夫人は。ティルティスの間者を酔いつぶしていたよ」

あの火酒かぁ!!

ホラあれだ。カッツェンをベロベロにして、その隙に俺を逃がしてくれた強烈な酒。

「店の中は酔って暴れた男がめちゃくちゃにしたようだが、夫人にも他の客にも怪我はない。ヴィンセントが警邏隊《けいらたい》と一緒に状況を説明しに店を訪れた時は酷《ひど》い有様《ありさま》で、手遅れだったかと心配したそうだが」

ヴィンセントって誰だ？　状況的に騎士団長っぽいけど。

ジャネットは散乱する食器と倒れたテーブルセットの真ん中にしゃがみこんで、床に大の字になって大鼾《おおいびき》をかく男の頬をフォークでつついていたらしい。

「この時間は酒場じゃなくて、食堂だろ？　他の客って、近所の奥さんたちも多かったんじゃないか？」

「ジャネット、この時間から飲ませたんだ」

その間者とやら、よっぽど怪しかったに違いない。俺はエルと顔を見合わせて失笑した。

脱力する。ふたりしてソファーの背もたれにぐったりともたれかかった。安堵《あんど》で気が抜けて、背骨がなくなったみたいにふにゃふにゃだ。

「ぷふっ」

「ふはっ」

「流石《さすが》ジャネットだね」

「俺たちのガキ大将だもんな」

エルとふたりで笑いながら、お互いの髪の毛をぐちゃぐちゃとかき回したり頬をつねったりしていると、いつの間にかすぐ傍《そば》まで来ていた王様にベリっと引《ひ》き剥《は》がされる。

お目溢《めこぼ》しは終わったらしい。トイさんとティムさんに『了見が狭い』って言われるのはこういうところだろう。

バスチアンさんに手を取られて誘導される。向かいの一人掛けソファーに移動すると、俺がいた場所に王様が座って、自然にエルを膝《ひざ》に乗せた。

エル、嫌がる素《そ》振《ぶ》りくらい見せろよ。

「シルヴェスタ、礼を言う。其方《そなた》が気付かねば、我が子たる臣民が、他国の間者に害されるところであった」

「……いえ、なんだかジャネットが、自分でどうにかしたみたいですし」

「それは結果であるよ。間者が酒を飲まねば？　酔わぬ体質なら？　最悪の事態に陥《おちい》る分岐点はいくつもあるのだ」

それもそうか。今回のはただ運が良かっただけだ。

「ねぇ、リュシー様。その酔っ払った人、どうしてティルティスの間者だって分かったの？」

エルが後ろを向いて王様に聞く。ジャネットは『胡散臭《うさんくさ》い』という勘だけでカッツェンに火酒を飲ませた女だから、間者とやらにも『こいつ変』程度で飲ませたんだろう。彼女がティルティス王国の存在を知っているかも怪しい。頭の中身は俺とたいして変わらないからな。

「駆けつけたヴィンセントが身を検《あらた》めた。衣服の隠しに赤い丸薬が入っていて、ティルティスの南朝を表す太陽が刻まれたメダリオンを所持していたそうだ」

そりゃ決定的か。国内で争っているなら敵も同国民だもんな。顔つきだって衣服だって似たようなものだから、味方を判別できるものを持っているんだな。

「ジャネットが直接害されたってことはなさそうだね」

エルが自分に言い聞かせるように呟《つぶや》く。

「いや、どっちかっていうと、まだ何もしてないのに火酒を飲まされたティルティスの人のほうが、災難だったんじゃね？」

ジャネットもカッツェンのことで新顔に神経質になっていたんだろうけど、ただの旅行者だったら目も当てられなかったな。そうしみじみ言うと、エルはまた笑った。やっぱりこいつは、笑っているほうがいい。

「あはは、シルヴィーは俺たちみんなのお父さんみたいだよね。いつも誰かの心配してる」

王様に向けるのとは全く違う、安心と信頼の眼差《まなざ》し。そうかお父さんか。

「その童顔でお父さんと言われてもな」

おい、王様。感動をぶち壊すな。

「陛下、エルフィン様が更に幼顔でいらっしゃいますから、ちょうどいいのでは？」

ウィレムさん、俺の童顔は否定してくれないんだ。つか――

「なんだよ、幼顔って」

エルの頬が膨らんだ。……やめとけ。ますます幼顔だぞ。

気が抜けて阿呆《あほう》な会話をしているのを、バスチアンさんが聖者の微笑《ほほえ》みで見ていて、控えている城の侍従官さんたちも笑顔だ。さっきまでの張《は》り詰《つ》めた空気は微塵《みじん》も感じない。

「ところでシルヴェスタ。奥宮に客間を用意するから、フレッドと一緒に滞在せぬか？」

奥宮に。

客間。

……それは迎賓室《げいひんしつ》よりも敷居が高いのでは？

「それいい！　ティルティスの人があとどのくらい潜入してるかも分からないし、今回とは別口の北朝の人とかもいるかもしれないし、すぐに会えるところにいてくれると安心だな。フレッド君もお城から仕事に行けばいいよね」

やめてくれ、エル。キラキラした瞳が眩《まぶ》しい。

王様の口から出た時点で、それは決定なんじゃないのか？

「フレディと相談してからでいいですか？」

宰相府の新人文官が王様の提案を断ることなんかできないだろうけどな。……俺の避難先、お城か宰相様の屋敷か子爵邸かって、三択だった気がしたんだけど？

「あと、実家の家族に手紙を書きたいし、ジャネットにも書いておきたいし、少しだけ、時間が欲しいです」

とにかく一旦子爵邸に帰りたい。俺の精神力が保《も》たない……

「やだなぁ、シルヴィー」

エルがくふくふ笑った。

「実家って、もうすっかりフレッド君の奥さんじゃないか」

あ？

「自宅！　自宅の間違い！　自宅で待ってる父さんと母さんに手紙を……ッ！」

あああぁ、それになんだ!?　子爵邸に帰りたいって!!

ふと、バスチアンさんと目が合う。

聖者の微笑《ほほえ》みが、ただ、眩《まぶ》しかった。

§

子爵邸の客間がこんなに寛《くつろ》げる場所だなんて、初めて来た日には思いもしなかった。

やっと城から帰れた今、しみじみ思う。

夕食は張り切ったエルが猫の間の簡易厨房《ちゅうぼう》で腕を振るった。この設備を簡易と言える城が凄《すご》い。

昼間は食堂をやっているジャネットが聞いたら、笑顔で火酒を差し出してくるだろう。

ちなみにその猫の間、エルが城に来たばかりの頃甥《おい》っ子《こ》のリューイと一緒に生活していた部屋らしい。本当なら城の厨房《ちゅうぼう》で調理された食事を奥宮の食堂で食べなきゃいけなかったけど、リューイが不安にならないように平民の生活に近づけたんだそうだ。

「王族や貴族の生活と平民の生活の間をとった感じ？」

エルがちょっと遠くを見ながら言う。きっとエルも、『簡易』って言葉に疑問を覚えたに違いない。

ともかく猫の間は王妃の間よりもさらに私的な空間で、ここに招かれるということは国王夫妻から最上の信頼を受けている証《あかし》だそうだ。

トイさんとティムさんも呼んで普通の友人同士の食事会みたいだったのに。

フレディは王様や宰相様たちと会食しながら打ち合わせだとかで、彼も食事を済ませてから子爵邸に帰ってきた。

うう……よかった。

あのままなし崩しに城に滞在するなんてことになっていたら、胃に穴が開く。

とはいえフレディが言うことには、やっぱり俺が近々城に滞在するのは決定事項らしい。王様たちと食事をしながら、その相談をしていたそうだ。

奥宮とは王族の私的空間なので、外宮の迎賓室《げいひんしつ》や繁忙時に文官武官が利用する宿泊房とは全く違う。后子《ごうし》殿下の私的な友人としての滞在になる。

子爵邸の客間の寝室で、半分眠りそうになりながらフレディに質問する。

「俺はともかく、フレディはいいのか？　后子《ごうし》殿下に贔屓《ひいき》されてるとか、職場の先輩に辛《つら》く当たられたりしない？」

奥宮から出仕する新人。鼻持ちならない奴と思われたら大変だ。

「宰相府にはシルヴィーのメンチカツの信奉者が大勢いるんですよ。厨房《ちゅうぼう》を借りて差し入れでも寄越してくれたら、万事解決ですよ」

「そんなもんかな？」

「ふふっ」

なら、いいか。俺が闇雲《やみくも》に心配したってどうにもならない。フレディが問題ないって言うのなら、それを信じるだけだ。

「ん……、おやすみ」

目蓋《まぶた》が落ちる。色々ありすぎて疲れた。

仰向《あおむ》けに寝転がる俺の顳顬《こめかみ》に柔らかな唇の感触。就寝前の挨拶《あいさつ》かと思ったのに閉じた目蓋《まぶた》にも口づけが落ちてきて、頬を通過して唇を啄《ついば》まれる。

のに――

チュッチュッと小鳥の口づけ。

眠い、と抗議の言葉を発しようと開いた唇の隙間から、ぬるりと舌が入ってきた。

のしかかられてフレディの髪の毛が滝のように降ってくる。

眠気はどこかに飛んでいってしまい、ふわふわと綿菓子の上に揺蕩《たゆた》うような心地だ。

「ふあ……っ」

空気が欲しい。苦しさに唇を振りほどいて顔を背《そむ》けると、晒《さら》してしまった首筋を舐《な》め上《あ》げられた。

「ねぇ、シルヴィー。明日、出仕の前に時間を頂いたんです。あなたのご実家と酒場の様子を見てから登城します」

どさくさに紛《まぎ》れて実家言うなや。くそう、バラしたのバスチアンさんだな⁉

「流石《さすが》に奥宮で仲良しはできませんからね。シルヴィーを今夜のうちに補充させてください」

俺の寝間着の裾《すそ》をたくし上げながら、フレディが言う。

「ちょ、待て待て。こういうのって、週に何度もするものなのか⁉　……あッ、脇腹、なぞるなッ」

ゾクゾクする背中の震えをやり過ごしながら、フレディの肩を押す。下からじゃ、大した力が入らない。

「付き合いたての恋人同士や新婚夫婦は、毎日ですよ?」

「……そうなのか?」

「ええ」

いまいち信じきれないが、フレディは笑顔で肯定した。これ以上の反論はさせてもらえない。

脇腹を触れるか触れないかギリギリの加減でなぞっていた手が、薄い胸筋を掬《すく》い上《あ》げるようにして胸の尖りを寄せる。しかも、片方にちろりと舌を這《は》わせやがった!

「ひゃあッ」

自分でも驚くくらい甲高《かんだか》く甘えた声が出て、慌てて手の甲で口を押さえる。勢い余って前歯がガツッと音を立てた。

「シルヴィー、声を聞かせて」

「やっ、そんなの、恥ずかしいだろっ」

色っぽく掠《かす》れた声で懇願《こんがん》されるのに、俺の返事は上擦《うわず》ってみっともない。

手首を取られて口から引き離され、ぶつけてしまった甲を舐《な》められる。それだけで「んっ」と喉《のど》が鳴った。

「もともと張りがあって触り心地もよかったけど、しっとりして吸い付くようになってきましたね」

恥ずかしいことを言ってんじゃない。百歩譲ってするのはいいが、その甘ったるい台詞《せりふ》を吐き出す口を閉じろ。

言いたいことは頭の中でぐるぐる回るだけで、言葉になってくれない。フレディに寝間着の前ボタンを全部外されて、あちこち舐《な》め回《まわ》される。仰向《あおむ》けに寝転んで手を上げていると、肋骨《ろっこつ》が浮く。その溝を丁寧に舐《な》められて、溢《あふ》れそうになる声を抑えるのに必死になった。

殺し切れなかった声が鼻に抜けて、酷《ひど》く甘ったるい響きが遠くから聞こえる。自分の声なのに、どこか他人事だ。

「可愛い、シルヴィー。潤《うる》んだショコレ色の瞳が色っぽいし、真っ赤な頬は美味《おい》しそうです」

頬が赤い？　ほっぺたどころか顔中が熱い。違うな、全身が燃えるようだ。

「な、前。触りたい」

腰がずぅんと重くて、俺の中心が芯を持ったのを感じる。出せば楽になる。大人の男ならそれを知っている。

「そこは自分でじゃなくて、僕に触ってって言ってください。……でも駄目ですよ。この前、前でイキすぎて苦しかったでしょう？」

「でも、いま、苦しい」

腹が痛い、そんな錯覚を覚えるほどもどかしい。

「シルヴィー、もうちょっと我慢したら、とっても気持ち良いですよ」

宥《なだ》めるように口づけられる。

目を閉じていると音に敏感になるって本当なんだな。キュッと香油瓶の蓋《ふた》を開ける音が聞こえた。

口づけをほどくことなく、香油を纏《まと》った指が後ろの入り口を揉《も》む。文官のくせに剣を持つ手は節くれだってゴツゴツしていたが、俺を傷つけることはない。

日を空けていないために抵抗もなくフレディの指を呑み込む。フレディも決して急がない。

腰の下にクッションを宛《あて》がわれて、足を大きく開く。全部フレディに見られているのが恥ずかしすぎるのに、心のどこかでフレディならいいかって、声もする。

フレディは身を起こして俺の足の間に居座り、入り口を弛《ゆる》めながら時折身体を屈《かが》めて内ももの柔らかい肉を甘噛《あまが》みした。その度に俺の身体が跳ねて、天を仰《あお》いだ中心が揺れる。

「やだぁ」

恥ずかしい。触ってほしい。イきたい。

「フレディ……も、触って……ッ」

「ぐぅッ……ここでそのお強請《ねだ》りですか⁉」

「だって、もう、ワケ分かんねぇッ……中のスゴイとこも外すし、前触ってくんないし、俺、どうしたらいい？」

すぎた快感のせいで勝手に出てくる涙が、顳顬《こめかみ》を伝って枕に落ちていく。

「中に欲しいと言ってくれたら、とても嬉しいです」

馬鹿だなぁ。まだ、俺が受け入れるのを躊躇《ためら》っていると思ってんのかよ。嫌ならこんなにぐずぐずに蕩《とろ》かされる前に、お前のことを蹴り飛ばしてでも逃げてるさ。

しょうがねぇなぁ。いつも言ってやると思うなよ。

「胎《はら》の中、お前のでいっぱいにして、幸せで満たして」

「シルヴィー、愛しています」

うん、知ってる。

フレディは俺の両足を軽々と肩に担《かつ》ぎ上《あ》げた。さんざん香油を使って入り口を弛《ゆる》めていた指が足首を掴んだ時、ヌチリと粘《ねば》着《っ》く音が鳴る。

音だけで、官能が増す。

グチュン。

「あああぁあーーッ！」

喉《のど》を通り過ぎていったのは、悲鳴か嬌声《きょうせい》か。

入り口の際《きわ》、中ほどの痼《しこり》、最奥の突き当たり。一直線に貫《つらぬ》かれて目の前が真っ白になる。

しばらく呆然《ぼうぜん》として、目は開いているのに何も見えない。はっはっと浅い呼気が忙《せわ》しなく自分の口から漏れている。だんだん視界がはっきりしてくると、長いチェリーブロンドを垂らしたフレディが、熱に浮かされた表情《かお》で見下ろしていた。

整った色気のある顔貌《がんぼう》の両脇で、俺の足が揺れている。

「挿《い》れただけでイくなんて、とても可愛い」

うっとりとフレディが言葉を紡《つむ》ぐ。

イった？　俺が？

ぼんやりと視線を下げると、たしかに俺の腹の上は吐き出したもので濡れているし、天を仰《あお》いでいたものは力を失っている。

「凄《すご》かった……。フレディの言った通りだ」

我慢したら、怖いくらい気持ちのいいのがキた。でも、胎《はら》の中のフレディは堂々として逞《たくま》しいまだ。沁《し》みるような情熱は感じないから、まだなんだろう。

なんとなく浮き出たように感じる薄い腹を撫《な》でる。自分のぬるついたもので手が汚れた。外から押されたのに反応したのか、中でフレディがピクリと揺れる。

「まだだろう？　ほら、奥に熱いの寄越せよ」

「そんなこと言って、覚悟はできているんでしょうね」

奥に居座った状態で腰を回される。くびれた胎内の奥止まりがコリコリと抉《えぐ》られて、眼裏《まなうら》にチカチカと星が散った。

そうして始まった抽送は俺の限界を越えて繰り返される。

フレディの熱い吐息と、俺の恥ずかしい嬌声《きょうせい》と、絶え間ない粘《ねば》った水音と。

触れた素肌の熱が……

堪《たま》らなく愛《いと》おしかった。


——どえらいことをされた……させてやった？

まぁいい。

一夜明けて、子爵邸の客間を安心できる場所だと思ったのは気のせいだと知った。あんなどえらいこと、新婚夫婦は毎日だと？　安心なんかできるわけない。

世の中の新婚夫婦、凄《すご》いな。……いや、嫁が若けりゃ順応できるのか？

ぼんやりと阿呆《あほう》なことを考えながら、気怠《けだる》い身体をモソモソ動かす。朝はいつでも爽快《そうかい》な目覚めだったのに、どえらいことをした後は目を開けるのも面倒くさい。……慣れるのか？

「おはようございます、シルヴィー。起きられますか？　昨夜もとても可愛くて素敵でした」

最後の一言いらん。

「ん、ん」

返事をする前にちょっと咳払い。前回より喉《のど》のイガイガはない。

「おはよ」

「よかった。声が聞けました。蜂蜜《はちみつ》湯が効きましたね」

眠る前に風呂に連れていかれて、ぐったりしたまま全身を洗われた。身体はフレディに、髪の毛はバスチアンさんに、だ。

……ついに浴室まで入ってきたよ、バスチアンさん。頭は半分寝ていて指一本動かせなかったせいで拒否できなかった。赤ちゃんじゃないんだから、自分ででき……なかったから洗われたんだ。

そして風呂上がりに水分補給だと言って、たっぷり蜂蜜《はちみつ》湯を飲まされた。半分寝ているのにどうやって飲んだのかは言いたくない。

「食事を終えたら商店街に向かいます。ご実家と酒場の様子を見に行きましょうね。城に滞在するための荷物は、昨夜のうちにバスチアンが用意しました。シルヴィーは僕の出仕と一緒に登城しましょう」

本日の予定とやらは、朝、侍従さんに聞くものだって何日か前にバスチアンさんに聞いた気がする。俺の予定は、何故《なぜ》かフレディが全部把握していた。

モソモソと掛布を捲《めく》り、起き上がる。

ズボンのない寝間着は盛大に捲《めく》れ上《あ》がって、胡座《あぐら》を組むと足の付け根まで全開だ。

なんだ、この赤いの？

太ももの内側に小さな鬱血《うっけつ》が散っている。ぶつけた覚えはない。だいたいこんな場所、ポツポツとぶつけるか？

どこまであるんだと捲《めく》り上《あ》げると、下着の内側、鼠蹊部《そけいぶ》のあたりが特に多い。

はしか？

そんな子どもじゃあるまいし。

首を捻《ひね》っているとフレディがのしかかってきて、その勢いで枕に頭が沈んだ。胡座《あぐら》が崩れて膝《ひざ》が割り開かれ、その間にフレディが居座っている。

「いけない人ですね。朝からなんて格好をするんですか」

「ちょい、離れろよ。お前も俺の太もも見ただろう？　何かにかぶれたんだったらいいけど、感染《うつ》るものだったらマズイ」

流れ落ちてくるチェリーブロンドを払《はら》い除《の》けつつ、フレディの下から逃れようともがく。

「あなた本当に三十歳ですか!?　所有印ですよ。あなたが僕のものだっていう証《あかし》です」

「え……？　それって、首とかにつけるものじゃないのか？」

聞いたことはあるが、実際につけたこともなければつけられたこともない。つまりは、見たことがない。ガキの頃、近所の兄ちゃんに貰《もら》った人気の娼婦の描画集でも、所有印は首の周りに痣《あざ》のように描かれていたと思う。すぐに父さんに持っていかれたけど。

そっか、これが本物の所有印なのか。

「首につけてもいいんですか？　昨夜、抱かれましたってご両親やお姉様、ジャネット姉さんにお知らせすることになりますよ？」

言いながら、フレディは上半身を倒して俺の鎖骨《さこつ》から顎《あご》まで舐《な》め上《あ》げた。

「却下だーーッ！」

そうか、そうだよな⁉　所有印ってことは、どえらいことの真っ最中につけられたものだもんな。他人に見られたら恥ずかしいことこの上ない。見えないところにつけてもらってよかっ……？

つけてもらうって、そりゃないだろう。しっかりしろ、俺！

「だからって、こんないやらしいところに集中してつけやがって！」

「それを見せつけるように夜着を捲《めく》るシルヴィーは、僕を誘っているようにしか見えませんよ」

そうだった。俺はこいつとそういう関係だった！　つい、謎の安心感で自宅の俺の部屋にいる感覚になっていた！

「あなたが悪いんですよ。吸い付く度に可愛い声を出すから、嬉しくなっちゃいました」

何が『ちゃいました』だ。可愛く言ってもやっていることは可愛くないぞ！

チュッチュッと音を立てて首筋に小鳥の口づけを繰り返し、フレディは太ももを撫《な》でさする。

広げられた両足の付け根をグリッと……

「待て待て待てッ！　落ち着け！　そののっぴきならないのをなんとかしろ！　これ以上何かしたら、今夜は一緒に眠らないぞ！」

そろそろバスチアンさんが起こしに来る。必死になって叫ぶと、フレディがピタッと止まった。

「城の客間でも、一緒に眠ってくれるつもりだったんですか？」

「え、お前も泊まるんだろ？」

王城に俺をひとりで放り込む気か⁉　奥宮から出仕するんじゃなかったのか？

「宿泊はしますが、寝室は別に用意されると思いますよ。残念ながらまだ婚約者なので」

「そうなのか？」

……そういえば、この部屋も俺のために用意された客間だった。単にフレディが入《い》り浸《びた》っているだけで。

衝撃の事実に気付いてしまった。子爵邸でもこいつとひとつの寝台で眠る必要はない。フレディには自室があるんだから。

愕然《がくぜん》としていると、太ももを探《さぐ》っていた手が下着の隙間から入り込んでくる。

「ふあッ」

「ふふっ、今夜は一緒に眠れないので、誘ってくださったんですね」

「そんなわけあるかッ」

俺の口から出た意味のある言葉はそれが最後だった。結局はのっぴきならない状態のフレディにさんざっぱらどえらいことをされて、ぐったりした状態で肉屋と酒場に顔を出す。

自宅にはなんの異常もなく、むしろ鍛《きた》えた格好いい青年が日替わりで店番をしているので、近所の奥さんたちが艶《つや》めいていた。ついでに言うなら、旦那たちの機嫌は悪いそうだ。

しばらく城に滞在すると知った父さんは「寂しくなるな」とぽつりとこぼし、母さんは「エルちゃんとリュー坊と、お世話になる皆さんに持っていきな」と言って、たくさんのメンチカツを馬車に積んだ。

「ちょっとアンタ、なんでそんな、しっとりうるうるのお肌してんのよ⁉」

二番目のニカ姉ちゃんに頬をつねられる。解《げ》せぬ。一番目のイリス姉ちゃんと三番目のサニー姉ちゃんがいなくてよかった。全員揃ったらしっちゃかめっちゃかになる。

酒場は店内が荒れたと聞いていたが、すでに営業ができる状態に回復していた。騎士さんたちが手を貸してくれたらしい。

「知らない訛《なま》りだったし肌の色もこの辺じゃ珍しかったわ。アンタのことを訊《たず》ねてくるから、てっきり、あの付《つ》き纏《まと》い男の仲間だと思ったのよ」

それで容赦《ようしゃ》なく火酒を飲ませたのか。

男はあまりに強い酒精《アルコール》に驚いて、毒だなんだと喚《わめ》きながら暴れてバッタリ倒れたと……。ジャネットから直接武勇伝を聞いて、彼女が危ない目にあわなかったことに胸を撫《な》で下《お》ろした。毒を盛られたと思い込んで襲い掛かってきたら、どうするつもりだったんだ。

「ジャネットはカッツェンの仲間だと思ったらしいけど、奴を殺しにきた男かもしれなかったって話じゃないか」

少し大袈裟《おおげさ》に言うと、店の片付けをしてくれた騎士から説明を受けたというジャネットは、あっけらかんと笑った。

「みたいね～」

「エルの涙腺が壊れるから自重してくれ。エルを泣かせると王様が暴君になるぞ。意外と狭量だと評判だ」

「あら、そうなの？　愛されてるわね、エルったら」

ジャネットがきゃあきゃあ喜びながら俺の肩をバンバン叩く。衝撃に耐えきれなくて腰が砕けた。フレディがすかさず支えてくれたので転ばずに済んだけど、正直立っているのがやっとだ。

「アンタも愛されてんのね」

呆《あき》れ気味にジャネットが言う。俺は彼女に釘を刺しておく。

「ランバートさんに聞いたかもしれないけど、いろいろ危なそうな人が入り込んでるかもしれないから、気を付けろよ」

城からさっそく宰相補佐官のランバートさんが派遣されて、住民に説明してくれたらしい。騎士さんたちが店を整えてくれたのは、説明会の会場にするためだったのか。この酒場は、すっかり商店街の集会所だ。

ともあれひとまずは安心する。

「子どもたちが学舎に行く時は、友だち同士連れ立ってな」

「ありがとね。相変わらずアンタは他人のことばっかりね。まぁ、アンタのことは坊ちゃんが大事にしてくれるからいいか」

ジャネットはヒラヒラと手を振って、俺たちを送り出した。フレディにエスコートされて馬車に乗り込む背中を彼女の声が追いかけてくる。

「坊ちゃん、ミミノウシロ〜」

馬車が走り出す。

「ジャネット、最後になんて言ってたんだ？」

先に馬車に入ってしまったから聞こえなかったなぁ。

「なんでもありませんよ」

にっこり笑うフレディが胡散臭《うさんくさ》い。何か都合の悪いことを言われたんだろうか？

メンチカツの油の匂いが、馬車の中に漂《ただよ》っている。母さん、どんだけ張り切って持たせてくれたんだ？

途中の八百屋でじいちゃんの姿を見つけて、預かっていたお金を渡さなきゃならないことを思い出す。配達先から預かったまんまでエッタにとっ捕まったのだ。色々ありすぎて、すっかり忘れていた。

せっかく自宅に行ったのに財布を持ってくるのも忘れている。フレディに借りている上等の服によれた財布は似合わないが、中身は入っている。

仕方がないのでフレディにお金を借りることにして、八百屋の前で馬車を停めてもらった。

じいちゃんはあの日、いつまで経ってもお金を持ってこない俺を心配して肉屋を訪ねたそうだ。

「他人の金を持ったまま、遊びに行くような無責任な男じゃないだろう？」

じいちゃんはそう言って、無事でよかったと鼻水を啜《すす》る。

「泣くなよ、じいちゃん。顔を見せにくるのが遅くなって悪かったよ」

「やかましい、泣いてなんぞないわ！　それに昨夜、ランバートさんがジャニーのところで説明会を開いてくれてな、シルヴィーが危ないことに巻き込まれそうだって、ちゃんと聞いとる。お前さんもワシらの孫みたいなもんだ。坊ちゃんとこで匿《かくま》ってもらっとると分かって、みんな安心しとったわ」

「お任せください、八百屋のご主人」

フレディが人好きのする笑顔で請《う》け負《お》った。

それから八百屋のじいちゃんに挨拶《あいさつ》をして、ふたり並んで馬車まで歩く。さりげなく馬車道側を歩かれて、ちょっと照れくさい。

子爵家の馬車が停めてある場所まですぐというところで、あたりをビクビク窺《うかが》いながら歩く子どもの姿を見つけた。あの顔、見たことがあるぞ。うちの甥《おい》っ子《こ》の友だちじゃないか？

「お前さん、ひとりでどうした？　今の時間は学問所の時間だろ？　学舎を抜け出してきたのか？」

おとなしくて内向的な子っぽい。本名は知らないけど、甥《おい》っ子《こ》のイライジャがメルって呼んでいたのを思い出す。メルは俺の声に驚いて真っ青になり、一歩後ろにさがった。「ひっ」と喉《のど》の奥で引《ひ》き攣《つ》った声を上げる。

俺はフレディから離れてその子の傍《そば》まで行って膝《ひざ》をつく。ヤベ、借り物のズボンが汚れた。まぁ、いいか。小さい頃のフレディの服の汚しっぷりは、こんなものじゃなかった。

「イージャのおじさんだよ。お前さん、メルだろ？　肉屋でメンチカツ食べたことある？」

「シルヴィーお兄さん？」

正解、メルだ。俺の記憶力も捨てたもんじゃない。俺が頷《うなず》くと、メルはふにゃっと顔を歪《ゆが》めて子どもらしいふっくらした頬に大粒の涙を滴《したた》らせた。

「が、学問所に、知らない男の人たち、がいて、せん、先生が、縛られて、血が……」

「シルヴィー、この子を馬車へ」

途絶え気味の言葉を遮《さえぎ》って、フレディがメルを抱き上げる。そうだな、こんな往来《おうらい》で聞いちゃいけない話だ。

馬車に乗り込むとメルが落ち着くのを待つ。

ともすれば恐慌に陥《おちい》りそうなメルをあやしながら、辿々《たどたど》しい話を聞いた。

今朝、子どもたちは示し合わせた親の指示で、友だち同士連れ立って学問所に向かった。ところがいつも通り仲のいい子と集まって席に着いたのに、時間になっても先生が来ない。玄関の鍵は開いていたので、学舎の中にはいるはずだ。誰かが教務室に様子を見に行こうと言った。それに賛同する数人が教室を出ていったが、またしても戻ってこない。次第に教室にざわめきが広がって、今度はイライジャ……イージャが様子を見に行くと言い出した。イージャはイリス姉ちゃんとこの次男で肉屋の跡取り候補だ。

「その時、教室のドアが開いて、先生が入ってきたの」

——縛られて、床にポタポタと赤い雫《しずく》を垂らして。

壮年の男性教師は、後ろから誰かに押されてよろめいた。すぐに知らない男が血に汚れたナイフを掲げて入ってくる。その後ろから最初に教務室に様子を見に行った子どもたちが、もうひとりの男に引きずられてきた。連れてこられた子どもたちは全員が縛られていて、男は訛《なま》りのある言葉で教室に残っていた子どもたちに脅《おど》しをかける。

「——逃げたり、騒いだりしたら、縛られてるみんなを、刺すって……ッ。先生は、もういっぺん刺されたら、死んじゃうかもなッて！」

俺はフレディと顔を見合わせた。

無差別で理不尽な犯行に対する、嫌悪と怒りと呆《あき》れ。あまりに杜撰《ずさん》で開《あ》いた口が塞《ふさ》がらなかった。ここまでの話では、行き当たりばったりも甚《はなは》だしい。

「メルはどうやって出てきたんだ？」

逃げるなと言われて、こんなに気の弱い子がひとりで逃げ出すわけがなかった。

「……昨日、食料を調達しに行った仲間が帰ってこなくて腹がへったから、食べ物を持ってこいって」

昨日から仲間が帰ってこない。それから、訛《なま》りのある言葉。

「その男、肌の色は、日に灼《や》けてた？」

「うん。夏のイージャより黒かった」

それは相当だ。中も外もイリス姉ちゃんにそっくりなイライジャは相当なわんぱく坊主で、夏なんて朝から晩まで外遊び。当然真っ黒に日に灼《や》けるわけだが、そんな夏のイージャより灼《や》けた肌の持ち主なんて、ジャネットの酒場に現れた阿呆《あほう》の仲間に違いない。

阿呆《あほう》の仲間は阿呆《あほう》だった。

子どもたちに逃げるななんて言ったところで、昼食前に帰宅するはずの子どもが帰ってこなけりゃ、親が捜しにくるだろう。ましてやこうしてメルを外に出している。俺たちに状況を話してくれたってことは、ろくに口止めもしていないに違いない。

「保護者が押しかけて、阿呆《あほう》が逆ギレするのが目に見える……」

「僕も全く同じ意見ですね」

「人間、腹がへるとますますキレやすくなるんだよな」

「それはそうですが、断固反対します」

「……まだ、何も言ってないぞ」

「どうせ、お義母様《かあさま》からいただいたメンチカツを差し入れにして、乗り込むつもりでしょう?」

やっぱりバレるか。

「イージャが心配なのは分かります。僕だってあの子は可愛い。怪我をしているという教師も、一刻の猶予もないかもしれません。でも、駄目です」

フレディの目が、真っ直ぐに俺を射る。

「まずはこのまま警邏隊《けいらたい》の詰所《つめしょ》に行きましょう。メルに今日、学問所に登校した子どもたちの名前を確認して、保護者をジャネット姉さんの店に集めていただくのがいいと思います」

騒いで個々に押しかけたら子どもが危ない。

それにしてもイージャがやらかしていないか、めちゃくちゃ不安だ。あの坊主、無駄に正義感が強いからな。姉ちゃんに似て思っていることを全部口に出すし。うわぁ、フレディのちっちゃい頃も被ってんのか。よく遊んでやっていたもんなぁ。

「誰も食べ物を持っていかないと、メルがひとりで逃げたと思って腹いせに人質に何かしないか？」

「それも含めて、詰所《つめしょ》に行って相談です。本当はあなただけでも登城してもらいたいんですが、無理やりそうさせたら結婚してくれなくなりそうです」

……よく、分かっているじゃないか。

バスチアンさんは俺の荷物と一緒に先に城に向かっている。馭者《ぎょしゃ》は有事の際に戦力になり得る程度には鍛《きた》えているらしいから、万が一の心配はいらない。つまり俺とフレディは身軽だ。

フレディは小窓から馭者《ぎょしゃ》に向って、行き先変更の指示を出した。

「イージャ、大丈夫かなぁ。……先生、死んじゃったりしないよね」

「大丈夫だ。今から警邏隊《けいらたい》の詰所《つめしょ》に行って、お城の偉い人に助けてってお願いするからな。偉い人たちに今の話をもう一度してくれるか？」

小さく震えるメルは、甥《おい》っ子《こ》のイージャよりうんと小柄だ。なんだか子どもの頃のエルを思い出す。

フレディが馭者《ぎょしゃ》を急《せ》かす。

馬車はわずかに速度を上げた。

§

ジャネットの酒場が凄《すご》いことになっている。学問所に通う子どもたちの保護者が、続々と詰《つ》めかけたのだ。それに追い討ちをかけるように、城から騎士団と宰相府の偉い人たち、自国の王様と他国の王族がやってくる。

何が怖いって、ここにいる全員と俺が知り合いだってことだ。

子どもの母親たちは肉屋の客だし、ちらほら来ている父親は酒場で顔を合わせる常連だ。

騎士団長はこの間紹介してもらったばかりで、王様と宰相様、補佐官さんとその補佐さんとは十三年前からの付き合いだ。何故《なぜ》か隣国スニャータの王族ふたりとも、お茶会なんぞしてしまった。

子どもの大事を知らされた保護者たちは心配で胸も潰れんばかりだったのが、天の御使《みつか》いじみたスニャータの王子妃に魂《たましい》を抜かれる。

まさかスニャータの第四王子夫妻まで来るとは思わなかった。

メル――騎士団の詰所《つめしょ》で名乗った名前は、メルヴィンだ。なんと彼はエルからパン屋を引き継いだダイナさんの息子だった。エルは王様と結婚してパン屋を続けられなくなっても街のみんなのために店を畳まないでくれた。その店を任されたダイナさんのとこの子だ。パン屋の倅《せがれ》は何かと面倒ごとに巻き込まれるらしい。

数十分前。フレディはメルが所長に話している間に手紙を書き、それを王城に届けさせた。メルが話してくれた内容をまとめたもので、上司である宰相様の判断を仰《あお》ぐのだろう。

所長はすぐに警邏《けいら》の騎士を数人呼び寄せて、子どもたちの家に立《た》て篭《こ》もりの事実を知らせに走るよう指示を出す。それから、ジャネットの酒場に場所の提供をしてくれるように頼む。

ジャネットは連日の要請にもかかわらず快く場所を貸してくれた。所長は後日、騎士団の若いのを引き連れて散財する心算《こころづもり》らしい。

メルの母親は酒場に行かず、騎士にエスコートされて詰所《つめしょ》にやってきた。ダイナさんの奥さんってことだ。たしかに目元や口元が似ている。

メルを無事に母親に引き渡すと、俺の肩の荷が下りた。親子はしばらく詰所《つめしょ》の保護室で過ごすらしい。万が一、犯人の仲間が他にいて自宅を突き止められてもまずいし、子どもが人質になっている保護者が、ひとりだけ解放されたメルに説明を求めて群がらないとは限らない。

街の人々は基本的に陽気でいい人たちだが、子どもの命がかかったら必死になる。小さな身体のメルが大人に囲まれて怪我でもしたら大変だ。そんなことになったら大人たちは、我に返った後でひどく自分を責めるに違いない。

涙ながらに礼を言うメルの母親に見送られて、俺たちは詰所《つめしょ》を出たのだ。宰相府からジャネットの酒場に移動するよう指示があった。

そうしてやってきた酒場でさっきぶりのジャネットに迎え入れられ、会わずに済んでいたイリス姉ちゃんにどつかれる。

「イージャに何かあったら、あんたの結婚、白紙だからね！　何よ、うるうるツヤツヤのお肌しちゃって、嫁に行く準備は万端かもしれないけど、このままじゃ、肉屋の跡取りがいなくなっちゃうでしょッ‼」

「えーッ！　シルヴィー、ついにお嫁に行くの⁉」

「嫁貰《もら》うんじゃなかったのか⁉」

姉ちゃん、いらんこと言うなや。かーちゃんとーちゃんたち、今は重大な危機が子どもたちを襲っているんだぞ。

「俺の結婚より子どもたちだろ‼　俺がひとまず犯人の要求通り食料を差し入れに行って、様子を見てくるから！」

姉ちゃんと保護者たちにガツッと言ってやると、後ろからフレディに引っ張られた。身体がくるっと反転して背の高い青年の腕の中に収まる。

「どさくさに紛《まぎ》れて何を言っているんですか⁉　シルヴィーが行くなんて駄目に決まっているでしょう！　ここは騎士に任せます！」

「あんなゴツい、いかにもな兄さんたち、相手が警戒するに決まってるだろうが！　先生がすでに刺されてるんだぞ！」

「先生が？」

しまった。

まだ詳しいことは知らせていないんだった。フレディが頭ごなしに怒鳴るから、つい興奮して余計なことを言ってしまった。

酒場の中に、一気に暗く沈んだ重苦しい空気が漂《ただよ》う。母親が幾人《いくにん》も泣き始め、数人の父親が子どもたちのもとに向かうと言って、酒場から出ていこうとする。

それを止めたのが、扉を開けて入ってきた小柄な白い天の御使《みつか》いのようなスニャータの王子妃だ。少女めいた顔貌《がんぼう》に嵌《はま》る白いまつ毛に彩《いろど》られた赤い瞳で酒場を出ようとしていたひとりの父親を見つめると、ふんわり微笑《ほほえ》んで押し留めた。

その後ろに、仁王立《におうだ》ちの縦も横も大きい第四王子。赤みの強い金髪が燃え盛る炎のようで、彼の妻と並ぶと明暗が強烈だ。

駒鶫《こまつぐみ》の名を持つロビン妃は、一瞬で全ての空気を掻《か》っ攫《さら》った。夫妻の後ろから入ってきた、時々商店街に訪れる自国の国王が霞《かす》むほどの存在感だ。

父親も母親もポーッとさせるってなかなか凄《すご》いな。この人たち、後で夫婦喧嘩《げんか》などしないといいが。

騎士団長さんが王様と第四王子夫妻を先導して、奥に用意された椅子まで案内する。三人が保護者のほうを向いて椅子に腰掛けると、騎士団長さんが右手に、宰相様が左手に控えた。

「……なんで王様まで来たんだ？」

こそっとフレディに聞く。

「手紙を持って帰ってきた騎士殿が言うには、子どもを盾にしたティルティス側に第四王子がひどくご立腹で、自ら切って捨ててやると激昂《げっこう》したそうですよ」

あ、なんか分かった気がする。

「もしかして、お目付役でロビン妃が付いてきて、他国の王族が率先して危ないところに出てくるから、なし崩しに王様も？」

　空気読まない王子様だな……

　正義感の塊《かたまり》だけど。

「王子のことはロビン妃がいれば大丈夫ですよ。腰のものは飾りではありませんから」

　ロビン妃の腰には細い剣が下がっている。エスタークの騎士が持っているものより、うんと細くて短い。彼の体格に合わせた特注品なのだろう。

　ふたりでコソコソ話していると、宰相様の視線がこっちに流れてきた。

「フレッド、婚約者とイチャイチャするのは後にしなさい」

　何を言ってやがりますか⁉

　国民向けの爽《さわ》やかな笑顔で若い部下をおおらかに注意するフリが、とってもお上手ですね‼

　つか、俺、なんで自然に抱き込まれたままになっているんだ？　ガーーッと耳に熱が集まって、慌ててフレディの腕から逃げる。イリス姉ちゃんとジャネットの生ぬるい視線が痛い。

「宰相様にご提案があります！」

　ヤケクソで声を張り上げた。

「馬車の中にウチの母が土産《みやげ》に持たせてくれた、メンチカツがあります。俺がそれを学問所に持っていきます。けっこう量があるので、子どもたちがすぐに解放されなくても、昼食の代わりくらいにはなると思います」

「駄目と言ったでしょう、シルヴィー！」

そう言うから、お前の上司に直接提案したんだろう。

「静かに、フレッド。シルヴェスタ殿、何故《なぜ》あなたが行くのですか？」

宰相様の眼鏡の奥の瞳が、面白そうに歪《ゆが》んだ。

「騎士は体格がよすぎて警戒されます。身なりのよすぎる貴族階級の方も同じです。子どもたちの保護者では冷静ではいられないだろうし、女性を行かせるわけにもいかないでしょう？」

「なるほど、考えていますね。フレッド、あなたの婚約者は勇敢だ」

いちいち婚約者と連呼しないでくれ。おっさんが若者を誑《たぶら》かしているのを、ご近所中に吹聴《ふいちょう》しまくらないでくれませんかね？

「閣下、では僕も行きます。僕は文官ですし、成人したての若造だと油断を誘えませんか？」

フレディは自分を分かっていない。コイツ、補佐官補佐さんの次に体格よさそうだし、こんなに堂々とした新人はいないだろう。

「……あなたに油断をするようなら、相当な馬鹿ですよ」

宰相様も同じ意見のようだ。

「では私が一緒に参りましょう」

ロビン妃が優雅に立ち上がった。

「私の見た目はとても貧相だと思われませんか？」

貧相なんてとんでもない。華奢《きゃしゃ》とか可憐《かれん》とか言われる容姿だ。『妖精と天の御使《みつか》い』って題名をつけて、エルと並べて宝物殿に飾っておきたい外見じゃないか。

「油断を誘うには最適ですよ」

……むしろ、相手の魂《たましい》を引っこ抜きそうだ。

「ロビン妃、一緒にとは、シルヴィーも連れていくと？」

「ええ、肉屋の若主人が子どもに頼まれて配達に行くのはとても自然でしょう」

フレディとロビン妃の視線が交わっている。

……なんか怖い。

バチバチと火花が飛ぶような、喧嘩《けんか》みたいな睨《にら》み合《あ》いだ。ふたりはスニャータの騎士団で、戦闘訓練をしたことがあるんだと気付いた。

今朝、寝台の中で俺を見下ろしていた瞳の熱は、微塵《みじん》もない。

それは初めて見る、男の表情《かお》だった。


その後、フレディにねちっこい口づけで送り出されて、俺は今、すこぶる機嫌が悪い。人前でなんてことをしてくれたんだ。未だに語り継がれるティムさんの救出劇の記憶を塗り替える事態に、俺はフレディの腹を殴っておいた。

地味に拳《こぶし》が痛い。固い腹筋しやがって。

フレディに借りた服はシンプルなものとはいえ、庶民が着るには上等すぎる。酒場の二階でジャネットの旦那から服を借りて着替えると、フレディがめちゃくちゃ不機嫌になった。その代わりのつもりか、がっつり口づけをかましてきやがって。

ロビン妃の提案は採用されて、俺は彼とふたりで学問所にいくことになった。そのやりとりは、こうだ。他国の王族がいいのかと誰かが呟《つぶや》くと、ロビン妃は王子妃としてではなく、スニャータ王国立騎士団所属の騎士団長補佐として出向くと言った。

保護者たちはロビン妃が騎士なのにも驚いたが、第四王子の豪快な言葉に度肝を抜かれる。

「此奴《こやつ》と俺が試合ったら、十回に八回は俺が負けるぞ」

縦も横も大きくて、その身体に見合った大きな剣を腰から下げた美丈夫が、妻の頬に素早く口づけをして逃げた。ロビン妃の手は腰の剣に伸びている。

「力負けはどうしようもないので頭を使うのですよ。学問所に子どもを救出に出向くのは、力任せに行く者よりも、私のような質《たち》の者が向いていると思いますよ」

「フレッド、ロビン妃の言う通りだ」

今まで泰然《たいぜん》と構えていた王様がおもむろに口を開く。ジャネットには悪いが、酒場の粗末な椅子が激烈に似合わない。

「シルヴェスタを行かせるのは非常に心苦しいが、現状、一刻も早い子どもたちの解放が最優先である。幸い其方《そなた》はロビン妃の指導を受けたことがあるそうではないか。アランと共に、突入は任せよう。それで許せ」

フレディがギリッと奥歯を噛《か》む。音が聞こえるって、どんだけ噛《か》み締《し》めているんだよ。歯が砕けるぞ。

「シルヴェスタ。其方《そなた》も子どもたちと合流したら余計な真似はせず、じっとしていろ。其方《そなた》に何かあったら私はフィンに会わせる顔がない。……フィンが泣くと私は冷静ではいられぬ故《ゆえ》、心せよ」

すっげぇ、脅《おど》し文句。チラリとジャネットを見ると納得したように頷《うなず》いている。今朝そんな話を彼女としたばっかりだ。

そしてジャネットの提案で、俺とロビン妃は酒場の主人一家の生活空間になっている二階を借りて、着替えることになった。

もともと俺が行くのに大反対のフレディは、渋々引き下がったものの、ジャネットの旦那の服を着た俺を見た瞬間にクッキリと眉間《みけん》に皺《しわ》を刻んだ。

「他の男の服を着るなんて、いけないひとですね」

俺にだけ聞こえる声で囁《ささや》かれて、顎《あご》を掬《すく》われる。最初から容赦《ようしゃ》のないいやらしい口づけで、鼻から甘えた声が漏れそうになった。

「後から行きます」

口づけをほどいて切ない声音で言われ、それ以外の全ての音が遮断《しゃだん》されたように感じる。コイツ、マジで俺を好きすぎるだろ。

恥ずかしすぎてフレディを全力で突き飛ばして腹に一発決めると、逃げるように酒場を飛び出す。そんな俺を追ってきたのが、ジャネットに服を借りたロビン妃だ。

ジャネットに借りた服。ジャネットの家にあった服、ではなくて、まんまジャネットの服。

「胸の周りがブカブカですが、まぁ、見れなくもないでしょう」

『天の御使《みつか》い』が庶民の服を着て『会いに行ける天使』に職業転換していた。神々《こうごう》しさは薄まったが、代わりに誘拐されそうな危《あや》うさがある。

「ロビン妃……あの、王子と一緒に後からいらしてもいいですよ？」

「いけません。おひとりでなんて絶対に行かせませんからね。それに私、あなたが思うより強いですよ」

……想像通りに強いんだと思う。だってあの脳筋王子と試合して、十回に八回は勝つんだろう？むしろ俺が足手纏《あしでまと》いだって分かっているが、見た目が女性にしか見えなくて、人質にしたいなら、敵は真っ直ぐにロビン妃に向かいそうだ。

……それを狙っているのか？

騎士が小さな荷馬車にメンチカツを移動してくれている。荷馬車に繋がれている小柄な馬は甘栗《あまぐり》号だ。馬借屋から借りてきたんだな。つぶらな瞳がくるんと回ってこっちを見て、俺を覚えているのか頭をぐりぐり押し付けてくる。

可愛いが愛《め》でている時間はない。鬣《たてがみ》を撫《な》でてやってぽんぽんと叩く。名残惜《なごりお》しく馬体から離れてロビン妃が荷台に上がるのを手助けすると、彼は優雅にスカートを整えて腰を下ろした。

「ロビン妃、シルヴィー。俺も後から突入しますんで、よろしくお願いします」

酒場の中に入りきれなかった騎士が屯《たむろ》している中からアラン様が出てきて朗《ほが》らかに笑った。そういえば王様が、フレディと一緒にアラン様もとか言っていたな。

アラン様はロビン妃の女装を見ても驚かない。つまり珍しくもないってことだ。

「私の場合、潜入には女装を多用します。大抵の男が誑《たぶら》かされてくれますからね。戦闘訓練はドレス姿でも行うのですよ」

「化粧してないだけ、おとなしいもんですよ」

疑問が表情に出ていたのか、ロビン妃とアラン様が面白そうに答えをくれる。

「ふふふ、久々にエスタークの若獅子《わかじし》たちの活躍が見られそうです。楽しみにしていますよ」

ロビン妃が艶《あで》やかに微笑《ほほえ》んだ。アラン様はともかくフレディはマジで何を学んできたのだろう。

いや、騎士の訓練をしたのなら、それはそれでいい。ならなんで、宰相府に入府したんだ?

いい子で待っていた甘栗《あまぐり》号の手綱《たづな》を握る。荷台にロビン妃とメンチカツを乗せた馬車は、すぐに学問所に到着した。市街地の真ん中にある普通の建物で、二階には独り身の教師が居住できるようになっている。今の教師は壮年のおっさんなので通いのはずだ。

少し離れた場所から様子を窺《うかが》っている大柄な騎士の陰から、フレディのチェリーブロンドがのぞいている。

顔貌《がんぼう》までは見られないが、またあの、知らない男の表情《かお》をしているのだろうか。

別れ際の口づけの感触を振り払って、俺はわざと大騒ぎして玄関でメンチカツを下ろす。

「毎度あり〜。学問所のお子さんがお使いで来ましたよ〜。メンチカツの配達、ここでいいんですよね〜〜?」

ロビン妃とふたりでメンチカツの入った紙袋を抱えて、堂々と中に入る。

二十年ぶりに学問所に入った。

親になれば自分の子どもと一緒に来ることがあるんだろうが、俺が父親になることはなさそうだ。

「ごめんください」

ロビン妃も声を上げる。うわ、女の子の声だ。歩き方も完璧に女性のそれだ。これもやっぱり訓練の賜物《たまもの》なんだろうな。

メルは、男たちは教室に来たって言っていた。怪我をした先生をもう一度教務室まで連れていくのは面倒だし、子どもたちを見張ってもいるだろう。たぶん移動はしていないはずだ。

教室の扉に手をかけて、ロビン妃と視線を交わす。

お互いに小さく頷《うなず》いてノブを回した。

「ちは～。肉屋の配達でーす」

内側に押し開いた瞬間。

ガツッと顳顬《こめかみ》に衝撃が走った。

だからなんで、頭を殴るかね⁉　あんまり賢くない頭がどうにかなりそうだ‼

「馬鹿っ、殺すな！　コイツ例の肉屋のシルなんとかだろう？　口を割らせなきゃならん、死なせるな！」

勝手なことほざきやがって。ちくしょう、流れた血が目に入ってよく見えないな。

一瞬頭が揺れて倒れ込んだが、意識はある。さて、どう動いたらロビン妃の邪魔にならないかね。

「きゃあぁぁっ」

甲高《かんだか》い女性の悲鳴。

もう驚かない。ロビン妃だ。

「よし、お嬢さん。だったらその男をあっちのガキ共のところに運んでから、食い物をこっちに持ってきな」

「こ、殺さないでッ」

哀れっぽく懇願《こんがん》するロビン妃に訛《なま》りの強い公用語で指示を出すのは、俺を殺すな、と叫んだ男だ。馬鹿だ馬鹿だと思っていたが、大人の俺を子どもと合流させてどうする？　こっちはどうやって子どもたちのところに近づこうかと、思い悩んでいたというのに。

ロビン妃はハンカチで俺の顳顬《こめかみ》を押さえてから、よろめくフリをしながら肩を貸してくれた。小さく「担《かつ》いでいければ早いのに」と呟《つぶや》いていたのは、聞かなかったことにする。こんな可憐《かれん》な人に担《かつ》がれるなんて、フレディに抱き上げられた衝撃の比じゃない。

血を拭《ぬぐ》ってもらったおかげで視界が開けた。縛られた先生は転がされているが、目は開いている。俺たちとは対面の壁際に、二十人ほどの子どもがひとかたまりに座り込んでいた。

先生とは離されているのか。ちょっと困るな。

時間が経ってふらつきは治ってきたが、まだ具合が悪いように装《よそお》う。倒れ込むように一番手前の子どもの前に陣取った。

思った通りだ。うちの可愛い甥《おい》っ子《こ》、イージャはみんなを庇《かば》って、犯人の一番近くにいる。

「シルヴィー！」

「うるさいぞ、ガキ！」

イージャが小さく叫んだ。それに凄《すご》んだのは棍棒《こんぼう》のようなものを持った男だ。それで俺を殴ったんだな？

立《た》て篭《こ》もり犯は三人。エスタークの衣服は着ているけれど、言葉の訛《なま》りは聞いたことがない。ジャネットじゃなくても、余所者《よそもの》だってすぐに気付くだろう。全員浅黒い肌をして耳に飾りをつけている。あの飾り、耳を突き抜けてないか？　ティルティス特有のアクセサリーなのかもしれない。

犯人に背中を向けて子どもたちのほうを向くと、人差し指を唇に当てて「しっ」と合図を出した。顳顬《こめかみ》が痛むが、無理に笑う。「大丈夫」と唇を大きく動かすと、俺をよく知っているイージャは頷《うなず》いた。

イージャは倒れ込んだ俺にしがみつきながら「メルに会った？」と耳元で尋ねる。怯《おび》えた子どものふりがとてもうまい。ノロノロと彼の背中に手を回してポンポンと二回叩く。肯定の合図だ。

子どもの小さな身体がほっとするのが分かる。

「綺麗なお兄さんがしでかしたら俺が先生を担《かつ》ぎに行くから、お前たちは窓から逃げろ。言ってる意味、分かるな？」

実は学舎には、秘密がある。

この学舎は学問所として使われる以前は図書館だったらしい。当時の偉い人が庶民に学問はいらんとか言って閉館したのだそうだ。それに反発した街の学者が、残された建物を学舎にして学問所を開校した。

何が言いたいのかというと、建物の老朽化が激しいってことだ。地元商店街でも修繕費をカンパして窓ガラスを新しくしているのだ。

でも、ガラスは新しくなったけど、窓枠はそのまんまなんだ。

ロビン妃がビクビクと怯《おび》えた風情《ふぜい》で、床に散らばったメンチカツの入った袋を拾った。それを男たちのもとに運ぶ。

「あ、あの。ここにいる人たちで全員ですか？」

「なんでそんなことを気にする？」

「……た、足りますか？　他にもいらっしゃるなら、残しておかないと」

うまいなぁ。あれ、俺が言っても効果はなさそうだ。探《さぐ》りを入れているとすぐにばれて、殴られておしまいだ。

幸い俺に聞きたいことがあるらしいので、すぐに命を奪われることはないだろうけど。

「とりあえず、ここにいる三人だ。もうひとりいたが、情報と飯を確保しに行ったまま帰ってきやしない。逃げたかしくじったか、どうしたもんかな」

可憐《かれん》なロビン妃を前にすると口は滑らかになるようだ。

「お嬢さん、運がなかったな。てっきりあの坊主が食い物を持ってくると思っていたんだがなぁ。まぁ、肉屋も一緒に連れてきたのは感謝するよ」

男のひとりがロビン妃の手を取る。彼は怯《おび》えた声で「きゃあ」と小さく叫んだ。

男たちがロビン妃に夢中になっている。そりゃそうだ。ふん縛ってある先生や草臥《くたび》れた肉屋のおっさんより、天使のような女性のほうがいい。

「なぁ、あんた。俺たちの嫁にならねぇか？」

俺たちってなんだよ。奥さんひとりに旦那三人とか抜かしてんのか？

「いや、俺は女はいいや」

へぇ、ひとり抜けたか。それでもふたりで奥さんを共有するつもりなのか……。どうにも理解できないな。

などと思っていると、棍棒《こんぼう》を持った男がこっちに来た。

「俺は肉屋が欲しい。男専門なんだ」

は？

「そういや、そうだったな」

ロビン妃の手の甲をすりすりと撫《な》で回《まわ》していた男が笑う。なんでもいいが、子どもたちの前で変なことを言い出すなよ。これ以上下品なことを言ったら、いろいろ待たずに暴れ出してしまいそうだ。

それはロビン妃も同じ考えだったようで、男に握られていないほうの手を背中に回して、ぱたぱたと振る。

早く行け。そんな合図のようだ。

イージャに視線を送ると、子どもたちにしか分からない伝達方法で根回しを済ませているらしい。さりげなく小柄な子や女の子を、集団の真ん中に集めている。一番奥の窓の両脇に十歳にしては大きな少年と、彼ほどではないが長身の少年が陣取っていた。イージャは相変わらずこっち側にいる。

「おい肉屋。アンタなんか妙な色気がないか？」

棍棒《こんぼう》野郎が一歩近づいてきた。ちくしょう、予定変更だ。事《こと》が起こったら先生のところじゃなくて、棍棒《こんぼう》野郎のところに向かったほうがいい。

たぶんロビン妃はひとりでふたりを相手にできる。騎士団が突入してくるまでの数秒を耐え切れば、縛られた先生を忘れてくれるかもしれない。

たぶんとか、かもとか、希望的な要素が多すぎて不安しかないな。でもしょうがない。

「子どもたちに近づかないでください」

精々、哀れっぽく懇願《こんがん》してやるさ。

「ほう、本当に色っぽいな。なら、お前が来い」

ニヤついた表情が気持ち悪いな。子どもたちが逃げるためには、棍棒《こんぼう》野郎をこっちに近づけちゃならない。

おとなしく言うことを聞きすぎると、勘繰《かんぐ》られそうだ。しぶるフリをしてたっぷり時間を稼ぐ。

そうして意を決したように棍棒《こんぼう》野郎の傍《そば》まで行くと、ヤツの手が俺の顎《あご》を掬《すく》い上《あ》げた。

「いや、やっぱり無理！」

俺の口から拒否の言葉が出るのが早かったのか、ロビン妃のスカートが翻《ひるがえ》るのが早かったのか。

白い刃《やいば》の煌《きら》めきを合図にして、学舎の窓が枠ごと外れ、大きな音を立てて粉々に割れ散ったのだった。

§

学舎にまつわる、公然の秘密。

――窓枠が外れる。

嘘みたいな本当の話。

学問所を卒業した保護者なら誰もが知っている。彼らの表情がそれ程暗くなかったのはそのためだ。

そして一番大切なこと。

子どもたちに防犯意識を高める学習や、避難訓練をさせていたことが大きい。

きっかけは、十三年前のティムさんの誘拐事件だ。付《つ》き纏《まと》い野郎に誘拐されたティムさんが閉じ込められたのは、商店街と繁華街の境目あたり。つまり、ここに通う子どもたちの居住区域だ。ティムさんと一緒に救出されたのが、自分たちがよく知っているパン屋の孫のリューイだったせいもあって、子どもが巻き込まれる犯罪の可能性に気付く。

子どもの活動範囲が広がるのは十歳頃だ。その年から学問所に通い出し、近所に住む子ども以外にも交友関係が広がっていく。当然、親と行動を共にする時間が減る。目が行き届かなくなるのだ。

今まで気にもしなかった問題にぶち当たって、商店街の大人たちがどうしたものかと首を捻《ひね》っていた。そこにエルがお勉強会をしようと言い出したのだ。学問所で教えれば、これから大人になる子どもたちは、読み書き算盤《そろばん》と同時に身の危険を回避する知識を得る。

学問所に入って最初に教えるのは、学舎からの逃げ出し方。

これはどっちかと言うと、火事に対する備《そな》えだったけどな。まさか役に立つとは。

狭い入り口に殺到すると、将棋倒しになって動けなくなったり、押し合って誰も逃げられない事態になったりする。

そこで古い学舎の窓枠の話だ。

昔の窓は壁に穴が空いていて、素通しの明かりと風が通るだけのものだった。雨の日や夜は戸板を嵌《は》め込《こ》んで塞《ふさ》ぐ、嵌《は》め込《こ》み式の窓枠なんだよ。戸板が風で内側に落ちてこないよう、内側が狭く、外側が広く作られている。

だからここの窓、強く外側に押すと枠ごと外れるんだよな。当然ガラスは地面に落ちて粉々になるわけだが。

子どもたちが静かにしていたのは、先生が人質になっていたせいだ。血を流して縛られている先生を、子どもの力では運べない。

だけど、大人が来た。

そして俺は、子どもたちが窓の傍《そば》に一塊《ひとかたまり》になっているのを見て『勝った』と思った。縛られている子もいるが、足は自由なので充分動ける。

お姉さん（きっと子どもたちにはそう見えている）が仕掛けたら……その合図を見逃さず、ふたりの少年が窓枠を外に押し出す。

生理的に受け付けず思わず棍棒《こんぼう》野郎の手を払ってしまった俺は、やらかしちまったかと一瞬焦《あせ》ったが、間髪容《かんはつい》れずロビン妃が動いてくれた。スカートを大胆に捲《まく》り上《あ》げたのが目に入って、俺は安《あん》堵《ど》する。ロビン妃が隠し持っていた細く短い剣が、軽やかに煌《きら》めいた。

それと同時に、盛大にガラスが割れる音。

教室の中はしっちゃかめっちゃかだ。

子どもたちは身軽に壁の穴から身を躍らせる。ガラス片が散乱した地面は危ないが、事前に待機していた騎士が順番に抱きとめている。

ガラスが割れる音に気を取られて、棍棒《こんぼう》野郎が動きを止めた。その隙をつくように屈《かが》んで、奴の足を取る。仔牛《こうし》も豚《ぶた》も担《かつ》ぐ時は足から攻めるものだ。蹴られるからな！

仰向《あおむ》けに転んだ棍棒《こんぼう》野郎の腹に俺は馬乗りになった。

俺、腕力はあるけど殴る蹴るの喧嘩《けんか》をしたことがない。だから体重をかけて動きを抑えるくらいしかできないんだよな。本当はうつ伏せにしたかったが、仰向《あおむ》けだ。下敷きにはできたが棍棒《こんぼう》を奪い損ねたので、腕をなんとかしないとこっちが殴られる。

視界の隅に先生が見えた。なるべく気配を消してくれている。助かるよ。

ロビン妃は何をしているのか分からない。動きが速すぎてスカートの裾《すそ》がヒラヒラと翻《ひるがえ》るのと、白刃《はくじん》がたまに窓からの光を反射しているのしか認識できない。いや、悠長に眺めている余裕はなかった。

棍棒《こんぼう》が俺の鼻先を掠《かす》める。油断大敵だ。

「いいねぇ、肉屋」

棍棒《こんぼう》野郎がべろりと舌なめずりをする。気持ち悪いな。人間が舌なめずりをする姿って、初めて見たかもしれない。実際にする奴っているのな？　牛みたいだ、とも思ったが牛に失礼だ。牛は働き者だし糧《かて》となって俺たちの血肉となる。それに引き換え、この男は煮ても焼いても食えない。

とにかく棍棒《こんぼう》をなんとかしようと思っていると、それを持つ反対の手が俺の腰をするりと撫《な》でた。

「ぎゃあッ」

何をしやがる⁉

「その悲鳴はいただけないなぁ。もっと色っぽく啼《な》いてくれよ」

下から腰をゆすりあげられる。……コイツ、アソコでっかくしてやがる‼

ロビン妃のほうからコイツの仲間の悲鳴がしているのに興奮しているって、どんな変態だよ⁉

尻にゴリゴリとした気持ち悪いものを押し付けられて腰が浮いた。

逃げたい！

でも逃げたら、コイツが自由になる。

「……早く、来いよ！　馬鹿ァッ‼」

後から来るって言っただろう⁉　なかなか来ないフレディにも、無意識に彼に依存している自分にも腹が立って、八つ当たり気味に握った拳《こぶし》を俺は棍棒《こんぼう》野郎の鳩尾《みぞおち》に叩き込む。

ちっとも効きやしない！　こっちの拳《こぶし》が痛いだけだ‼

「仔犬に噛《か》まれたみたいなもんだ」

にやにやしてんじゃねぇ！

気持ちの悪さに胃がむかつく。脳裏に浮かんだ、ぐにゃぐにゃと形を変えるエッタの白い胸と甘ったるい匂い。

視界が暗くなって意識が遠のいた時——

白刃《はくじん》が煌《きら》めく。

「ぎゃあああぁあぁぁッ！」

俺の耳の傍《そば》を通り抜けた剣が、真っ直ぐに棍棒《こんぼう》野郎の肩に吸い込まれる。奴は白目を剥《む》いて泡を噴き、ダミ声で悲鳴を上げた。強烈な視界にいっぺんで目が覚める。

背後から脇の下を通って腕が回された。軽々と引き起こされて立ち上がると、背中をその腕に預ける。

首を回して、俺に覆《おお》い被《かぶ》さるように立つフレディの表情《かお》を見た。整った顔が人形のように固まっている。

「取り調べがあるから殺すなと言われましたが、ひとりくらいならいいと思いませんか？」

「駄目に決まってるだろう！」

フレディの冷たい声にアラン様の焦《あせ》った声が重なった。アラン様は床に転がされたままの先生の縄を、サクッと切る。……縄ってあんなに簡単に切れるものだったか？

「俺は先生を外に連れていくからな！　シルヴィーさん、ソイツが殺さないよう見張っててくださいね！」

枠ごと窓がなくなった壁の穴から、城下を警邏《けいら》する騎士が数人入ってくる。人数が増えすぎると剣が使えないし、小鳥のように飛び跳ねるロビン妃の邪魔になる。幾人《いくにん》かの騎士は惚《ほう》けてロビン妃を見ていたが、その気持ちは分からなくもない。

なんだかロビン妃は楽しそうで、必死に剣を振り回しているティルティスのふたりが可哀想になってきた。完全に遊ばれている。

「ふふふ、残念です。この程度ではエスタークの若獅子《わかじし》の、勇壮華麗な剣舞を見られないではないですか」

ロビン妃がなんか言ってる！

勇壮華麗な剣舞とやらは見たい気もするが、棍棒《こんぼう》野郎は殺しちゃいけないんだろ？　つうか、流石《さすが》に戦意を失った相手を縊《くび》り殺《ころ》すフレディは見たくないってぇの！

「殺さなければいいんですね」

「ぐぎゃっ」

グシャッて音がした気がする。悲鳴は短かった。

フレディが無表情で棍棒《こんぼう》野郎の股間を踏み潰したのだ。

「……フレディ、こんな奴にかかずらってないで、頑張った俺を褒《ほ》めろ」

これ以上、フレディの意識を棍棒《こんぼう》野郎に向けておいては駄目だ。フレディの腕の中で身体を捩《ねじ》って彼と正面から向き合い、手を伸ばして首にぶら下がるように身を寄せた。

目が合うと、緑の瞳が小さく見開かれる。

「ごめんなさい、シルヴィー！　すぐに医者に見せなくてはならないのに、こんな阿呆《あほう》を構っている場合ではありませんでした!!　いや、むしろ、この程度で済ませずに、うっかり殺しておくべきだったたか？」


最後の独り言、怖いから！

「俺こそごめん。我《わ》が儘《まま》通して乗り込んで怪我までして、心配かけただろ？」

……正直言って、怪我より最後のヤツが怖かったけど。気持ち悪くて吐きそうになるほどに。

尻に押し付けられたアレを思い出すと、吐き気がぶり返してきそうだ。フレディに踏み潰されて、それだけはザマ見ろと思ってしまう。

気付けばロビン妃が相手にしていたふたりは騎士に縛り上げられていた。衣類から出ている皮膚があちこち小さく引き裂かれて、まるで鳥に啄《ついば》まれたような傷に覆《おお》われている。凄《すご》いな、延々と薄皮一枚を削《そ》いで遊んでいたんだ。

こうして、やっと事件が終わった。

気が抜けたら、腰も抜ける。

「シルヴィー！」

ふらついた俺はフレディに抱え上げられて、ほっと息をついた。フレディの意識を棍棒《こんぼう》野郎から引《ひ》き剥《は》がすことに成功したようだ。冷え切っていた瞳に熱が籠《こも》るのが見えたことにも安心する。

「まずは怪我の手当です。お仕置きは今夜ですからね！」

お仕置き？

フレディに抱き上げられて、羞恥《しゅうち》でいっそ失神したい。だけどそんな都合良くいくものじゃなかった。

「肉屋のお兄ちゃん、抱っこされてる～」

「怪我してるからだよ。先生だって騎士様が抱っこしてたよ」

「そっかぁ。お怪我してたら仕方ないね」

「男の人が抱っこされるなんておかしいと思ったけど、血がいっぱい出てるもんね」

「抱っこしてもらえて、良かったね」

子どもたちの会話が痛い。

「……フレディ、もう充分お仕置きされたと思う」

俺の精神力はガリガリと音を立てて削《けず》られている。これをお仕置きと言わずしてなんと言おう。怪我して悪かった！

こっちを見ている子どもたちの中にイージャがいて、心配そうに眉を下げている。軽く手を上げて平気だと合図を送ると、彼はいからせていた肩から力を抜いた。

ふと見るとスニャータのフェンネル王子が王様と睨《にら》み合《あ》っている。どうやら言い争っているようだ。

「だから何故《なぜ》、俺が突入しては駄目なんだ！」

「お前がやりすぎて建物が崩壊でもしてみろ。両国の関係にヒビが入るだろう」

「ロビンはいいのか!?」

「……お前の妃は、一応の分別《ふんべつ》はある」

従兄弟《いとこ》同士なんだっけ。仲良しだな。喧嘩《けんか》するほど仲がいいってヤツ。ほかの王族同士だったら、こうはならない。それに王様の許可を待つ程度には、フェンネル王子も分別《ふんべつ》があるみたいだけど……

「殿下？」

髪の一筋にも一切の乱れなく現れたロビン妃が、自分の夫を呼んだ。

「お行儀はどこに置いていらっしゃいましたか？」

……あなた様がそれを言うか？

嬉々としてティルティスのふたりを細身の剣でつついていた人が、柔らかく微笑《ほほえ》んでいる。視線で王子を黙らせたロビン妃は、優雅に一礼して王様に向き直った。

「リュシフォード王、他に仲間はいないようです。別口がいる可能性もありますが、こちらは制圧完了ですね」

この人、見た目は可憐《かれん》だけど宰相様と同じニオイがする。

「陛下、シルヴェスタ殿を医師に診《み》せたいのですが、御前を失礼しても？」

フレディすげぇな！　この空気をぶち壊して口を挟みやがった。

王族三人の視線をいっぺんに注がれて、肩がすくむ。

王様が俺を見て眉を寄せた。

「シルヴェスタ、怪我をしたのか」

ロビン妃に借りたハンカチに染みた血の量から見て、結構派手に出血していたみたいだ。もう止まっているっぽいけど、最近頭を殴られたばかりだから、フレディも王様も心配してくれている。

「……フィンになんと言えばいいのだ」

王様は黄金《きん》の瞳に辛《つら》そうに影を落とす。それ、俺の心配じゃなくてエルの心配じゃね？

先生はすでに町医者のところに担《かつ》ぎ込《こ》まれたらしい。子どもたちも騎士に引率されて、酒場に向かう算段をしていた。保護者が酒場にいるからな。

「近くの町医者で、適当に消毒してもらえばなんとかなりますよ」

「ならぬ。其方《そなた》は城に向かえ。フレッド、シルヴェスタが逃げぬよう、そのまま連れていけ」

「承《うけたまわ》りました」

をい。

こんな血まみれの姿をエルに見られたら絶対に泣くだろ⁉　そしたらここで眉間《みけん》に皺《しわ》を寄せている王様の機嫌は、もっと悪くなるよな？

「せめてどこかで血を拭かせてくれ！　酒場に寄るのが駄目なら、学舎の水場でもいいから！」

フレディは俺を見下ろして、ちょっと意地悪く笑う。

「早く殿医《てんい》殿に診《み》ていただきましょうね」

コイツ分かってて言ってるな⁉　これもお仕置きの一環なのか？

そうしてここまで牽《ひ》いてこられた子爵家の馬車に乗り込む。馭者《ぎょしゃ》さんが俺の頭を見てギョッとした顔になった。

「静かに走らせます！」

よろしく頼みます。なんかもう、何を言ってても心配しかかけなさそうなんで、おとなしくする。

諦めてフレディの膝《ひざ》に乗ったまま、馬車に揺られて城の馬溜《うまだ》まりに辿《たど》り着《つ》く。おっさんが若者のお膝抱っこ。これもお仕置きか？　……そうでもないか。割と日常だな。慣れたら駄目な案件だけど。

黄昏《たそがれ》ていると、クスクス笑われた。

「……良かった。ずっとフレディが怖い表情《かお》していたから、笑ってると安心する」

フレディが怒ってるわけじゃないのは分かっている。いや、怒っているか。それは俺を心配しすぎての怒りなんだと理解していた。それでも口元は微笑《ほほえ》んでいるのに目の奥に燻《くすぶ》る冷たい光が、なんだか見放されたようで怖かったのだ。

本気にさせられたおっさんは、いろいろ拗《こじ》らせて面倒くさい存在だと思う。俺にとってはたぶん、これが最後の恋だ。

恋とか言っちゃうあたり、相当なイタさだよなぁ。

扉が開けられたので、モソモソとフレディの膝《ひざ》から降りる。簡単にその腕から抜けられた。わずかな距離が寂しい。

フレディは俺の傍《そば》をすり抜けて、馬車から降りる。俺ものっそりと彼を追いかけた。用意されている踏み台に足を下ろそうとして、膝《ひざ》を掬《すく》われる。

「うわっ」

びっくりして声を上げる。

「すみません。驚かせましたか？　抱いたままでは頭をぶつけてしまいますから」

顳顬《こめかみ》に口づけられた。カサカサと赤茶色の粉が落ちる。乾いた血液が剥《は》がれたのだ。

「こら、他人の血を口に入れると、病気になるんだぞ」

「だって、寂しい表情《かお》をしてるから」

言葉に詰《つ》まる。

俺を横抱きにしたままフレディはゆっくりと歩きはじめた。自分の足がゆらゆら揺れるのが目に入る。

どえらいことをされている時も、揺れてたなぁ。

馬鹿なことを考えながら運ばれていると、バタバタと大騒ぎをしてエルが走ってきた。外宮の外まで出てくるなんて、なかなかないのに。……俺の心配してんだよなぁ。

「シルヴィーの馬鹿ぁ！　なんで頭ばっかり殴られてるんだよっ！」

情報が早い。まぁ、医者の手配をするのに、誰かが城に連絡したんだろうけど。……なんで御殿《ごてん》医《い》さんが俺の主治医みたいになっているのか、心の底から疑問だ。

「あー、悪い。心配かけてごめんな。たいしたことないんだ」

本当にたいしたことない。たいしたことあったら、とっくに町医者のところに担《かつ》ぎ込《こ》まれているはずだ。……フレディが俺を大事にしてくれてるって自惚《うぬぼ》れてもいいなら、そうだろ？

「フレッド君、医師は部屋に案内してるから。バスチアンが迎えてくれてるはずだよ」

エルが潤《うる》んだ目でフレディを促《うなが》して、挨拶《あいさつ》もそこそこにみんなでゾロゾロ歩く。エルのお付きがめっちゃ大所帯だから仕方がない。后子《ごうし》様って大変だな。

外宮から内宮に向かう道中、激しく晒《さら》し者《もの》になった。侍女さんや女中さんが痛ましげな視線を向けてくるのが大変応《こた》える。せめて顔を隠したくてフレディの胸に埋《うず》めようとして、はたと気付く。顳顬《こめかみ》の血で服が汚れるじゃないか。

こうして俯《うつむ》きつつも顔をしっかり確認されながら、内宮に用意された客間に入る。ここもまた、靴で歩くのが恐ろしいふかふか絨毯《じゅうたん》が敷きつめられた、どこに立ったらいいのか分からない部屋だ。

汚れたままの衣服で豪奢《ごうしゃ》なソファーに下ろされると、待ち構えていたバスチアンさんが御殿医《ごてんい》さんを連れてきた。

子爵邸でも診察してくれた医師は、俺の血だらけの顔を見るなり大きなため息を漏らす。

「なんでまた頭なんですか。しかも顳顬《こめかみ》ですよ。痕が残ったらどうします？」

何故《なぜ》頭ばかりなのかは、俺も神様に問《と》い質《ただ》したい。賢くない頭が馬鹿になったらどうしてくれる。傷痕くらいは別に気にしないけどな。

「男なんで、傷痕は勲章ですよ」

俺程度の顔、どうでもいい。エルの顔だったら俺も焦《あせ》るけど。

「何を言ってるの！」

そのエルから待ったが入った。

「もうすぐ結婚式でしょ？　花嫁の顳顬《こめかみ》に傷なんて、そんなのダメ！」

な!?

「シルヴィー、きちんと診《み》てもらいましょうね」

おい、さっきまでの不機嫌さはどこに行ったよ。突然上機嫌になったフレディは、傷のないほうの顳顬《こめかみ》にチュッチュと小鳥の口づけを繰り返す。

ぎゃあ、医師が至近距離で見てる！　お仕置きか？　そうなんだな？

羞恥《しゅうち》で死ねる。

俺は本気でそう思った。

§

客間の大きな寝台で目覚めると、幼い頃は当たり前にあった寝顔が目の前にあった。大雑把《おおざっぱ》に二十年ぶりのことだ。エルの姉さんが亡くなってから……違うな、彼女が寝ついてからは互いの家に泊まりに行くこともなくなった。

俺のほうを向いて丸くなって眠るエルの向こうに、ティムさんの後頭部が見える。彼はその先にいるトイさんを抱き枕にしていて、トイさんは行儀良く仰向《あおむ》けで寝ている。

なんでこうなったかね。

昨日は御殿医《ごてんい》さんの診察を受けた後、エルが昼食の手配をしてくれて食事をとって。その間になんか話がついていて、トイさんとティムさんが客室にやってきた。彼らの仕事はエルの一言で休みになったそうだ。

「だってこうでもしなくちゃ、フレッド君を追い出せないでしょ！」

フレディを追い出したエルが、ぷりぷりして言った。

「奥様会に旦那さんが入り込むなんて無粋でしょ？」

そうにっこり笑った時に、后子《ごうし》殿下の胆力を見た気がする。いつもぽわんとした頼りなさげな雰囲気なのに、有無を言わせない圧が発せられて、フレディが怯《ひる》んだのが分かった。

もともとオカン的な何かはあったんだけど、それを突《つ》き詰《つ》めたらこうなるのか。……全ての国民の母とはこういうことか。

「いや、あの。なんでフレディを追い出したんだ？」

フレディはなんか渋っていた。ほとんど無理やりゴリ押しするなんてエルらしくない。

「あのね」

エルはティムさんが持ってきたマカロンを齧《かじ》りながらため息を漏らす。

「シルヴィーはさ、今夜はひとりでいないほうがいいと思うわけ」

「いや、たいした怪我じゃないけど」

「そうじゃないよ。殴られるのって前の時もそうだったろうけど、日常じゃないでしょ？　その上、子どもたちを助けたり、戦闘を間近に見たり、変なのに触られたりって、平気なつもりだろうけど、だいぶいっぱいいっぱいなはずなんだ」

……そうか？

「たぶんフレッド君は念入りに慰《なぐさ》めてくれると思うんだけどさ」

なんだ、そのやれやれ感満載な視線は？　隣でティムさんがニヤニヤしてて、トイさんが慈愛の眼差《まなざ》しをこっちに向けてくる。

「シルヴィーさんの旦那、めっちゃ若いから、歯止めが利かなそうなんだもん」

「何が？」

「耳の後ろ、ばっちり所有印ついてるよ」

チョイチョイと自分の耳の後ろを指さす。

別にティムさんの耳の後ろには何もない。

って、俺の耳の後ろかーーッ！

はしっと皮膚を這《は》う虫を叩くように耳の後ろを覆《おお》い隠《かく》す。

「その感じだと昨夜か今朝でしょ」

なんでそこまで分かるんだーーッ⁉

「うわぁ、耳の先まで真っ赤だねぇ」

ほやんとトイさんが微笑《ほほえ》んだ。微笑《ほほえ》ましげにされると、よけいに居《い》た堪《たま》れない。

「なんか、幼馴染《おさななじ》みとこんな話するの、すっごく恥ずかしいんだけどさ。あえて言わせてもらうとだね」

エル、そこで照れるな。ますます恥ずかしくなるじゃないか。

「エルフィン様、はっきり言っちゃえば？　心も体も疲れてるところ朝までがっつり貪《むさぼ》られたら、三日は寝込むよ？」

……三日？

「むしろ三日、貪《むさぼ》られるかも？」

……三日？

「だからね、一晩頭を冷やしてもらってからイチャイチャしたほうがいいよ」

最後はトイさんが締めた。

「お預けされたぶん、ねちっこくなるかもしんないけど、今夜しっかり眠って備《そな》えておけばいいし。ね、安心でしょ？」

何も安心できない。

「そういうわけだから、シルヴィーもフレッド君が傍《そば》にいなくて寂しいかもだけど、代わりに俺たちと寝間着でお喋《しゃべ》りしようよ」

「寂しいって、そんなわけあるか⁉」

俺の叫びに三人の生ぬるい視線が返された。

夕食が終わって入浴も済ませると、まだ早い時間なのに寝室に連れていかれる。四人でひとつの寝台に乗って、各々《おのおの》寝そべったり、クッションを抱いて胡座《あぐら》を組んだりした。三人は慣れた様子で寛《くつろ》いでいる。

ここは妖精の国か？

何故《なぜ》か迷い込んではいけない場所にやってきたような錯覚に陥《おちい》って、俺は頭を抱える。

そうしているうちに、王様と書記官さんがエルとティムさんを迎えにきてウィレムさんに追い返された。トイさんの旦那さんは城の料理長で、軽いお酒とピンチョスを差し入れてエルとティムさんからの高評価を得る。三人はいつものことだと笑った。

ティムさんは夜の書記官さんがいかにしつこいかを力説してくる。

「最初が肝心だからね！」

俺に向かって強く言い放った。そう言うってことはティムさん、最初を失敗したんだな。

「料理長はさ、寝台で意地悪とかしなさそうじゃない？　陛下は？」

あけすけに聞かれて、エルが赤くなった。

「意地悪なんかしないよ。嫌なことはないかちゃんと聞いてくれる」

幼馴染《おさななじ》みのそんな話、聞きたくなかった。お前も俺とこんな話をするの、恥ずかしいって言ってただろ。なんで素直に語るかな。

「フレッド様、若いからかなりがっつくんじゃない？」

がっつくという基準が分からん。

「……付き合い始めの恋人同士は、こんなものだと言われたけど、正直言って比較対象がないので正解が分かりません」

「シルヴィーさん。なんでエルフィン様にはタメ口で、俺たちには敬語なわけ？　面倒だから普通にしてよ」

ティムさんの作る菓子は繊細《せんさい》で美しいが、本人は大雑把《おおざっぱ》だ。

「そんでさ、君がいいならいいんだけど、フレッド様ってうちのと同じニオイがするから、だいぶしつこそうなんだよね」

しつこい……

たしかに。

アレで、アッサリとか淡白とか言われたら、ガチギレする自信がある。

「その表情《かお》だと、しつこいって思ってるでしょ？　ってことは、やっぱりがっつかれてるんだよ」

トイさんはにこやかにトドメを刺すのが得意だと思う。そうか、俺、がっつかれてるのか。

居《い》た堪《たま》れなくなったり、恥ずかしい死ねると思ったりしながらも、その後は貴族と結婚する心構えみたいなのを教えられたような、そんな時間だった。

でも皆、最後は『アイゼン子爵家はおおらかだから』とか『旦那が守ってくれるから』とか超恥ずかしい総括をする。

「なんかフレッド様って、守りきれなかったら他の全部をほっぽり出して自殺しそうな性格だよねぇ」

トイさん、ほにゃりとおっそろしいこと言わないでくれ！　うちのフレディ坊ちゃんは、やんちゃで素直で可愛い子なんだぞ！　そんなわけ……あるか？

留学から帰ってきたフレディは、俺の知らない男の表情《かお》ばかり見せる。

「だからね、今夜は一緒にいないほうがいいと思ったんだよ。シルヴィーさんが怪我をしたこと、君が思うよりフレッド様は気に病《や》んでると思うんだ。無事を身体で感じたくて、無茶なことやらかして、朝になって大後悔とか、あり得るからね」

ティムさんの譬《たと》えはやたら具体的だ。そして、とても的を射ていると感じる。

彼は商店街の伝説だったと思い出す。十三年前に起こった誘拐事件の救出劇は、最後の熱烈な口づけで終わったと思っていたのに続きがあったらしい。

「三日三晩……その後、三日寝込んだ」

ティムさんが遠い目をする。

疲れていたのか、既婚者の強烈な経験談を聞いて脳味噌の解析能力の限界を越えたのか、俺は真夜中になる前に眠気を覚えた。

三人もせっかくだから惰眠《だみん》を貪《むさぼ》ると言って、一緒に掛布に潜《もぐ》り込《こ》む。

それが昨夜の話。

久々にこんなに朝早くからさっぱりと目が覚めた。フレディとのどえらい夜の翌日は、やっぱり睡眠不足感が否めない。

「ん……おはよ、シルヴィー」

モソモソとエルが起き出して、ティムさんとトイさんも、んーとかにゃーとか言いながらトロトロと目を開ける。パン屋の倅《せがれ》も城の厨房《ちゅうぼう》で働く料理人も、朝は早いらしい。

「おはようございます。よくお寝《やす》みでございましたね」

ウィレムさんがこんなに早くから完璧に身嗜《みだしな》みを整えて、寝室に入ってくる。后子《ごうし》殿下がいるから、バスチアンさんは遠慮しているようだ。

「皆様、ご夫君がお迎えですよ」

にっこり微笑《ほほえ》んでウィレムさんが言う。

ティムさんは王様のことを意外と狭量だと宣《のたま》ったが、結局誰の旦那も狭量だ。

夜討ち朝駆けかよ。

三人がなんとなく嬉しそうだったから、まぁ夫婦仲がよくて何よりだ、と思おう。

昨日の午後ぶりに会ったフレディは、なんとなく目元を赤くして睡眠不足に見えた。

「申し訳ありません。僕が未熟なばかりに……」

俺の知らないところで誰かに絞《しぼ》られたんだろうか。

「少し頭が冷えました。ギルバート殿に諫《いさ》めていただいてよかったです。昨夜のままならあなたのことを抱き潰していました」

朝から語ることかね？

……昨日は朝からどえらいことをされたから、今更か？

迎えに来た王様におとなしく抱かれて帰っていくエルと、恥ずかしがって暴れて書記官さんに担《かつ》がれるティムさん。穏やかに微笑《ほほえ》む料理長と手を繋いで会釈《えしゃく》して下がるトイさん。

それぞれだけど、溺愛《できあい》されぶりが見て取れる。

王様の前で寝間着姿という失礼な格好だったが、誰も何も言わなかった。強《し》いて言うなら四人でお揃いの寝間着に物申したげだっただけ。

付け加えておくならば、寝間着にズボンは付いていた。下半身の心許《こころもと》なさがないって、素晴らしい。

三人が帰ってしまうと客間はグッと静かになった。尻尾《しっぽ》の垂れた犬みたいなフレディに、胎《はら》の奥がザワザワする。ヤバい、頭を撫《な》でくりまわしたい。可愛くて堪《たま》らん。こういうところはやっぱり、俺の可愛い坊ちゃんだと思う。

首に腕を回して頭を引き下ろす。クソ、本当に背が高いな。気のせいか、スニャータから帰ってきた時より伸びている気がする。

なんだか腹が立ったので、上を向いて一瞬だけ唇を奪ってやった。

フレディが目を丸くする。俺は軽い優越感に浸《ひた》った。

それから、昨日俺たちがお茶を飲んだり食事をしたりしていた時間に何をしていたのか聞く。旦那たちはティルティスの四人を尋問していたそうだ。最初に酒場で取っ捕まえた奴も合流させたんだな。

旦那たち……まだフレディは違うけど。

身支度と朝食を終えると、宰相府に連れていかれてその説明を受けることになった。

えーと、こういうのって、逐一《ちくいち》教えてもらえるもんだっけか？　被害者というか民間協力者なんて、最後に結果だけ聞かされてお終《しま》いの立場だと思っていたんだが。

会議室だという部屋に通される。会議のためだけの部屋らしい。なんて勿体《もったい》ない。普段は空き部屋ってことだろう？

集まったのは国王夫妻にスニャータの第四王子夫妻、宰相様と補佐官さんに書記官さん。騎士団長さんと、初めましての法務大臣様。

また偉い人が増えた。

「シルヴェスタ殿。お怪我のほどは？」

可憐《かれん》なロビン妃がひとの隙間をひらひらとすり抜けて寄ってくると、両手で俺の頬を包み込む。

背後からムッとした気配が漂《ただよ》うのは、無視だ無視。

「昨日は挨拶《あいさつ》もせずに失礼してしまって、申し訳ありませんでした」

ほぼ拉致《らち》だったが、失礼したのには違いない。

「ふふふ、律儀ですねぇ。こちらこそ馬鹿の思考が読めなくて申し訳なかったです」

ロビン妃を始めとする、俺が学舎に入ることに賛成したメンツの思惑《おもわく》は外れたそうだ。情報を握るかもしれない俺の命が危ぶまれる事態なんて、相手がまともならなるわけがない。無傷で手に入れて口を割らせるのが仕事のはずだからだ。

「とりあえずティルティスからの侵入者は、あれで全員だと分かりました。ひとまずシルヴェスタ殿の身の危険は去ったので、ご安心ください」

騎士団長さんが人好きのする笑顔でこっちを見る。彼はとても親切な人だと思う。

フレディが席を整えて参加者に椅子をすすめた。立ったままウロウロしていても話は終わらない。

エルがニコニコと手を振る。おいおい、これから大事な話をするんだろうに。

「さて、騎士団長が言った通り、ティルティスの南朝勢は、彼ら四人のみが入国していると確認が取れました。国境を越える関所の通過記録があります」

法務大臣様が書類を捲《めく》りながら言った。

それから尋問に立ち会った騎士団長さんと宰相様が話しはじめ、ロビン妃が解説を挟む。

ティルティス王国南朝の手の者と思《おぼ》しき四人は、自分がどんな立場にいるのかもよく分かっていなかった。

ティルティス王国では彼らが生まれた時にはすでに内戦中で、国中が父親が誰かも分からない子どもだらけなんだそうだ。国には中年以上の女と子ども、働くのに支障のある怪我をした男しかいない。学校の存在も知らなかった。十五歳になると男も女も徴用され、男は戦場へ、女は飯炊きに駆り出されるという。

見目のいい女はいい働きをした兵士への褒美にも使われる。それ以外の女は小隊ごとに数人ずつ振り分けられて、子を身籠《みごも》ると郷里へ帰らされる。そして子を産んだ後は、子どもを里の老いた女たちに預けて再び戦場に戻って飯炊きをし、夜は男に身体を与えて子を孕《はら》むのだという。

里に残された子どもは十五歳になると徴用される。その繰り返し。

「なんだよ、それ！」

バンとテーブルを叩いたエルが、立ち上がりかけて失敗した。王様の膝《ひざ》の上に座らされていて、床に足が届いていなかったようだ。

「王族は？　貴族は？　南北にわかれて王朝を築いてるんでしょ？　どんな生活してるの⁉」

「エスタークやスニャータの貴族と変わらない生活水準を保っているようですよ。貧困に喘《あえ》いでいるのは、国民たちばかりです」

うわぁ、吐きそう。

中年以上の女と子ども、それから動けない男しかいない集落に、お腹《なか》の大きな女性が帰ってくる。負担しかない。そしてその子どもも、育ったら内戦に持っていかれてしまう。もう何十年もそんな生活が続いていて、誰も疑問に思わないのか。

「あの男たちは、私を女性だと思って妻になれと言いました。彼らにとって、複数の男で女性を共有するのは普通のことだそうですよ。そして、孕《はら》んだ女性と再び会うことはないのだそうです。里に帰って子を産んだ後の女性は、他の戦地の小隊に与えられるのだと言っていました」

男も女も、生きている人間として扱われていない。彼らは当然、勉強などしたことがなく、自分の名前も書けないそうだ。

「……非常に腹立たしいですが、人口だけは減らさないよう努力しているみたいですね」

人口というか、自分たちにとって使い勝手のいい戦闘兵だろ？

宰相様が眼鏡の奥の瞳を冷たく細めた。めっちゃ怖いが、ここで怒らない奴はヒトデナシだよな。

宰相様だけじゃなくて全員が凄《すご》い表情《かお》をしている。

「エスターク国内に潜入してきた三人は、端的に言って捨て駒です。詳しいことは何も知らない。ただカッツェンと、彼が接触した全ての人間を捕まえるように命じられているだけのようです」

「スニャータには、黒幕のティルティス貴族が入り込んでいるという話ですよ」

宰相様の言葉にロビン妃が付け足した。

「大量の薬を売《う》り捌《さば》きながら、スニャータで資金を集めているのですって」

カッツェンさえ逃げなければ、スニャータ国内でなんとかしていた話だったわけだ。ティルティスだってこんなに離れた国に資金調達に来るのは大変だし、往復の時間も無駄だもんな。スニャータに潜伏《せんぷく》してるっていうティルティス貴族も、本国に対する体面を保つためにとりあえず、下っ端にカッツェンを追わせただけっぽい。

「そのティルティスの現状は許し難い。フィンを泣かせた愚か者どもも許せぬが、腐った南北朝の王族はもっと許せぬ」

王様が為政者の表情《かお》で言った。でもエルを泣かせたことが一番の逆鱗《げきりん》なのか。ブレないな。いっそ清《すが》しい。

「スニャータ国内では、ティルティスに対して武力介入すべしの声が上がっております」

「俺を大将にしてな」

ロビン妃がフェンネル王子のゴツゴツした手に、小さな白い手を重ねた。……駒鶫《こまつぐみ》なんて可愛いもんじゃない。どんな猛禽《もうきん》だ？

「今まで決定的な情報がなくてだな、攻め込むと一方的な侵略と見做《みな》されるから、スニャータの陛下も二の足を踏んでいたんだ」

そこへ三馬鹿とその仲間の証言で、人権侵害の確証を得た。

「人道的武力介入であるな。エスタークはそれを支持しよう」

…………あの。

政治的な国際問題を、肉屋の倅《せがれ》の前で話さないでほしいんだけど。何か思惑《おもわく》がある気がして、背中に変な汗が伝う。

不安を感じて、俺はテーブルの下でフレディの手を握った。

戦争の始まりを見ている。エスタークが主戦場ではないのだろうけれど、少なくとも目の前にいるスニャータの第四王子夫妻は、自身が戦地に赴《おもむ》く心算《こころづもり》だ。

目の前が真っ暗になる。

こんな話を何故《なぜ》、俺の前でするのだろうか？　一介の肉屋の倅《せがれ》でしかない自分の。

「シルヴェスタ、ものには大義名分が必要なのだよ。ティルティス貴族の息がかかった違法薬物の売人が我がエスタークの貴族を傷付けたとなれば、それは立派な大義名分である」

王様、俺は貴族じゃない。

「其方《そなた》は我が后子《ごうし》の永遠の親友にして、次代を担《にな》う王太子の側近候補の伴侶だ。賽《さい》を投げたのは我らではない。ティルティスの愚か者だ」

俺は何も変わっていないつもりでいたのに、すでにただの肉屋の倅《せがれ》ではなかったようだ。

身体が芯から冷えてくる。心地良く保たれた王城が寒いわけがない。恐怖が歩み寄っているのだ。ひたひたと冷たい足音をさせながら。

「間違うな、この戦の原因は其方《そなた》ではない。むしろ其方《そなた》がカッツェンの標的になったのは幸いだった。スニャータはティルティスを侵略しに行くのではない。ティルティスで愚か者どもに搾取《さくしゅ》されて貧困に喘《あえ》ぐ民を救う手助けをするには、相応の理由が必要なのだ」

「私たちは、あなたの災難を利用するのですよ」

王様の口調は、俺に教え諭《さと》すようだ。態々《わざわざ》教えてくれるのは、エルが納得していない表情《かお》をしているせいだろう。

最後に宰相様が薄寒《うすらさむ》い微笑《ほほえ》みを浮かべる。

「ティルティスの民は下層に行くほど、幼い子どもが薬物中毒なのだそうです。……満足に食べさせてやれない大人が、子どもの空腹を紛《まぎ》らわすために香を焚《た》くのだと」

吐き気が込み上げる。

テーブルの下で握った手に、フレディがギュッと力を込めてくれた。その温《ぬく》もりが俺の正気を引きとどめる。

王様の膝《ひざ》の上のエルも同様に、真っ白い顔貌《かお》だ。

「他国の……内政に口を出すのはよくないことだけれど、それはもう政《まつりごと》がなくなっている。リュシー様と共にスニャータを支持します。……どうか、子どもたちを救って」

エルが喉《のど》を引《ひ》き攣《つ》らせるように、言葉を吐き出した。パン屋の倅《せがれ》じゃない、エスタークという王国の后子《ごうし》の姿だ。こんなにも青白く強張《こわば》った表情《かお》をしているのに、緑の瞳は決意を秘めて輝いている。

その姿に、リュシフォード陛下に並び立つ、エルフィン殿下を見た。

「そのお言葉、我が陛下にしかとお届けいたします」

「無辜《むこ》の民をこれ以上死なせはせん。我が国民でなくとも、生命《いのち》は生命《いのち》だ」

ロビン妃が優雅に一礼して、フェンネル王子が言い切る。空気を読まない王子が、堪《たま》らなく頼もしい。この人はきっと、生まれてくる時代と場所を間違えてしまった人だ。動乱の中にあって生きる導《しるべ》になり得る人は、平和な国では生きづらいだろう。

その後、会議室ではスニャータ国王に届ける親書の草稿を作ったり、俺の理解できない難しいことを話し合ったりすることになった。俺とエルは、昨日の三馬鹿の動向を聞きにきただけだったから、ふたりでこの場を辞した。

宰相府の入り口までフレディに見送られる。別れ際に抱き締められて、顳顬《こめかみ》に口づけを落とされた。恥ずかしいからやめろ、なんて言えない。自分が戦争の引き金になったという事実がのしかかり、怖くて離れるのが辛《つら》い。

「大丈夫。あなたに非など何もない」

耳に吹き込むように言って離れていくフレディに、ほんの少し勇気を貰《もら》った。

長い回廊を歩きながら、エルがぽつりと言う。

「現状を聞いてしまったら、子どもたちを助けたくなるのは仕方ないよね。俺は何もできないけれど、できる人にお願いすることはできるんだ」

后子《ごうし》ならそうだな。

俺は？

「たぶんシルヴィーを害した男を取り調べて、そこから印璽《いんじ》を騙《だま》し取《と》られた夫人に繋げるんだよ。スニャータ国内で王族を薬物中毒にして金を巻き上げた証拠だね」

やはり、俺が介入の口実になるのだ。

「我が国の后子《ごうし》の友が被害に遭《あ》った。犯人を調べたらなんと、スニャータの王族への犯行を自供した。これは大変だ！　共に手を取り合って、事件を解決しようじゃないか‼　……っていう、ベタな筋書きだよ」

実行犯は捕獲されている。カッツェンを締め上げて印璽《いんじ》を発見できれば、証拠の品も完璧だ。

「……頭が爆発しそうではあるけど、俺がヘマをやらかして戦争が起こるわけじゃないらしいことは理解した」

「シルヴィーのせいで人を殺しにいくんじゃないよ。シルヴィーのおかげで人を助けにいくことができるんだ」

回廊の真ん中で立ち止まって、エルが俺の背中に手を回す。頬を俺の胸につけてギュッと抱きついた。

「ごめんね、シルヴィー。こんなことなら、フレッド君の恋を応援しなきゃよかった」

「馬鹿なこと言うなよ。それでもエルの幼馴染《おさななじ》みってのは変わらないし、親友の座を誰かに明け渡す気もないさ。それにフレディがいなかったら、カッツェンに目をつけられた時点で詰《つ》んでたんじゃないか？」

分岐点は複数あったように思うが、結局、最良の道を選んできたんじゃないかなぁ。

「流されっぱなしの気がしないでもないけど、こうなったら濁流に流されまくって、広い海原まで行ってみるのもいいな」

「ぷッ。何それ？　詩的なんだか投げやりなんだか、理解に苦しむよ……って言うか、男前？」

エルの青白かった頬に、少しだけ赤味がさした。

ふたり並んで歩き始める。回廊の終わりまではあっという間で、客間は内宮の一番端にあるため、エルとはここでお別れだ。

「一緒にいたいけど、たぶんお仕事増えてるから部屋に戻るね」

大きな国際問題が勃発《ぼっぱつ》してるもんな。后子《ごうし》殿下の仕事は増えるだろう。

エルはウィレムさんとカインさん、そして侍従官と護衛官を数名ずつ引き連れて、奥宮の最奥部に消えていった。俺はバスチアンさんに連れられて客間に入る。

エスターク国内での危険はなくなったはずだ。でも誰も、俺に肉屋に帰っていいとは言わない。それどころか子爵邸の話も出なかったな。

「なぁ、バスチアンさん」

「バスチアン、でございます」

ぷぷっ。この状況でも言うんだな、それ。違う、俺が一刻も早く自分の立場を理解しないといけないから言うんだ。

「バスチアン。貴族の男性夫人のマナーって、最低限、どこまで身につけたらいいんだ？」

フレディは三男だから、茶会だなんだと主催する必要はないと言われているけど、王様がはっきり彼がリューイの側近候補だと言った。子爵家の三男の嫁としては問題なくても、王太子の、ひいては将来の国王の側近の妻としては駄目なんじゃないかと思う。

エルの半分ほども無理かもしれない。それでも三分の一くらいは、貴族の妻らしくなっておいたほうがいいのかなぁ、なんて考えていた。

「マナーというものは終わりがありません。今日より明日、明日より明後日でございます。まずは后子《ごうし》殿下であられる時のエルフィン殿下にお茶会へ招待していただきましょう」

そうしてすぐにできることからと、午後には文字の練習を始めた。普通の文字は読めるし書けるが、お貴族様の使う飾り文字とやらは、実用性がなさそうでいて社交にはとても重要なのだそうだ。

夕食はエルに誘われて、奥宮の食堂でとる。そこはほとんど使わない場所らしい。俺がマナーの勉強を始めたと聞きつけて、さっそく招待してくれたってわけだ。

入浴後の手入れは、今までよりずっと入念になった。あれで軽い手入れだったのかと慄《おのの》く。

「まだ、仕事してるのかな」

バスチアンさんに寝室に行くよう促《うなが》され、それでも、もうちょっとだけ、とフレディを待った。

いよいよ諦めてソファーから立ち上がった時、ようやく先触れがフレディの来訪を告げる。

やってきたフレディは昼間に別れたままの服装で、あれからずっと会議が続いていたんだと知った。

「お疲れさま」

「ただいま帰りました」

吸い込まれるようにフレディの腕の中に収まる。

「陛下の親書をスニャータに届けるお役目は、王太子殿下が賜《たまわ》られました。僕も側近として共に参ります」

そっか。そのために宰相府に入府したんだもんな。

「スニャータまでだろう？　ティルティスには行かないよな？」

返事はなかった。

それが答えだ。

「出発はいつ？」

「明後日です。明日には、随行員は全員集合せねばなりませんが」

じゃあ、明日の朝までか。

「寝台に行こう」

「駄目ですよ」

「いらない？」

「そうではなくて……ひどくしてしまいそうです。あなたに乗り上げていたティルティスの男への憤《いきどお》りや、しばらく会えない苛立《いらだ》ちをぶつけしまったら、どうするんですか？」

それだけ俺のことが好きなんだろう？

「いいよ。全部受け止めてやるから来いよ。その代わり、俺のことも気持ち良くしろよ？」

腕を伸ばしてフレディの後頭部に引っ掛ける。グッと引き寄せて近づいた唇を舐《な》めてやった。

「シルヴィーっ」

すると口を開けたので、舌を捻《ね》じ込《こ》んでやる。慌てたフレディの歯が俺の舌に引っかかって、彼は固まった。噛《か》んでしまいそうになって焦《あせ》っているのが分かる。そんな甘噛《あまが》みほどの刺激に感じて、俺は胸から息を吐き出した。

くちくちと舌をからめると腰に甘い疼《うず》きが広がる。俺が攻めているのに膝《ひざ》から力が抜けそうだ。

息苦しくなって唇をほどくと、お互いの唾液がからんで糸を引いた。

「好きだよ」

「もう、どうなっても知りませんからね！」

「三日寝込むくらいなら、許容してやる」

言葉が終わらないうちにフレディが俺を軽々抱き上げる。やっぱり横抱きだ。世間ではお姫様抱っこと言うらしい。

恥ずかしいが、バスチアンさんはとっくに姿を消しているし、寝台に誘ったのは俺だ。どうしようもなく、悪い大人だな。

寝台の上掛けの上に横たえられながら自分を笑う。若者を誑《たぶら》かすふしだらなおっさんじゃなくて、若者に溺《おぼ》れるだらしないおっさんだなぁ。

フレディは大人の男の目をして、のしかかってきた。喉元のタイを弛《ゆる》める手の甲に浮き出る筋が色っぽい。帳《とばり》のように落ちてくる長いチェリーブロンドが、洋燈《ランプ》の光りを仄《ほの》かに纏《まと》って俺を閉じ込めた。

上半身の衣服を寝台の下に投げ捨てると、フレディは俺の寝間着に手をかける。

バスチアンさんが子爵邸から持ってきた寝間着には、やっぱりズボンがなかった。ウィレムさんが用意してくれたのにはついていたのにな。

寝間着はさっさと脱がされて、下着に手をかけられる。腰を上げて協力すると、フレディが嬉しそうに口角を上げた。

「本当に、僕に抱かれたいって思ってくれてるんですね」

「うん。俺の身体が忘れられなくて、元気で帰ってくる原動力になったらいいと思う」

スニャータで留学中に出会った可愛い少女と再会するかもしれない。ティルティスで庇護欲《ひごよく》をそそられる綺麗なお姉さんに出会うかもしれない。

見知らぬ女性に嫉妬《しっと》を覚えるほど、フレディに溺《おぼ》れているんだ。

「可愛いことを言うと、本当に手加減できなくなりますよ」

一切の衣類を剥《は》ぎ取《と》られて素肌が晒《さら》される。柔らかさの欠片《かけら》もない薄い身体で、この若くて美しい若者を虜《とりこ》にできるんだろうか。俺はとっくにコイツの虜《とりこ》なんだけど。

口づけられて歯列を開く。すぐに舌が滑り込んできて唾液を送り込まれた。飲み込むと喉《のど》が鳴る。酒と同じ作用があるのか、酩酊《めいてい》する。

上顎《うわあご》の凸凹《でこぼこ》をくすぐられると、背中にゾクゾクと震えが走った。

フレディの左手が俺の右の肋骨《ろっこつ》を探《さぐ》ると、体重をかけられて身動きが取れない下半身が身動《みじろ》いだ。

彼の反対の手は知らず存在を主張する胸の尖りを、掠《かす》めるように愛撫《あいぶ》している。

溢《あふ》れそうになる声は、全部フレディに呑み込まれた。苦しい。

ようやく唇が離されたのに、文句は言えない。舌が痺《しび》れて力が入らないのだ。

「口づけだけで、こんなに蕩《とろ》けた表情《かお》になってる。可愛い」

コイツはおっさんに可愛いって、言いすぎだ。

「お前は、格好いいよ」

馬鹿って詰《なじ》る代わりに、日頃から思っていることを言ってみた。

「馬鹿ですね」

おい、俺は言うのをやめたのに、なんでお前に言われなきゃならんのだ。

ボヤけた頭で、フレディの理不尽さに悪態をつこうとしていると、喉仏をパクリと食べられた。

「うあ……ンッ」

思わず声が漏れる。

それから顎先《あごさき》から鎖骨《さこつ》まで甘噛《あまが》みを繰り返され、その全部に感じ入って息が乱れた。

「ほら、馬鹿でしょ？　僕を喜ばせるようなことばかり言うと、調子にのりますからね」

「ん……、あ……ぁ、も、馬鹿ぁ」

結局、詰《なじ》ってしまったけど俺は悪くない。

上半身ばかり丹念に愛撫《あいぶ》される。特に肋骨《ろっこつ》の窪《くぼ》みは丁寧に舌で辿《たど》られて、時々歯を立てられた。

自分が食肉にでもなった気がしてくる。

フレディの血肉になるなら、それもいいか。

「いいよ、フレディ。……食べて」

我ながら阿呆《あほう》なことを言ったな。

「あなた本当に馬鹿ですか⁉　調子にのってる男をこれ以上喜ばせてどうするんですか⁉」

覆《おお》い被《かぶ》さっていたフレディの身体が離れた。上半身への丁寧さはどこに行ったのか、身を起こして性急に俺の足を割り開く。

「こら、……見るな。所有印が恥ずかしいから」

「つけたの、僕ですよ」

そりゃそうだが。そうだとしても、真ん中で立ち上がっているものを見られるのも恥ずかしいんだ。

「あなたのお望み通り、食べてあげます」

は？

いや、言葉の綾と言うか？　食べるって、どこかを食いちぎる気か？

「ひゃあッ」

生温かくて湿っぽい場所に、ぬろりと呑み込まれた。

た、食べるって、そういうこと!?

力の抜けた身体を必死に動かして、肘《ひじ》で僅《わず》かに上半身を起こす。大きく開いた自分の足の間に、チェリーブロンドが艶《つや》を放っている。すっと通った鼻筋の下……フレディの口の中に、俺のものがあった。

視覚と触覚を同時に侵《おか》されて、恐怖と驚愕《きょうがく》と羞恥《しゅうち》がごちゃ混ぜになる。

「待って、やだ！　きた……汚い、からッ」

ぬちぬちと音が立つのは、フレディが頭を上下させているせいだ。迫《せ》り上《あ》がる直接的な快感はいっそ暴力的だ。時々舌がぬろぬろと動くのが、感覚で分かる。腰が抜けそうに甘く溶けた。

「あ、は、……やっ、も、イく……イくから、んーーーーッ！」

離せ、と言いたかったのに。

眼裏《まなうら》が白く弾けて、何も分からなくなる。

ぼんやりと天井が見えたので、目を閉じているわけじゃない。俺は目を見開いたまま、自失していたようだ。

「シルヴィー、可愛い。初めて他人の中で果てた感想を聞いてみたい気もしますが、不粋《ぶすい》ですね」

満足げな声が足の間から聞こえる。初めて他人の中で果てる……そうか、俺はフレディの奥さんだから、他人の胎《はら》の中で果てることは一生ないんだなぁ。

惚《ほう》けた頭でぼんやりと思った。

手足をぐんにゃり投げ出していると、寝台の上が柑橘《かんきつ》の優しい香りに満たされる。火照《ほて》った腹の上にトロトロと香油が垂らされて、俺の体温で甘く燻《くすぶ》った。

香油は所有印だらけの鼠蹊部《そけいぶ》を伝って、奥へ奥へと垂れていく。フレディが口づけを寄越し、掻《か》き回《まわ》す舌に青い匂いがからみつく。

コイツ、俺のアレを吐き出さなかったのか……

気持ち悪いとか汚いのにとか、思うべきなんだろうか？　俺の全てを愛してくれるフレディが、堪《たま》らなく愛《いと》おしい。

フレディの手が香油を伝って最奥に辿《たど》り着《つ》く。昨日の朝まで受け入れていた場所は、柔らかく指を迎え入れた。とっくに暴かれている官能の痼《しこり》をゆるく刺激されて、俺はその指を噛《か》んだ。

「可愛い。僕の指、美味《おい》しいですか？」

言うことがいちいちヤラしいんだよ！　あと、可愛いって言いすぎだ！

文句を言ってやりたいのに、口から出るのは甘ったるい喘《あえ》ぎ声《ごえ》だ。

吐き出したはずのものが、また芯を持ち始める。内側から押し上げてくる疼《うず》きに腰が勝手にくねった。その動きは痼《しこり》に添えられたフレディの指に伝わって、不規則に俺を苛《さいな》む。

また眼裏《まなうら》に光が散る。

苦しい。

「な、もう……きて。満たして……フレディ」

くちゅくちゅと水を含んだ音が、寝室に響く。

関節が軋《きし》むほど足を開いて、俺は自分の意思で腰を揺らめかせた。

「俺に溺《おぼ》れて……」

「もうとっくに、息もできないほど、溺《おぼ》れています！」

苛立《いらだ》たしげに言われる。十八歳の若者らしい青さが見えて可愛い。

指が引き抜かれた場所に熱い滾《たぎ》りが捩《ね》じ込《こ》まれた。圧迫感と膨満感、そして快感。さっきまでゆるゆると指で遊ばれていた痼《しこり》を、ゴリゴリと削られる。

「あああぁッ！」

身構える間もなく吐き出した。息を整える時間も貰《もら》えずに、フレディの滾《たぎ》りが胎《はら》の中を往復する。

夢中になって腰を振るフレディを受け止める。

「僕が、エスタークを離れている間、大人の男に誑《たぶら》かされたりしないでくださいよッ！」

「男、限定か……よッ」

「こんなに可愛く喘《あえ》いでいるひとが、女性を愛せるとは思えませんよ」

彼は抽送を止めて最奥に居座ったまま、グルリと滾《たぎ》りで掻《か》き回《まわ》した。

「ーーーーーーッ!!」

中でゴリッていった！

深く長くイッて、それが遠のかない。身体が勝手にガクガク震えて、胎《はら》の中がうねる。再び抽送を開始されて、イッたまま下りられなくなった。

「ひ、ひぁ……ま……って、イッてる……まだイッてる……ッ」

「可愛い、可愛い！」

感極まったようにフレディが言って、腰を掴んで俺を引き起こした。フレディを跨《また》ぐようにももの上に座らされる。勿論《もちろん》繋がったまま。

中を抉《えぐ》る角度が変わって、イッた状態でさらに高いところに放り投げられた。

「ああ……ッ、も、凄《すご》いッ。な、また、抱きたくなった？　……怪我なんかしたら、治るまで……オアズケだから、なッ」

俺を。

お前の妻を。

抱きに帰ってこい。

「勿論《もちろん》です……今日は一晩しかありませんが、帰ってきたら三日三晩抱き潰しますからね」

意味のある言葉を紡《つむ》ぐことができなくて、喘《あえ》ぎながら何度も頷《うなず》く。

やがて最奥に熱い体液が広がった。

フレディの滾《たぎ》りは一向に萎《な》えず、その行為は幾度も繰り返される。

息が切れて苦しい。それなのに口が寂しくて口づけを強請《ねだ》る。

スニャータになんて行かせたくない。

ましてやティルティスなんて。

……大人の男が任務を全うしに行くんだ。笑顔で送り出してやらなくちゃ。

心の隅で思ったそれを、実行に移すことはできなかった。

§

フレディとどえらいことをした翌日から、俺は一日半寝込んだ。笑顔で見送りたかったのに半分眠ったまま、何度も優しい口づけをされるのをぼんやりと感じていた。

夢でも見ていたのかと思っていたが、本格的に目が覚めた後でバスチアンさんに確認すると、その日の早朝の出来事だった。すでに昼食の時間も近いと気付き、見送り損なったことを理解する。

三日は寝込まなかったが、一日半でも大概だ。

胎《はら》の奥深くに愛された名残《なごり》が微睡《まどろ》みから覚めるごとに薄れていく。新しい所有印はつけてくれなかった。「帰ってきたら、たくさん付けます」なんて意地悪だ。

意味もなく寂しくて、俺は王城の奥宮にある客間でぼんやりと昼食をとった。

人間って腹にものが入ると元気になるんだよな。ぐずぐずしていたって仕方がない。

「バスチアン」

フレディが俺につけてくれた侍従さんを呼ぶ。呼び捨てで呼ぶと、満足そうに頷《うなず》いてくれた。彼はフレディが子どもの頃からの側付きで、一番信頼している相手だ。その彼を俺につけてくれるのは、それだけ大切にしてもらっているってことだ。

「何も聞いてないけど、俺はフレディが帰ってくるまで、城に滞在しなきゃならないんだよな？」

「そう伺っております」

「待遇としては、どの立場か分かる？」

「それも含めて、国王陛下と宰相閣下から直々《じきじき》にご説明があると伺っております」

フレディ抜きであの方々に会うのか。商店街に出没する時と違って、王城では威圧感が凄《すご》いからな。やっぱり王様なんだよな。

今が午後のお茶が終わったくらいの時間ってことは……

「昼食が終わられましたので、お支度を始めましょう」

そうだよな。着替えはしなきゃいけない。今着ている部屋着と言われる服だって、俺にとっては相当上等なんだけど、高貴な方に会うには相応《ふさわ》しくないだろう。

相変わらず聖者の微笑《ほほえ》みを浮かべたバスチアンさんに、パウダールームとやらに連れていかれる。

なんでパウダーの部屋なんだろう？

「もともとはご婦人がお化粧をお直しなさるお部屋なのですよ。今では身支度をなさるためのお部屋の呼び名になっております」

知らなくても生活に支障がなさそうな豆知識だが、知っているのと知らないのでは大違いだ。こういうのが教養に繋がる。

子爵邸からバスチアンさんと一緒に来た若い侍従さんが、クローゼットルームから見たことのない服を出してきた。違うな、どっかで見たことがある。

そうだ、仕立て屋の姉が描き散らかしていた意匠画で見たんだ。

「これって」

「はい、コレット姉弟の新作です」

彼女たちは王太后様と大公妃様、そして后子《ごうし》様の衣装を一手に手がける高級テーラーなんだそうだ。……性格はアレだけど。

なんとか約束の時間に間に合うように支度をすると、宰相府から迎えの使者が来た。宰相様が気を遣ってくれたのか、使者の役目は子爵家の次男、エリック様だ。

バスチアンさんも一緒に行くようだし、少し気が楽になる。

出掛けにバスチアンさんは、俺の襟元《えりもと》に小さなピンズをつけてくれた。間抜けな牛の形をした、俺の初めての宝飾。薔薇金《ピンクゴールド》と緑の宝石がフレディを思わせてくれる。

そうして向かった宰相府の会議室は、つい二日前に来た場所だった。前回はフレディが隣にいたけど、今はひとりだ。バスチアンさんは立場を弁《わきま》えて入り口の近くに控える。

暫《しばら》くして補佐官さんが、うちの母さんと同じ歳《とし》くらいの女性をエスコートして入ってきた。貴族のご婦人だな。明らかに俺のほうが身分が低い。

背筋をピンと伸ばして、髪の毛をきっちり結ったそのひとに立礼する。挨拶《あいさつ》はして無駄になるものじゃない。ご婦人はあら、と言うように僅《わず》かに目を開いて、淡く微笑《ほほえ》んだ。

それから騎士団長さんと法務大臣様と、ぽっちゃりしたお爺ちゃんが入ってきて、最後に宰相様と国王夫妻が入室した。これで全員か？　ちなみに書記官さんは最初からいる。

また初めましての人が増えた。

もう驚かない。どうせ何かの大臣とか、偉い人に決まっているんだ。

王様とエルが席に着く。上座に椅子がふたつ並んでいるのに、王様はそれを無視してエルを膝《ひざ》に乗せた。エルは一瞬だけジタバタして、結局は諦める。視線が亜空間に引き込まれているようだ。

「陛下、恥をおかきになるのは后子《ごうし》殿下でございますよ。ご自重なさいませ」

ご婦人は厳しい視線を陛下に向けた。凄《すご》いな、このひと。王様に物申せるんだ。

「そうです。リュシー様、恥をかくのは俺ですよ」

エルが王様の長い髪を引っ張りながらご婦人の言葉を繰り返したので、王様は渋々と膝《ひざ》から下ろす。

初めましてのふたりは、俺以外は当然、面識があった。

「シルヴェスタ殿、そちらはザカリー伯爵。先の内務大臣で現在は王族の相談役をなさっています」

宰相様がなんの前触れもなく、世間話のようにぽっちゃりお爺ちゃんを紹介する。慌てて頭を下げて、「シルヴェスタと申します」とだけ言った。立ち位置が分からないから、肉屋の倅《せがれ》と言っていいのか、フレディの婚約者と言うべきなのか悩んだ挙句、何も言わないことにする。

「こちらはディンチ伯爵夫人。夫君は外務大臣のディンチ伯爵です。伯爵は王太子殿下と共にスニャータに赴《おもむ》いておられます」

肯定するように伯爵夫人が頷《うなず》いた。

この面子《メンツ》の中に唐突に伯爵夫人。何か意味があるのだろうけど、さっぱり思いつかない。

「陛下、この方の顳顬《こめかみ》の傷は、子どもたちを救うために負ったものと聞きました。外交上の不手際で、情報を掴み損ねていた彼《か》の国《くに》の狼藉《ろうぜき》とか……」

「ティルティスとは国交がないので、其方《そなた》の夫の責任ではない」

「それでも、情報を掴んでおくのが外務府の職務と夫は申しております」

堅い……。会話がなんかこう、四角い角ばった箱の上を滑っているようだ。

「さて、シルヴェスタよ。ディンチ伯爵はホーパエル伯爵家より、来月生まれる三番目の子を養子に迎えることになっている。色々訳ありなのだが、ディンチ伯爵夫妻の実の孫でな」

王様が意味ありげに言う。

「それは、おめでとうございます?」

娘さんしかいなかったのが、嫁に行ったのかな? そんで、その子どもを跡取りにするのか? 肉屋の跡をイージャが継ぐみたいなものか。お貴族様は大変だな。

だが、それがなんで俺に関係ある?

「首を傾《かし》げておられますが、あなたの将来に関わることですよ」

宰相様の微笑《ほほえ》みによくないものが含まれている。これは聞いちゃいけないヤツだ。

知らず、身体が後ろに反る。背もたれ付きの立派な椅子のせいで、逃げられない。

「ホーパエル伯爵は、エスターク初の女伯爵です。その夫君は、十二年前に処刑されたディンチ伯爵家の継嗣《けいし》なのですよ」

「は？」

ポロッと口から出た。

不敬とか行儀が悪いとか、そんなん知らん。

十二年前に処刑された男が、どうやって現在進行形で女伯爵様の夫でいられるんだ？

「死んだことにして罪を雪《そそ》ぎ、別人の戸籍を手に入れてホーパエル家に婿入《むこい》りしたのですよ」

それ、俺が聞いちゃ駄目なヤツーーッ！

叫びそうになって両手で咄嗟《とっさ》に口を押さえながら、正面に座るエルを見た。申し訳なさそうな、楽しそうな、なんとも言えない複雑な表情《かお》をして、后子《ごうし》殿下が小さく舌を出す。可愛いぞ、チクショー！

俺はフルフルと拒否するように小さく首を横に振った。駄目だ、みんな生温い視線しか寄越しやがらない！

「シルヴェスタ様。正直言って主人もわたくしも、孫が成人して、ある程度の頭角を現すまで元気でいる確証がありませんのよ。勿論《もちろん》、主人には長生きしていただきたいのよ？　でも、物事に絶対はないのです」

伯爵夫人が上品に微笑《ほほえ》んだ。

「それに子どもと孫は違いますでしょ。子どもとして厳しく躾《しつ》けるのではなく、孫を可愛がる祖母の立場で迎え入れたいのですよ」

なんか、無茶振りしてきそうな気配がする。

「あなたをディンチ伯爵家の養子に迎えて、アイゼン子爵家から婿《むこ》を頂くわ。孫は新婚夫婦の養子に迎えていただきたいのよ」

やっぱり無茶振り来たーーーーッ!!

伯爵家の養子？　伯爵って、子爵より上だよな!?

無理無理無理無理!!

思うことは、言葉にならない。空気を求める観賞魚みたいに、口をパクパクとするだけだ。

「フレッドは私の後継、つまり、王太子殿下が王位をお継ぎになった時、宰相となるよう育てております」

宰相様が薄寒《うすらさむ》い笑みを見せた。

「手柄を立てさせて一代男爵の地位でも与えて分家させるつもりだったのですが、宰相になるにはせめて伯爵位が欲しいのですよ。アレはすぐに手柄を立てて這《は》い上《あ》がるでしょうが子爵、伯爵となれば一代限りというわけにもいきません。子を産みたい女性が列を成すでしょうね」

言っていることは理解できる。

立場上、男の俺が妻では駄目なんだ。

「私は別にそれでもいいのです。ですが、それではフレッドが宰相の地位を放って、あなたを連れてスニャータにでも逃げてしまいそうなんですよ」

そんな馬鹿なと言いたいとこだが、充分にあり得る事態だ。

「フレッドをディンチ伯爵家の養子にするのでもいけません。フレッドがディンチ伯爵家の分家筋から女性を迎えればよくなりますからね。あくまでもあなた在りきでフレッドが伯爵位を得るのです」

だから俺が養子で、フレディがその婿《むこ》なのか。

俺の理解の範疇《はんちゅう》を超えた事態に、心の底から気絶したくなった。

無駄に健康な身体は、そんなことできなかったけれど。

§

大きなお腹《なか》をしたホーパエル女伯爵という人は、とても美しくて、優雅で、彼女の親友の夫によく似ていた。親友——アイリス・ガウィーニ伯爵夫人。すなわち宰相閣下の奥方だ。

何が言いたいのかというと、イゾルデ・ホーパエル様は「女宰相かよ」と慄《おのの》きたくなるような方だった。人間に対する嗜好《しこう》も似てるんだな。宰相様とイゾルデ様は揃って、アイリス様の小動物めいた可愛らしさを存分に愛《め》でておられるようだ。

ホーパエル伯爵邸の美しい温室はよく手入れされていて、薔薇《ばら》の甘い香りに溢《あふ》れている。同席するアイリス様がニコニコして薔薇《ばら》を眺めているのを、イゾルデ様がニコニコして眺めている、といった具合だ。

……俺はお貴族様の奥様のお名前を、親しく呼ぶ栄誉を賜《たまわ》った。

……俺も愛称呼びだけど。

多分にドジっ子要素のあるアイリス様は、シルヴェスタと上手《うま》く呼べなかったのだ。大概、ヴェとスの間で舌を噛《か》む。心の狭い彼女の旦那が愛称呼びを許す程度にはやらかした。

そして、宰相様とヴィンチ伯爵夫人の恐ろしい提案は、ひとまず保留とは、ならなかった。夫人がほほほと笑って言ったのだ。

『今頃主人が、同じ話をフレッド様に持ちかけていてよ。あの方、爵位に興味はなくとも、あなた以外の方を妻に迎えるのを阻止するためには、なんでもするのではなくて？』

有無を言わさぬ迫力で、俺は黙るしかなかった。エルがそっと教えてくれる。

『夫人の頑固さは息子に遺伝して、終《しま》いには処刑になったんだよ。絶対意見は覆《くつがえ》さないから、諦めたほうがいいよ』

何がどうなって処刑される事態に陥《おちい》ったんだか。ともあれ、息子は処刑されるほどの頑固さ。

いや、フリだけで実は生きているってオチなんだけど。ズブズブと王国の闇を知っていく。エルが結婚する頃の話だというから、前の王様の崩御の後だ。代替わりのアレコレがあったんだろうな。

なんて、こそっとエルに話すと――

『地頭がいいです。教えれば教えるだけ吸収しそうですね』

耳聡《みみざと》い宰相様が薄寒《うすらさむ》い笑顔で宣《のたま》った。

そうして引き合わされたのがホーパエル女伯爵だ。

アイリス様は少女の頃、お家騒動で淑女教育を受け損なっていたらしい。その手助けをして完璧な宰相夫人に仕立て上げたのが、ホーパエル女伯爵イゾルデ様なのだそうだ。何度かアイリス様と商店街を散策しているのを見たことがあったが、そんな繋がりだったとは。

アイリス様は私的な場所では相変わらずのドジっ子だけど、公式の場では完璧だと聞いた。

……完璧な宰相夫人。

……未来の俺にそうなれと？

宰相様と後継者は二十歳近く離れているのに、伴侶同士はふたつかみっつしか違わない。アイリス様から宰相夫人を引き継ぐことになる年齢が怖い……

「シルヴィー様。無理をなさることはありませんわ。ルシオ様はまだまだ現役ですもの。当分フレッド様は後継者の立場で勉強なさいますわよ」

イゾルデ様が優しくお腹《なか》をさすりながら微笑《ほほえ》んだ。

「ねぇ、赤様。ここにあなたのもうひとりのお母様がおいでになっているわ。ご挨拶《あいさつ》しましょうね」

「せめてお父様にしていただけませんか？」

がっくりと肩を落とす。確かに俺はフレディの奥さんになる予定だけど、お母さんはない。感激屋で涙脆《なみだもろ》くて大雑把《おおざっぱ》な肉屋の母さんを脳裏に浮かべて、俺もああなるのかと頭を抱えた。いい母さんだよ。自慢の母さんだ。でも未来の伯爵を育てる姿なんて想像できない。

だからといって父さんなら想像できるかと問われたら、それも全力で否定する。

どっちにしたところで、俺には荷が重いのだ。

「シルヴィー様、こちらにいらして」

イゾルデ様に手招きされる。侍従さんに椅子を引かれたので躊躇《ためら》いつつも立ち上がって傍《そば》に寄る。

「婚姻前よりの約束でしたわ。手放したくて手放すわけではございません。可愛がってやってくださいませ」

イゾルデ様は俺の手を取って、ふっくらしたお腹《なか》に導いた。衣越しに体温を感じる。中からぽこりと手のひらが押し上げられた。目にもお腹《なか》がたわんだのが見える。

「うわっ。今の赤ちゃん？」

「いい子ね。元気にご挨拶《あいさつ》できたわね」

アイリス様がニコニコ笑う。

「……俺、いえ、私ひとりで可愛がるんじゃありません。イゾルデ様も、あなたのご夫君も、お兄ちゃんとお姉ちゃんも、みんなで可愛がるんですよ」

別にすぐに手放さなくったっていいじゃないか。

「書類上はともかく、大人になるまでは家族ぐるみでお付き合いして、それから親戚のおじさんの跡を継ぐ、くらいの気持ちでいいんじゃないですか？　最終的にディンチ伯爵家が断絶しなきゃ、問題ないんでしょう？」

俺とフレディが中継ぎだって言うなら、それでいいじゃないか。イゾルデ様は間違いなく美人だし、ディンチ伯爵夫人も美人だ。ホーパエル家とディンチ家。どっちの血が強く出ても綺麗で賢い子が生まれてきそうだ。

「……それでは、約束が」

「約束って、なんですか？　取り上げなくてもいい子どもを取り上げたって、誰も幸せにならないと思うんだけど……。私は三十歳でディンチ家の養子になるようですが、この赤ちゃんは成人した頃に養子に迎えるとか、駄目なんですかね？」

両親のもとで育てつつ、じーちゃんばーちゃんに適度に会わせ、将来養父になるフレディや俺と親戚付き合いしておく。それでいいと思うんだけどなぁ。上の子たちだって生まれたばかりの赤ちゃんが、よそのおっさんに連れていかれたら嫌だと思うよ。

「いずれ継ぐ家だし、イゾルデ様が領地の仕事をしている期間はディンチ家で預かるとか、少しずつ慣らしていけばいいんじゃないかと思うわけですが、貴族的にはなしですか？」

俺の意見は庶民的思考で、貴族的にはよろしくないというなら仕方ないけど。

「……外務大臣様と宰相閣下にお願いしても、いいものなのでしょうか？」

イゾルデ様の瞳が揺れた。

お母さんだもんなぁ。

「わ、わたくしが、ルシオ様にお願いいたします！」

椅子を立って傍《そば》に来たアイリス様が、俺の手の上から手を重ねた。またお腹《なか》の中からぽこりと蹴られる。

「わたくし、今、お腹《なか》にいる赤様がどこかに連れていかれるなんて言われたら、悲しくて寂しくて、死んでしまいます。だからイジーの赤様もイジーから取り上げては駄目ですわ！」

小動物めいた可愛らしいクリクリした目に、涙が浮かぶ。嫁バカ……ゲフンゲフン、愛妻家と名高い宰相様だ。アイリス様がお願いしたら、聞いてくれそうな気がする。

と言うか。

「今、お腹《なか》にいる赤様？」

お腹《なか》、ぺったんこだよな？

「はい、六人目の赤様がお腹《なか》に来てくれました！　今朝、お医者様が間違いないって、言ってくださったんですよ」

六人目？　今朝？

どこに突っ込めばいいんだ？

「あら、おめでとう」

イゾルデ様はまるで動じていない。

「あの、宰相様はご存じなんですか？」

今朝というのがどのくらいの時間なのか。宰相様が出仕した後なら、俺が先に知ったことになりはしないか？

「いいえ、今夜お帰りになったら、家族みんなでびっくりパーティーをしようと思ってますのよ」

……宰相様にそれを仕掛けるんだ。その時はどうか、俺が先に知ったことは黙っておいてくれないだろうか？

「その時に、この子のお友だちを取り上げないでくださいって、お願いしますわ！」

「イリス……本当に？」

さっきの涙はどこに行ったのか、ニコニコするアイリス様に、イゾルデ様が淡く笑って聞いた。

「イジーの赤ちゃんの未来は赤ちゃんのものです！　大人の都合で好き勝手にしていいものではありませんもの。ああ、やっぱり今夜なんて言わずにお仕事場にお邪魔します。オーリーを助けてくれたルシオ様なら、きっと分かってくれますわ」

オーリーはアイリス様の弟のオリヴァー様だ。現在二十歳の若者だけど、生後数ヶ月の頃から大人の身勝手に振り回されていたらしい。そこら辺の事情はアイリス様が淑女教育受け損なったアレコレに関係しているようだ。

夫を信頼しきった笑顔に、なんと言ったらいいのか悩む。宰相様は、アイリス様の前では黒さを一切見せないと聞いている。

未来がいいほうに動いているように思えてきた。自信満々のアイリス様がとても頼もしく見える。

小動物めいた可愛らしさは、どうしようもなく微笑《ほほえ》ましいけれど。

§

季節は巡り、夜はすっかり涼しくなる。夏の暑い日々はフレディが不在のまま過ぎ去っていった。

俺よりもエルのほうが参っている。

可愛い甥《おい》っ子《こ》が半年も帰ってこないせいだ。

王太子殿下とその随行員は親書を持ってスニャータに行ったままだった。親書を届けるだけならそんなに長逗留はしないはずだ。小出しにされる情報によると、やっぱりティルティスまで出向いているらしい。

この半年の出来事で、まず俺の住まいがディンチ伯爵邸に移された。戸籍上はすでにシルヴェスタ・ディンチ伯爵子息になっている。

仔牛《こうし》を担《かつ》げる、伯爵子息。

我ながらどうかと思う。

ディンチ伯爵はスニャータに出向く前に、書類の一切を準備していた。後は肉屋の父さんの承諾だけという状態で。

伯爵は本当の息子さん――イゾルデ様の旦那さんのやらかしで家が潰れるところだったとかで、それを回避してくれた王様と宰相様に恩義を感じているそうだ。しかし俺の顔も見ていないのに書類を作ってしまうなんて、いくらなんでもやりすぎだと思う。

最初に肉屋に事情を説明してくれたのは宰相補佐官のランバートさんで、人選の理由は肉屋の常連で顔見知りだし、とにかく物腰が柔らかいからとのこと。勿論《もちろん》、俺が知らされた国の知っちゃいけない裏側は伏せて、次期宰相候補のフレディが男である俺を妻にするためだと貫《つらぬ》き通す。

父さんは口を開けたまま固まって、母さんは固まる父さんの肩をバンバン叩きながら『まぁまぁまぁ』を連呼し、姉ちゃんたちは大笑いしたと聞いた。

緊張感のない家族でありがたい。

「フレッド殿が次期宰相候補なのは、まだ内緒ですよ」

ディンチ伯爵家の後継問題を片付けることは、十二年前の国家を揺るがす大事件（国民は知らなかったよ！）を全て終わらせることにも繋がるってことだ。

宰相様はランバートさんを通じて、肉屋一家にちょっとだけ秘密を共有させることで、知らずしてこの大それた事件に終止符を打つ片棒を担《かつ》がせた。

そうして俺はシルヴェスタ・ディンチ伯爵子息になって、后子《ごうし》殿下の話し相手として度々王城に招かれる。コンパニオンとやらは女性の役職ではないのだろうかという疑問は、書類上の建前だから、気にするなとエルが笑った。

「俺なんてお猫様だよ。人間ですらなかったから」

そういえばそんなことも言っていたな。だから奥宮のあの部屋は『猫の間』なのだとも。妙に納得する。

ディンチ伯爵邸と王城、ホーパエル伯爵邸たまに肉屋。俺の日常は大きく様変《さまが》わりした。王城では王太后殿下のお茶会に招かれたり、大公妃殿下の奉仕活動の打ち合わせに付き合ったりする。

王太后殿下とお会いした時のことは、はっきり言ってよく覚えていない。エルが一緒でよかった。大公妃殿下は俺の顔を見るなり爆笑した。もともとヤンチャ坊主だったフレディが大のお気に入りだった妃殿下は、俺とも奉仕活動の場で親しくしてくださっていたんだけどさ。

上から数えたほうが早い高貴な身分の女性たちに囲まれて、癒《いや》しはエルとトイとティムの三人と茶を飲む時間だけだ。トイとティムともついに呼び捨てで呼び合う仲になって、相談や愚痴を聞いてもらっている。

トイの旦那さんは男爵家の次男で、料理長就任にあたり、分家して準男爵の位を賜《たまわ》っているんだそうだ。ティムは言わずと知れた書記官さんの奥さんなので、伯爵夫人なんだってさ。

そんな中で、俺とエルはホーパエル伯爵家に生まれた末っ子を抱っこさせてもらえる機会に恵まれた。上のふたりは領地で出産したそうだけど、末っ子は王都の屋敷で生まれた。父親のコーディアルさんの顔は、十三年経てば世間が忘れているだろうってことで、彼もこっそり王都に出てきたんだ。

……将来自分の息子を預けるかもしれない俺を見極めに来たんだろう。

誕生の知らせを受けて、義母上《ははうえ》と一緒にホーパエル伯爵邸を訪問する。門の前でエルが乗った馬車とかち合った。当然義母上《ははうえ》は后子《ごうし》殿下に道を譲ると言ったけど、エルは一緒に行こうと笑った。

訪れたホーパエル伯爵邸の玄関で、顔の上部を仮面で覆《おお》った背の高い男性が出迎えてくれる。長男に手を引かれ、長女を腕に纏《まと》わり付《つ》かせている。

義母上《ははうえ》と纏《まと》う空気が似ていた。毒に冒された目が光に耐えられないので、保護のための仮面を着けている。その下の頑固そうな意思を湛《たた》えた口元が、そっくりだ。

実の母と息子であるはずのディンチ伯爵夫人とホーパエル女伯爵の夫君は、丁寧に他人同士の挨《あい》拶《さつ》をする。

「んもう、ここには事情を知ってる人しかいないんだから、夫人もお孫ちゃんと遊んであげればいいのに」

エルが唇を尖らせた。

この子たち、俺の甥《おい》と姪《めい》になるのか？　いや、コーディアルさんは死んだことになっているから戸籍上も関係ないのか……。でもなぁ、人攫《ひとさら》いを見るような目で見てくるのがちょっと辛《つら》い。生まれたばかりの可愛い弟を拐《さら》いに来た悪者だと思われているのかもしれない。

「后子《ごうし》様。弟を連れていかないでくださいませ」

妹が父親から離れて、美しい礼をした。カーテシーっていうんだっけ？　流石《さすが》イゾルデ様の娘さんだ。まだ八歳くらいに見えるのに、完璧な淑女だ。

とはいえ、本当に人拐《ひとさら》いだと思われていた。

「やめなさい、アイリーン。妹が大変失礼を申しました」

……お兄ちゃん、うちの甥《おい》っ子《こ》と同い年だったよな。真四角の箱みたいな、折目正しい立ち姿にタジタジとなる。貴族の教育をされるとこうなるのかと一瞬慄《おのの》いたけど、そうではなかったのを思い出す。フレディはこのくらいの年齢だった頃、泥だらけの擦《す》り傷《きず》だらけだったよ。

何かにつけてフレディを思い出す。小さく首を振ってそれを追い払うと、俺は一歩前に出た。

「初めまして、シルヴェスタと申します。弟君を連れていったりしないから、安心してください」

「そうだよ、ルシリオ。今日はその話をしに来たんだからね」

エルもイゾルデ様とは仲がいいから、お子さまたちとも仲良しなんだろう。エルが請《う》け負《お》うと、アイリーンちゃんは肩の力を抜いた。

それにしても、アイリーンにルシリオ。ガウィーニ伯爵夫妻から名前をもらったって、モロ分かりだな。どれだけ心酔しているんだか。

「后子殿下《ごうしでんか》、それは約束を反故《ほご》にせよと申しておられるので？」

……コーディアルさんは履行しなきゃ納得しない人か。こうと決めたら譲らない頑固さで毒杯を賜《たまわ》っただけのことはある。

「大人になってからでいいよ。後でルシオから密書が来るよ」

「子どもの前で密書とか言うなよ」

「いや、もう、公然の秘密だし、密書だけど密書じゃないいんだもん」

もん、とか言うな。

似合うけど。この妖精め！

「お行儀が悪うございます。殿下、玄関先で戯《たわむ》れるのはおよしください」

義母上《ははうえ》の駄目出しが飛んだ。俺のほうもチラリと見る。

はい、同罪です。

エルは居住まいを正して表情を引き締めた。コーディアルさんに向かって問いかける。

「健康な両親と兄姉がいて、育てるための家も食べるものもある家族から赤ちゃんを連れていくって、なんの意味がある？」

「后子《ごうし》殿下……」

「イリスが泣きながら王宮に押しかけてきたんだ。彼女、基本的に気が弱いから、普通なら直談判なんて思いつきもしないんだろうけどね。必死になって『イジーから赤様を取り上げないで』ってルシオに詰《つ》め寄《よ》ったんだよ」

エルはその時のことを思い出したのか、クスクス笑った。アイリス様、宰相閣下に頼むと言っていたけど、ホーパエル家から辞したその足で王城に向かったそうだ。

「駆けつけた俺の顔を見るなりさ、『ルシオ様がお願いを聞いてくださらなかったら、六人の子どもたちと実家に帰ります！　連れ戻されそうになったら、殿下がお助けくださいませ！』ときたんだよ。ルシオの表情《かお》ったらなかったね」

六人の子どもたち……いくらドジっ子のアイリス様でも、自分の子どもの数を間違えることはないだろう。宰相様はすぐにお腹《なか》に赤ちゃんがいると確信して、興奮する妊婦を宥《なだ》めにかかった。その結果、彼女の願いは聞き届けられたわけだ。

真実、国の大事なら、宰相様は計画を推し進めただろう。でも、もともと生まれるかも分からない子どもの養子縁組話だ。十年先になったって、たいした違いはない。

「本当？　イリス小母様がルシオ小父様にお願いしてくださったの？」

アイリーンちゃんがパァッと表情を輝かせた。

そうして俺たちはようやく子供部屋に案内されて、イゾルデ様そっくりの男の子を抱っこした。

初めまして、いつか俺の息子になる君。

今はまだ、本当の家族の温《ぬく》もりに包まれておいで。

時々遊びに来てもいいかい？

ホーパエル家の素敵な庭で、木登りをしよう。

いつか君のお父さんになるフレディが、手本を見せてくれるはずだ。

小さくて、ふにゃふにゃで、ほえほえと泣く赤ちゃんはとても温かい。

それが王太子の随行員としてフレディが出国してから、二ヶ月目の出来事だった。それからさらに四ヶ月。

王太子一行の帰国の報がもたらされた。

§

始めに王太子一行の帰還の報がもたらされてから七日。毎日、『昨日はどこを通過してどこに宿泊されました』と遣いが来る。本当はこの半年間もそうだったのかもしれないけれど、それは戦況報告みたいなものだろうから、俺の耳には入っていない。エルの様子から見て、アイツも聞いていたとは思えないな。

知らせを受ける度にバスチアンさんと地図を見る。伯爵家に来るまで地図なんか気にも留めなかった。城下にある裏路地は知る必要があるけど、街の外のことは農場までの道さえ分かっていれば、何も問題なかったのだ。

世界は広い。

そわそわして眠れなくて、バスチアンさんに叱《しか》られた。真っ黒な隈《くま》を作って出迎えるなんて言語道断《ごんごどうだん》だってさ。聖者の微笑《ほほえ》みはなんか怖い。

そうしていよいよ、今日はフレディが帰ってくるという日に王城に招かれた。随行員の家族枠で解散式に出席が許されたのだ。

会ったことのない義父上《ちちうえ》を迎えるために、義母上《ははうえ》と一緒に謁見の間に入る。フレディを迎えに来た子爵家の皆さんに挨拶《あいさつ》して、決められた席に着いた。当然なのだが、フレディの家族より俺たちのほうが上座になる。

宰相様が玉座の手前で下座に向いて立ち、場が整った。一度閉ざされていた謁見の間の扉が再び開かれて、リューイとスニャータの第四王子夫妻が三人並んで先頭を進み、その後ろに口髭《くちひげ》をピンと立てた外務大臣。なるほどこの人が俺の義父上《ちちうえ》か。

そしてその後ろにフレディがいた。

若くて可愛らしい少女をエスコートして。

は？

満面の笑みを浮かべる少女は、戦場帰りの一団にそぐわないひらひらしたピンクのドレスを着ていて、その手を取るフレディは、眉間《みけん》に刻んだ縦皺《たてじわ》を隠そうともしていない。少しは取《と》り繕《つくろ》ったほうがいいんじゃないかと心配になるくらい、少女へのエスコートはぞんざいだ。

可愛い女の子なんか連れてんじゃねぇって怒るべきか？

いや、なんか、仏頂面が凄《すご》くて笑えるんだけど。

そんな中でフレディが俺を見つけた。

覚えているより精悍《せいかん》になった顔が、ほわっと柔らかく微笑《ほほえ》む。口が小さく動く。

シルヴィー。

声は届かないのに、確かにそう聞こえた。

俺が軽く手を上げて合図をすると、頷《うなず》きが返ってきた。

大声を出したいような、走り出したいような、えもいわれぬ感情が蠢《うごめ》いて、拳《こぶし》を握り締める。そして、深く息を吸った。そうやって自分を落ち着かせていると、少女が何か騒いでフレディの腕に胸を押し付けるようにしがみつく。

彼女は満面の笑みでフレディの顔を覗《のぞ》き込《こ》んでいた。反面、フレディはあっという間に仏頂面に逆戻りだ。

ふたりの前を歩く外務大臣様――俺の義父上《ちちうえ》が、振り向いて厳しい表情《かお》で少女をフレディの腕から引《ひ》き剥《は》がし、強引に自分でエスコートを始める。

……義父上《ちちうえ》、怒っていないか？

少女は不満げな表情《かお》をしたけれど、ロビン妃が振り向いてにっこり微笑《ほほえ》むとおとなしくなった。

何者なんだ、あの場違いな少女は？

義父上《ちちうえ》やフレディがエスコートしているんだから、関係者ではある。

その後は事前に聞いていた式次第の通りに進んだ。

最後にやってきた王様とエルが玉座から労《ねぎら》いの言葉をかけ、リューイが帰還の挨拶《あいさつ》と労《ねぎら》いの礼を述べ、フェンネル王子が支援に対する礼を述べる。

淡々と進む式は、そわそわした空気が漂《ただよ》っていた。ここに臨席を許されているのは随行員の家族ばかりだ。無事に帰ってきた大切な人と一刻も早く言葉を交わしたいのに違いない。

宰相様が上座からこっちに向かって式の終わりを告げる。王様が鷹揚《おうよう》に頷《うなず》いてエルがにっこり微《ほほ》笑《え》んだ。

謁見の間の空気が弛《ゆる》んだ時、甲高《かんだか》い少女の声が響く。

「お久しぶりです、陛下！　わたくし、陛下にお願いがあって参りましたの！」

王様が表情を失った。エルも目を丸くしている。

「やめないか、コリアンダー！」

フェンネル王子が叱責《しっせき》する。おお、脳筋で空気を読まないと評判の王子が、非常識を責めている！

王様と宰相様が、ちょっと驚いた表情《かお》をしてるのが面白い。他のひとは皆、王様のほうを見ているから、どんな表情《かお》をしてるのか分からないが。

「お兄様は黙っていらして！　わたくし、フレッド様を婿《むこ》に頂きたいと、お願いに参りましたのよ。聞けば草臥《くたび》れたおじさ……んんッ、随分と年上の殿方と婚約なさっているとか!!　フレッド様はこんなに若くて凛々《りり》しくて才気溢《あふ》れる方ですもの、わたくしのような女性のほうが相応《ふさわ》しいですわ!!」

おい。色々ツッコミどころが満載だな。

まず、フェンネル王子の妹ってことは、スニャータの王女様なんだな。婿取《むこと》りの打診ってこんなところで本人が言い出すことか？　その草臥《くたび》れたおじさん呼ばわりされた俺の義父上《ちちうえ》は、表情がすっぱり抜け落ちた顔でアンタの手を取っているんだけど。

フレディが若くて凛々《りり》しくて才気溢《あふ》れているのは間違いないが、間違ってもアンタは相応《ふさわ》しくないぞ？　淑女としてホーパエル家のアイリーンちゃんの足元にも及んでいない。

謁見の間に静寂が下りる。

呆《あき》れと侮蔑《ぶべつ》が場を支配しているようだ。

「ロビン妃よ、そこの令嬢はスニャータ先王の第十一王女、コリアンダー姫であるか？」

「間違いございません」

「何をしに参ったのだ？」

「恥をかかせに参りました。フレッド殿にどれだけ袖にされても一向に聞く耳を持ちませぬゆえ、目の前で婚約者殿との熱い抱擁《ほうよう》でも見せれば諦めるかと」

……は？

王様はロビン妃の回答に面白そうに眉を上げた。

「わたくしの殿下は脳筋王子と名高いですが、コリアンダー姫はお花畑王女と評判なんですよ。脳筋は使い所がございますが、お花畑は枯れたらそれまでです」

「酷《ひど》いわ、お義兄《にい》様！　フレッド様は婚約者に義理立てしているだけですもの！　真実の愛はわたくしにあります！　だって、階段で脱げてしまった靴を拾ってくださったんですもの!!」

…………フレディ、凄《すご》いな。靴を拾ったら愛なんだ。俺なんて跪《ひざまず》いて靴を履かせてもらったこともあるんだけどな。

フレディが心底気の毒になった。

エスタークとスニャータの王族が直接話をしているので、彼らより身分の低い者は口を挟まない。

伯爵で外務大臣の義父上《ちちうえ》も、子爵子息のフレディもだ。

「あの……。兄上、発言しても？」

王太子のリューイが遠慮がちに声を発した。

「うむ」

「ありがとうございます」

王様が頷《うなず》いたので、リューイは礼を言って続ける。

「まず、謁見の間にいる全ての皆に申しておく。コリアンダー王女の発言は全く真実ではない。王女は嘘をついてはおられぬが、思い込みとご自身に都合のよい解釈に基づくものである」

「リューイ王子、そんな意地悪をおっしゃらないで！」

コリアンダー王女がリューイに食ってかかった。他国の王太子にその態度は許されるのだろうか？

呆然《ぼうぜん》としていると王様が何やら宰相様に目配せをした。宰相様がいつもの人の悪い微笑《ほほえ》みを浮かべて口を開く。

「当事者同士で意見の交換をなさいませ。ディンチ伯爵、アイゼン子爵子息、好きにしてくださって構いませんよ。勿論《もちろん》、ディンチ伯爵子息もね」

俺に振るな。

フレディがにっこり微笑《ほほえ》み、一団を離れて真っ直ぐに俺のもとにやってきた。目の前まで来た彼は半年前より背が伸びていて、以前よりも首を上に向けないと視線が合わない。

「シルヴィー、ただいま帰りました」

「……おかえり」

向こうで王女様がジタバタとしているのを、フェンネル王子が押さえている。

こんなに近くに来られたら正気でなんていられない。

「待ってた」

うっかり伸ばした手を掴まれて引き寄せられる。

唇が重なった瞬間、王女の甲高《かんだか》い悲鳴が響いた。

からんだ舌が熱い。

「んッ」

全身に力を込めてフレディの胸を押しやるのに、びくともしない。ここがどこだと思っているんだ⁉　王城の外宮にある謁見の間で、随行員の家族の皆さんが揃い踏みしている中だぞ！

文句を言いたいが、あいにく口が塞《ふさ》がっている。酸素を求めて喘《あえ》ぐので精一杯だ。

結構な時間貪《むさぼ》られてようやく唇が離れたと思ったら、顎《あご》の下に吸いつかれてチリッとした小さな痛みが走った。

膝《ひざ》が崩れそうになってよろめくと、フレディがすかさず腰を支えてくれる。コイツのせいだから当然だな！

フレディが顎《あご》の下に手を添えて、俺の顔を上に向かせた。緑の瞳が満足そうに細められる。

「約束の所有印です。帰ってきたら、たくさんつけるって言いましたよね。夜になったら全身に刻みましょうね」

「ふざけるなーーーーーッ！」

フレディの腕から抜け出して腰を下とす。膝《ひざ》の裏に両手をかけて引っ張ると、油断していた彼はあっさり尻餅《しりもち》をついた。

「ていッ」

チョップだ、チョップ。

脳天に手刀をかましてやるが全く損傷はない。それどころか煉瓦《れんが》タイルの床に尻餅《しりもち》をついたまま俺の足にからみつくように抱きついて、クスクス笑っている。

「照れてる姿が可愛い。耳まで赤いですよ」

「うるさいッ！　誰のせいだと思ってる⁉」

「僕のせいですよね」

くっそ、ムカつく！　空気読め！

俺は読みたい‼

「何が今夜だ。お前は子爵邸に帰って、親孝行しろ！　俺は義父上《ちちうえ》にご挨拶《あいさつ》申し上げなきゃならんのだ！」

初めましての挨拶《あいさつ》もしていないのに、十二歳も歳下《としした》の青年に口づけされているのを見られるなんて、どんな拷問《ごうもん》だ⁉

ていうか、俺の隣には義母上《ははうえ》が立っているし、少し下座にはアイゼン子爵一家がいるだろう⁉　フレディと一緒に随行員だったアラン様やお出迎えの宰相府の面子《メンツ》、みんなが見ているじゃない

か‼

十三年前のティムなんて目じゃない。あの時の野次馬は見知らぬ他人だった。知り合いも多くいる場所でこんなことをされたら、軽く死ねる。

「俺は……こんなこと、他人に見られるなんて嫌だ」

熱い顔を俯《うつむ》ける。下からフレディが見上げてきた。

「すみません、シルヴィー。あなたに会えた喜びで、いろんな箍《たが》が飛びました」

物憂《ものう》げな美青年が、切なげに眉を寄せる。彼はゆっくり立ち上がると、俺を抱き締めた。くっそ、更にデカくなりやがって。俺だってエスターク成人男性の平均身長くらいはあるんだぞ。それなのに、すっぽりと腕の中に収まる。

逃げもしないで簡単に許してんじゃねぇよ、俺！

「婚約者の両親の前でいい度胸ではないか。ティルティスでの活躍ぶりが素晴らしかったゆえ、いい婿《むこ》を迎えられると思ったが気のせいであったか？」

間近で重々しい声がした。

……ハジメマシテ、オトウサン。

声がイゾルデ様のご夫君にそっくりだ。顎《あご》から喉《のど》にかけての造作が似てるから、声も似るんだろうな。などと考えて現実逃避をする。

「仕方ありません。あのお花畑王女は何を言ったところで聞きはしませんから、見せつけて差し上げるのが一番ですよ」

「……そうであるか。そういえば先程、シルヴェスタのことを『草臥《くたび》れたおじさん』と言っていたな。公《おおやけ》の場でエスタークの外務大臣である私の息子を貶《おとし》めたことを、スニャータの第十一王女はどう思っておられるのだろうか？」

俺を貶《けな》した王女の発言を、外務大臣様が国際問題に引き上げようとしている。どう考えても『草臥《くたび》れたおじさん』がどこの誰か知らずに発言したみたいなのに、相手の失言は見逃さないのな。

「え……？　息子？」

コリアンダー王女がぽかんと口を開けた。

「息子で、婚約者？　三十過ぎたおじさんでしょ？　誰がわたくしに嘘をついたの？　ちょっと歳《とし》上《うえ》っぽいけど、全然草臥《くたび》れたおじさんじゃないじゃない⁉」

「コリー王女。問題はそこではありませんよ。あなたはディンチ伯爵夫妻の目の前で、子息を貶《おとし》めたのです。伯爵もおっしゃっていたでしょう？　スニャータの王女が同盟国の外務大臣の子息を貶《おとし》めることに対して、あなた自身がどう思っているかと問われているのですよ」

ロビン妃がめちゃくちゃ楽しそうだ。なるほどこの王女、どうせやらかすからここでの態度如何《いかん》によって進退を決めるつもりで送り出されたんだなぁ。

「まずはこれが、大きな国際問題の火種であると気付けないのは重大な過失です。また国内に於《お》いても問題が山積みですね。第十一王女のあなたがどうやって婿《むこ》を迎えるのですか？」

ロビン妃が艶《あで》やかな笑顔で言う。

第十一王女の結婚か。国内か国外かは別として、お嫁に行くしかないいんじゃないか？

「おや、シルヴェスタ殿は正解を見つけましたね？」

促《うなが》されて、内心でビビりながら俺は思ったことを確認も込めて口に出す。

「スニャータでは、女性王族が婿《むこ》を迎えてまで分家をする必要があるんですか？」

婿《むこ》が欲しいってのは、家を継ぎたいからだよな。でもコリアンダー王女は先王の第十一王女で、すでに王位は彼女の長兄が継承して王妃様との間に次代も誕生していると聞く。

「大変失礼なんですが、フェンネル王子のお妃様がロビン妃なのは、闇雲《やみくも》に王族を増やさないためでもありますよね？」

男同士の婚姻ではどう頑張っても子は生まれない。それに今回、把握しきれないほど末端の王族が騒動の一端を担《にな》ってしまったんだ。この時勢にわざわざ女性王族を分家させて、家を増やすか？

「素晴らしい！　たった半年で素晴らしい令息になられましたね！　それに引き換えうちのお花畑王女は、十七年注ぎ込んだ血税を全て無駄にするつもりのようです！」

役者めいた声音で語るロビン妃がコワイ。彼の後方でこっちを観察している宰相様もコワイ。

「何よ、お義兄《にい》様！　なら、わたくしがエスタークにお嫁に来ればいいのよ！」

「残念ですが、僕は子爵家の三男ですよ」

「では、わたくしは子爵夫人ね！　あんまり高位の貴族だと社交も面倒だから、子爵あたりがちょうどいいわ！」

……駄目すぎだ。王族とか以前に言葉の読解力がない。フレディは三男だって言ってるだろう。自分が長兄と次兄を追い出せと言っている事実に気付いていているのか？　子爵あたりとかも失礼極まりない。

「コリアンダー王女、私はエスタークの王太子として、あなたの発言に抗議いたします」

リューイ、気持ちは分かるが参戦はちょっと待ってくれ！　マジで大事になるから！

リューイは静かに、ゆっくりと、王女に言い聞かせるように言ったけれど、その言葉は国同士の交渉の場を乗り越えてきた次代の王のものだ。優しげな容姿に騙《だま》されると、王の覇気《はき》にやられてしまう。

しかしその覇気《はき》も、お花畑にはそよぐ風ほどにしか通じなかった。

「リューイ王子、女性に向かって怖い表情をするものではなくてよ」

お花畑、ブレないな！　ここまでやらかしたら、それこそ『毒杯を賜わる《たまわ》』んじゃないか？

「あの……発言させていただいても？」

リューイにお伺いを立てる。可愛い弟分だが、ここは謁見の間だ。

「勿論《もちろん》」

リューイが穏やかに微笑《ほほえ》んだ。

「コリアンダー王女、お初にお目にかかります。本来ならわたくしからの挨拶《あいさつ》は許されることではございませんが、皆様の好奇の視線もありますゆえご容赦《ようしゃ》ください」

イゾルデ様の授業はそれは厳しかった。それが功を奏す。この王女は、噛《か》んだら鬼の首でも取ったみたいに俺を馬鹿にするだろう。習いたてのボウ・アンド・スクレープは爪先《つまさき》まで気を遣う。

「ディンチ伯爵家のシルヴェスタと申します」

「……あなた、本当に三十歳なの？」

それ今、どうでもいい。

それより王女はカーテシーを返さないのだろうか？　あっちが王女、俺が伯爵子息だからいいのか？

「あなたが本当に、フレッド様との婚姻をお望みならば、平民になる必要があるとはご存じですか？」

いつだかフレディが言っていた。今となっては俺を丸め込むための、多分に詭弁《きべん》を含んだ言葉だったと分かる。けれどあの時の無知だった俺は信じた。

「フレッド様は三男です。妻を迎えるためには余計な相続問題を生まないよう、子爵家から離籍して、平民になる必要があるのだそうです」

他にも選択肢は色々あるし、内々に次期宰相様とか言われているから、本当に女性と結婚したかったら偉い人がなんらかの手を打つだろう。それこそどこかの跡取りのいなくなった貴族家を探して、養子になるなりすればいいんだ。

でもそんなこと、教えてやらない。

コリアンダー王女は驚いた表情《かお》をした。それでもいいとは言わないんだな。俺からフレディを奪った先に平民の暮らしが待っていると知ると、躊躇《ためら》いが生まれるんだ。

自分の生活能力のなさを考えもせず、無責任に駆け落ちするのとどっちがマシか考える。どっちにしたところで、この王女様は今の生活の質が変わることは望んでいない。

地味にイラつく。

やっぱり俺、怒っているんだ。

この怒りは明らかに迷惑そうな表情《かお》をしていたフレディに対してじゃなくて、婚約者がいると分かっていてこの態度のコリアンダー王女に向かっている。完全に秩序の敵だ。それなのに、貴族でないフレディは恋愛の対象にならないのだろう。

「フレッド様はわたくしと婚姻を結ぶと平民になるの？」

「譬《たと》え話でも嫌ですが、まあ、そうなりますね」

フレディは仏頂面だ。

「……そう、フレッド様を平民にするわけには参りませんわね。わたくし、あなたのために身を引きますわ！」

言質《げんち》は取ったが、腹立つな。

あまりの変わり身の早さに謁見の間で事《こと》の次第を見守っていた貴族たちは、頬を引《ひ》き攣《つ》らせたのだった。


時間にして一刻程度。誰にも歓迎されないのに乗り込んできて、騒ぐだけ騒いで国際問題をぶちまけたスニャータの第十一王女は、丁重に迎賓室《げいひんしつ》に連れていかれた。多分軟禁されるんだろうなぁ。

フレディのことは諦めたっぽいけど、アイゼン子爵家への侮辱《ぶじょく》やディンチ伯爵家への侮辱《ぶじょく》など、がっつり謁見の間での失言だもんな。王族とはいえここは王女の国じゃない。

自国の王女、それも義妹が連れていかれるのをニコニコして見ているロビン妃が怖い。王子は引《ひ》き攣《つ》った表情《かお》をしているのに。

「さて、とんだ茶番であったな」

王様が人の悪い表情《かお》で笑った。エル、こっちを見ていないで隣の旦那の顔を見ろよ！　お前の旦那、すっごい意地悪な表情《かお》してるぞ！　そう心の内で叫ぶ。

しかし王様がエルに見つかるようなヘマをするわけがない。

「皆に申しておく。アイゼン子爵家のフレッドは、ディンチ伯爵家への婿入《むこい》りが決まった。ディンチ家のシルヴェスタは我が后子《ごうし》の親友にして、王太子の兄代わりである。ついでに言うならフレッドが十三年かけてようやく口説《くど》き落としたそうなのでな、くれぐれも横槍《よこやり》は入れてやるな」

王様の一言をきっかけに、一気に空気が弛《ゆる》んだ。

あちこちから祝福の声が上がる。傍《そば》に立つ侯爵様が義父上《ちちうえ》と義母上《ははうえ》に「おめでとう」と言ったのを皮切りに、子爵家の周りでも華やいだ声が上がり、フレディの両親が嬉しげに頷《うなず》いたり礼をしたりしている。

お披露目って、こんな唐突にされるものだったか？

気が遠くなる。

「陛下と閣下は、どうしてもフレッド殿を懐《ふところ》に囲っておきたいようであるな。シルヴェスタはそのための餌《えさ》か」

義父上《ちちうえ》、それは理解しているので、わざわざ身も蓋《ふた》もないことを口に出して言わないでください。

「もう逃しませんからね」

フレディは満面の笑みだ。

「えーと。今更ですが、義父上《ちちうえ》とお呼びしても？」

背後からフレディに抱きつかれたまま、ディンチ伯爵に声をかけた。伯爵は厳しい表情で鷹揚《おうよう》に頷《うなず》く。

「初めまして、義父上《ちちうえ》。城下にある肉屋の息子、シルヴェスタでございます。縁あって伯爵家に迎えていただくことになりました」末永く、よろしくお願い申し上げます。

あなたの義娘に仕込まれた挨拶《あいさつ》だよ。あなたの孫たちも、彼女が立派に育てているよ。そんな気持ちを込めて頭を下げる。義父上《ちちうえ》が頷《うなず》いた。

「それにしても、シルヴェスタ。其方《そなた》は本当に三十歳なのか？」

何回聞かれるかな⁉

「……后子《ごうし》殿下と同い歳《おないどし》でございます」

「なるほど、殿下の幼馴染《おさななじ》みという話であったな。それならば三十歳というのもあり得るか」

納得の仕方がなんかヤダ。あの妖精と一緒にされたくない。

王女様が王様に向かってフレディを婿《むこ》に寄越せと言い出したことなんてなかったように、その場は和《なご》やかに解散になった。

……考えてみたらスニャータに親書を持っていった王太子一行って、随行員は身内っていうか、宰相様の手駒ばかりなんだよな。家族席にいる奥様方も、奉仕活動で親しくさせていただいていたお顔がちらほら見える。

それから俺たちは当初からの予定通り、宰相府の会議室に移動した。義母上《ははうえ》とはここでお別れだ。彼女は一足先に邸《やしき》に帰る。

会議室には一番乗りだった。義父上《ちちうえ》とフレディしかいないので、疑問をぶつけてみる。

俺が知らなかっただけで、さっきの茶番は仕組まれていたものなのかもしれない。王女様はただの駒だ。

「なぁ、フレディ。コリアンダー王女って、わざとやらかすよう誘導されてた？」

王太子の帰還っていうだけでなく、謝意を表すための使者として第四王子夫妻が同行しているんだろ？ 普通だったら国を出る前に、ふん縛ってでも止めるよな。ロビン妃が『恥をかかせに連れてきた』って言っていたけど、それ以上に何か意味がありそう。

「ふむ、三十歳か。少し遅いが見込みはありそうだ。外務府の入府試験のための勉強をしてみないか？」

……義父上《ちちうえ》、認めてくれて嬉しいが、これ以上は頭が爆発するから勘弁してくれ。

「腹芸はできぬか。正直者には難しそうだ」

「シルヴィー、可愛い。思ってることが全部表情《かお》に出てますよ」

「ほう、舅《しゅうと》の前で口説《くど》くか。いい度胸であるな」

「若造ですから、逃げられないよう必死なんです」

仲良いな、おい。

厳しい表情《かお》をした義父上《ちちうえ》と満面の笑みを浮かべたフレディが、俺を挟んで遠慮のない会話をしている。半年間べったり一緒に仕事をしていたんだ。気心は知れているよな。

そうしているうちにいつもの面子《メンツ》に加えて、リューイとアラン様、ナサニエル様も入ってきた。

「シルヴィー！　格好良かったよ！」

エルは入ってくるなり俺を見つけ、飛びついてくる。俺はフレディに背後からのし掛かられているから、サンドウィッチのハムになった気分だ。

王様がツカツカとやってきてエルを引き剥《ひ》がす。

「駄目だよ、フィン。フレッドに抱きつくなんていけない子だな」

俺はいいのか？

突っ込みはともかく、フレディが王様に手打ちにされそうだから、エルには自重してもらいたい。

「ふふっ。シルヴィーも災難だったねぇ」

エルはどこ吹く風で王様の台詞《せりふ》をガン無視した。

「トンデモお嬢様って、時代が変わってもいるんだね。俺の時はジュリエッタ・ピヒナだったよ」

ジュリエッタ・ピヒナ。……俺を拉致《らち》して薬を嗅《か》がせたエッタだな。繁華街で娼妓をしていたけれど、元は貴族のお嬢様だったと聞いた。あのアイリス様とオリヴァー様の従姉妹《いとこ》と聞いて驚いたものだ。

エッタの顛末《てんまつ》は、まだ知らない。半年前にカッツェンやティルティスの四人組と一緒にスニャータに連れていかれたからだ。正直言って、コリアンダー王女の今後よりエッタのほうが気になる。

宰相様に促《うなが》されて、みんな席に着いた。例によってエルの指定席は王様の膝《ひざ》の上だ。もう誰も突っ込まない。

「ティルティスの出来事をよく知らないのは、フィンとシルヴェスタだけであるな。知らずとも支障はないが気になるであろうから、掻《か》い摘《つま》んで説明させよう」

支障はないって言うか、俺に報告する必要なんてどこにもないんじゃないかなぁ。政治的配慮が必要な内容なんだろうし。好奇心は疼《うず》くけど深みに嵌《はま》るのが怖いんだよ。

……もう、遅いか？

「では、私から」

ナサニエル様が書類を片手に立ち上がった。思慮深くて真面目なナサニエル坊ちゃんが、そのまま青年に成長している。内務府で内務大臣補佐の見習いをしていると聞いていたけど、リューイの側近として随行していたのか。立派になったなぁ。

親戚の小父さんのような気持ちで目を細める。エルも同じ表情《かお》をしているのが見える。たまに商店街で見守っていた俺よりも、より身近で見ていたエルには感慨深いものがあるのだろう。

「現在のティルティス王国ですが、南王、北王、それぞれ廃王として南北朝を統一いたしました。南北の旧王朝から幼年の王族を数名預かっております。正しい教育を受けさせて、将来に備《そな》えます」

本当に掻《か》い摘《つま》んだな。ふたりの王様を廃して王朝を統一する過程をまるっと端折《はしょ》ったのが分かる。きっと血腥《ちなまぐさ》くてエグさ満点なんだろうな。そんで、その血腥《ちなまぐさ》いところをスニャータの第四王子夫妻が担《にな》って、エグいところを義父上《ちちうえ》やフレディが担《にな》ったんでしょ？

聞かないよ。フレディが俺に知られるのを恐れている気がするから。

なんとなくフレディが震えているように感じて、テーブルの下で彼の手を探した。探《さぐ》り当《あ》てた甲に手のひらを重ねてギュッと握る。ちくしょう、手までデカイな。

フレディと反対側に義父上《ちちうえ》が座っていると言うのに、何をやっているんだか。

でもこの温《ぬく》もりが、ここにあることが嬉しい。

「暫定の新王ですが、四代前まで家系図を遡《さかのぼ》って辿《たど》り着《つ》いた、末端の王族です。王朝の贅沢《ぜいたく》の恩《おん》寵《ちょう》にはあずからぬ生活をしていた青年です」

ナサニエル様は分かりやすい丁寧な口調で、淡々と書類を読み上げる。

貴族の生活もしていなかったって、話に聞くティルティスの現状なら勉強なんかしていないよな。

血筋だけの傀儡《かいらい》の王様か……

「勿論《もちろん》、傀儡《かいらい》政権にはいたしません。今代は無理ですが次代の若者を教育して、いずれは自力で国を動かせるようにとの、セージ王の意向です」

早とちりして、すみません。ものには順序があるってことだな。ちなみにセージ王はスニャータの現王だ。

「ふふふ、新王にはコリー王女が嫁《とつ》ぐことになりますね」

「は？」

突然ぶっ込んできたロビン妃の言葉に、エルが目を丸くする。危ない、俺も声を出すとこだった。

「俺たちもティルティスに数年出向くから、コリーの首根っこは掴んでおくさ」

フェンネル王子が陽気に笑う。そこ、陽気にしていいとこか？

「わたくしが摂政を務めさせていただくことになりました。殿下には不届き者どもの粛正《しゅくせい》と、国土の復興を担《にな》っていただきます……現場監督にはうってつけですからね」

脳筋王子が見張っていたらがんがん働くよな。しかもこの王子様、自分で土嚢《どのう》とか担《かつ》ぎそうだ。

「ねぇロビン妃、あの王女に王妃が務まるの？」

エルの疑問はもっともだ。

「新王と年齢の釣り合いが取れる王女は三人います。第九王女、第十王女、第十一王女です。責任感の強い第九王女が名乗りを上げましたが、彼女には相愛の婚約者がおります」

第十王女は、季節の移り変わりごとに生死の境を彷徨《さまよ》うほど病弱。第十一王女はアレ。

ローズマリー王妃は第九王女の決意に胸を打たれつつも、それでは駄目だと言ったそうだ。結局そうやって、誰かがコリアンダー王女の試練を奪っていく。駄目な王女をより駄目にするのは、周りの諦めもあるのだと。

王女はまだ知らない。

自分の嫁《とつ》ぎ先《さき》がすでに決まっていることを。

そしてセージ王はコリアンダー王女の扱いを決める最後の試験として、エスターク行きを許可したんだそうだ。

「相応の礼儀を弁《わきま》えるなら、正当な王妃として盛り立てる。それと逆のことを行ったら、傀儡《かいらい》の王妃として飼い殺す」

王妃として赴《おもむ》いた彼《か》の地《ち》で、空腹を紛《まぎ》らわせるために薬物を摂取して骨と皮になった幼児を目の当たりにした時、彼女はどんな態度を取るのか。ロビン妃が間近で監督することになるという。

「セージ王からは事前に詫《わ》びの親書が届いておりましたよ」

宰相様が薄寒《うすらさむ》い笑みを浮かべた。ここにいる偉い人、全部がグルだ。

十七歳の少女は次の誕生日を迎えたらティルティスに嫁《とつ》ぐ。……やらかしの代償として相応なものなのか、俺には分からなかった。

他国の王族の闇を、なんで肉屋の倅《せがれ》が聞いているんだろう。伯爵の息子ならありなのか？　そんなわけないな。

「カッツェンは印璽《いんじ》の隠し場所を吐いたので、裁判後に相応の罰を受けるでしょう。ジュリエッタはなんだかんだで薬の中毒だったので、裁判後に治療をしながら奉仕活動をさせます。罰はその後ですね」

エスタークではまだ研究されていない薬物のため、スニャータの更生施設に収容したんだそうだ。そのために連れていったんだな。国内で裁かないのは変だと思った。

エスタークでの薬物の販路は、ジュリエッタの父親が担《にな》っていたことが判明した。……なんとこの国の前王様の死因は表向き心臓発作なんだけど、怪しげな興奮剤を使って励《はげ》んだことだったそうで。その興奮剤はジュリエッタの父親が用意したものなんだって。

ジュリエッタ本人も落ちぶれた父親に娼館に売られ、言うことを聞かせるために薬を使われたらしい。エッタ、自分は大丈夫って言っていたのに、ずいぶん昔から中毒だったんだな。

「あの偽侯爵、結局どうなったの？」

「当時のボンクラ法務大臣が、おざなりな裁判をして放逐《ほうちく》していたんですよ。持ち出した資産でしばらく暮らしていましたがそれも尽き、娘を娼館に売ったようです。その後、その金も使い果たして亡くなっています」

エルの質問に宰相様が答えた。

「十三年前のアレコレ、これでようやく本当に終わり？」

俺にとっては新事実ばかりだけれど、エルにとっては解決まで十三年もかかった出来事なんだな。

「とりあえず、ディンチ伯爵家の後継者問題が片付けば終わる」

王様がエルの頰をさすりながら言った。大事な話をしてるんじゃないのか？

「ということで、今から議題はディンチ伯爵家とアイゼン子爵家の結婚式に移ります！」

エルがパンと両手を打ち鳴らした。

は？　何を言っちゃってるの？

「エリック、待機してる父君と兄君を案内してきて」

「かしこまりました！」

一番後ろに控えていたフレディの次兄エリック様がすっ飛んでいって、すぐにふたりを連れてくる。

ナサニエル様とアラン様はすかさず席を譲るし、会議室はディンチ伯爵家とアイゼン子爵家の顔合わせ会場になった。立ち合いは国王夫妻と王太子殿下、そして宰相様だ。その他騎士団長たちは見ないことにした。

どんな拷問《ごうもん》。

「もう謁見の間でぶちかましちゃったでしょ？　婚約期間だってとうに半年は過ぎてるし、衣装が出来次第でいいと思わない？」

「待って待って、エル。ジャネット姉さんとこでのお祝いは、先にしちゃってもいいよね！」

待つのはお前だ、リューイ！

子どもの頃と変わらない純粋な眼差《まなざ》しが痛い。さっきまで王者の威厳を漂《ただよ》わせていた立派な王太子殿下はどこへ行った⁉

「それよりも僕は、新居をなんとかしなくてはなりませんね」

フレディ、この話に乗るのかッ⁉

「子爵家では、肉屋の若主人を迎えるために小さな邸《やしき》を用意していましたが、どうしたものでしょう。蜜月を楽しみたいので、しばらくは別居したいのですが」

「ならば敷地内の離れに住まうがいい。代々の継嗣《けいし》が新婚時に使用している」

……なんと言うことだ、義父上《ちちうえ》まで。俺、今日初めてあなたと会ったんだけど、もうちょっと交流を深めようとか思わないのか？

なんかもう、聖堂の予約がとか、ジャネットの酒場に連絡をとか、仕立て屋姉弟の予定を押さえなきゃとか、みんなが笑顔で楽しそう。ちょっと前まで深刻な表情《かお》をしていたのが嘘みたいだ。

「それにしても弟に先を越されたな」

文官の誰かが、エリック様の背中をバンと叩いた。

「そうだなぁ、フレディが先なのも少し外聞が悪い。お前、いい人はいないのか？」

子爵様がしみじみと次男に向かって言う。エリック様とフレディはかなり年が離れているから、確かに先を越されたら外聞が悪いかもしれない。

「……飛び火してきた！　いたら、いつも言ってるだろ⁉」

「つまり今はいないんだな」

親子でわちゃわちゃ始めた。子爵一家は空気感が肉屋に似ていて安心する。

「失礼します、アイゼン子爵。どさくさで申し込んでしまいますが、エリックを俺にください」

身体の大きな騎士団長が、ぬっと子爵一家の前に進み出た。せっかくいないことにしていたのに、存在感増し増しだ。

「ヴィン、何を言ってるの？　俺の恋バナあんなに聞いてくれてたのに？」

「そりゃお前、最近まで跡取りの予備の意識がめちゃくちゃ高かったじゃないか。女の子にフラフラしてるのもしょうがないかと思ってたけど、兄上んとこに男の子が生まれたんだろう？　子爵家の跡取りの問題が解決したから、気兼ねなく攫《さら》いに行ける。俺の執着はフレッド君より凄《すご》いぞ、幼年学校の頃から二十五年だ」

「え？　うぁ？」

エリック様は目を白黒させて奇妙な声を発した。

「女の子は諦めて、俺んとこに嫁に来い！」

俺たちは何を見せつけられているんだろう。なるほど、騎士団長が俺に親切だったのは未来の相《あい》婿《むこ》だったからだ。

　エルとリューイが瞳をキラキラさせている。ナサニエル様とアラン様には刺激が強いのか、頬を紅潮《こうちょう》させて視線を泳がせ、宰相様は玩具を見つけた猫みたいな表情《かお》だ。義父上《ちちうえ》は仏頂面だし、フレディは呆然《ぼうぜん》としている。

「あのな、フレディ」

　俺は長いチェリーブロンドを引っ張って耳元に口を寄せた。

「お前だって似たようなことやらかしてんだからな」

　そのバツの悪そうな顔を、とても可愛いと思ってしまったことは内緒だ。

§

　大騒ぎの末、俺は王城に宿泊することになった。明日は朝から仕立て屋姉弟がやってくるらしい。大公妃様も張り切っているとか。なんであの方が張り切るんだ？

　義父上《ちちうえ》は義母上《ははうえ》の待つ邸《やしき》に帰った。そりゃそうだ、半年ぶりだものな。大回りして肉屋に寄って状況を説明してくれるそうだ。……真面目で誠実なのはよく分かったけど、手紙とか代理人でいいじゃないか。外務大臣自ら赴《おもむ》くなんて、肉屋の親父《おやじ》の心臓を止める気か⁉

　そして、フレディ。

「親孝行しに、帰れ！」

「あっちはあっちで、混乱してますからね。降って湧いたエリック兄上の結婚話で手一杯みたいなので、僕はシルヴィーの傍《そば》でおとなしくしておきます」

しれっと言って、俺を寝台に引《ひ》き摺《ず》り込《こ》む。全然おとなしくなんてしていないじゃないか！

「ひゃ……やっ……なに舐《な》め……」

「昼間つけた、所有印の上ですよ」

分かっているけど、なんでいきなり舐《な》めてるのかを聞いているのであってな⁉

フレディのおでこをグイグイと押して、首筋から唇を離す。

もうちょっと、こう、積もる話だってあるだろう。

そこでフレディが動きを止めた。寝台の上で俺にのし掛かったまま、切なげに瞳を揺らす。

「会いたかったです」

「俺も」

「怪我、しませんでしたよ」

「ホントによかった」

何をおいても、それが一番に嬉しい。

「あなたの温《ぬく》もりに包まれる日を楽しみに帰ってきました」

「スニャータに可愛い女の子、いた？」

「あなたほど、身が焦《こ》がれる想いを感じさせてくれる存在はありませんよ」

ずるいなぁ、俺。

フレディは絶対に、俺を嬉しがらせることしか言わないと知っていて問いかけるんだ。

「ん……俺のこと、また抱きたいって思ってたか？」

「いつだって」

「じゃあ、いいよ。……明日、仕立て屋が来るから、三日三晩は駄目だけど」

俺のことを抱きに帰ってこいって言っておきながら、いざ帰ってきたら知らんぷりなんてできないよなぁ。それにしてもあれから状況が変わりすぎている。気付いたら伯爵の息子だもんな。

「あ……、んはッ」

ゆっくり手のひらで脇腹を辿《たど》られて、変な声が漏れる。おっさんの喘《あえ》ぎ声《ごえ》なんて気持ち悪いだろうに、コイツは聞きたがる。

「可愛い声。もっと聞かせて」

ほらな。可愛いかどうかは置いておくとして……

恥ずかしいからあんまり声は出したくない。だから腕を伸ばして首にかけ、フレディの顔を引き寄せた。

「口づけはしてくれないのか？」

強請《ねだ》る。

願いはすぐに叶えられて、唇が押し当てられた。数度小鳥の口づけが繰り返されて、俺は堪《こら》え性《しょう》もなく口を開く。すかさずゆるりと舌が入ってきて、上顎《うわあご》をくすぐった。ぞわりと背中に甘い痺《しび》れが走る。

口を塞《ふさ》がれれば恥ずかしい声は出ないと思ったのに、鼻から抜ける甘えた声で自爆を悟った。

のし掛かってくる胸板が厚みを増している。日にも灼《や》けているし、もう物憂《ものう》げな雰囲気はない。

半年ぶりに会ったフレディは、冗談にも坊ちゃんなんて呼べないような大人の男だ。

くちゅくちゅと舌をからませあって、「んっ」と甘えた声を漏らしながら、必死でフレディを引き寄せる。触れた素肌の熱さに、コイツが本当に無事で帰ってきたことを実感した。

「シルヴィー、蕩《とろ》けた表情《かお》が可愛い。口づけだけでどれだけ感じてるの？」

そう言うフレディだって、熱に浮かされた瞳で見下ろしているじゃないか。俺のモノに押し付けられている芯を持ったデカイのだって、熱《いき》り切《き》って火傷《やけど》しそうだ。

「ひとりでしてました？」

そんなわけあるか！

覚えることが多すぎて頭が破裂しそうだった半年間は、そんな余裕なんてなかったさ！

「ふふ、僕はしてましたよ。猛《たけ》った日は、あなたの可愛いイキ顔を思い出しながら」

知りたくなかった。……でも、戦場にいたなら仕方がないか。商店街の青年部の連中が、喧嘩《けんか》の後は娼館に繰り出していたのをふと思い出す。

「もう……俺がいるだろ？」

「可愛いこと言わないでください！」

「ひゃあッ」

可愛い言いすぎ！　そんで鎖骨《さこつ》に噛《か》み付《つ》くな！　心構えをしていなかったから変な声が出ちゃっ

ただろう⁉

上半身をこれでもかと愛されて、所有の証《あかし》をたくさんつけられる。ほったらかしの下半身が疼《うず》いた。フレディの滾《たぎ》りも今にも弾けそうなのに、緩やかな愛撫《あいぶ》が続く。

もどかしすぎて勝手に涙が出る。俺は胸をいじるフレディの手を掴んで後ろに導いた。もとよりフレディの大きな身体が居座っているから、足は全開だ。

「もっと……ガツガツ、来いよ。貪《むさぼ》ったら、壊れるとか……あ、んん……考えなくて、いい、からッ」

ようやく指が受け入れる場所にあてがわれて、優しく外側をなぞられた。

「ひとりでしてないって言ったので、ゆっくり慣らしていこうかと」

そっちの話だったのかよ⁉　てっきり前のことかと思ってたよ！　後ろなんてもっと、ひとりじゃしねぇわ！

「香油を取りますから、ちょっと待ってくださいね」

顳顬《こめかみ》を唇でかすめてから、フレディは体を伸ばしてチェストの引き出しを漁《あさ》る。くっそ、楽々届いていやがる。

おとなしく待っているのも恥ずかしくて顔を背《そむ》けた。フレディが離れると、汗ばんだ身体との間に隙間ができて、ひやっとした風が流れる。たったそれだけのことが寂しい。

爽《さわ》やかな柑橘《かんきつ》系の香りはいつもの香油だ。いつものって言うほど回数を重ねたわけではないけれど。

腹の上に垂らされて、滑り落ちるのを手のひらが追いかける。屹立《きつりつ》の根元に溜《た》まった香油を塗り込めるように握り込まれた。

大きな手が俺のモノを包み込んでぬちぬちと刺激する。前に気を取られているうちに後ろにも指が這《は》わされて、そっちもやっぱり垂れ落ちる香油を塗り込められた。

甘ったるい声がずっと、部屋に響いている。うるさいなんて思うなら、俺が口を閉じればいい。

「……きついですね。可愛い」

そこで可愛いって付け加える意味が、さっぱり分からん。

増えた指は丁寧に入り口を弛《ゆる》めながら、少し先にある快楽の痼《しこり》をあやしてくる。迫《せ》り上《あ》がる逃げ出したいほどの官能は、俺を捕まえて離さない。

「僕だけしか、知らない身体です」

くちゅんと音を立てて指が抜かれて、すぐに熱い滾《たぎ》りがあてがわれる。俺の身体はこの熱い楔《くさび》に貫《つらぬ》かれる歓《よろこ》びを知っている。

「あああああぁぁッ！」

眼裏《まなうら》が白く染まる。

背中がこれでもかと撓《しな》り、突き出した胸先にねろりと白い体液が飛んだ。

「フレディ……ッ」

視界がチカチカしてはっきりしないので、両手でフレディを探す。すぐに手が取られて逞《たくま》しい身体に導かれた。

「ここにいますよ。世界で一番近いところです」

「一番近い？」

「あなたの胎内です」

胎《はら》の中でどっしりと存在を主張しているのは、間違いなくフレディだ。

「傍《そば》に……いる。ホントに………」

半年の間、手紙は許されなかった。届け先を追跡されたら潜伏《せんぷく》先がバレる可能性があるためだ。思い出すと寂しさが募《つの》って、脳裏からフレディを追い出すように勉強した。……でも、詰《つ》め込《こ》む知識は全部、俺がフレディの傍《そば》にあるためのもので、結局、一瞬たりとも忘れられなかった。

「う……ん、あふっ……んぅ」

胎《はら》の中を往復する熱源が俺を灼《や》く。

焼《や》け爛《ただ》れて苦しいのに、この熱を離したくない。

「可愛い、可愛い、シルヴィー。こんなに綺麗になって、ほかの男に魅力を見せつけるなんて、許しませんからね」

肌に指が吸い付くようだとか、髪の毛が艶《つや》を放って輝いているとか、唇がふっくらとして食べてしまいたいとか、訳の分からないことを繰り返し言いながら、フレディは激しく俺を揺さぶる。

入り口から最奥まで感じる場所を容赦《ようしゃ》なく全部舐《な》められ、浅い呼吸を繰り返す胸がひりついて痛いくらいだ。

何度イッたか分からない。

吐き出しすぎて何も出なくなって、それが腹の上で乾いて青い匂いを放っても、フレディの抽送は終わらなかった。

「胎《はら》ん中……フレディで、いっ……ぱい」

吐き出される度、沁《し》みるような快感に震える。

フレディに伸ばした腕をふと見ると、紅《あか》い斑紋が散っていた。

所有印……

本当に帰ってきたと実感が湧く。

「叶わないのは……分か……ってる……ッ！」

口づけを強請《ねだ》りながら、必死に言葉を紡《つむ》いだ。

「もう……どこにも、行かないで………っ」

おっさんを本気にさせたくせに、不安になんてさせるんじゃない。

でもちゃんと分かっていた。だから、言ってみただけだ。

未来の宰相閣下は、必要があればどこにでも行くだろう。

「可愛い、可愛いッ」

行かないでと強請《ねだ》る俺を可愛いと言っても、行かないと約束はできないんだろう？　寝台の上でさえ、嘘はつかないんだな。

でもな、お前が帰ってくるのはここだ。

俺の一番近くに帰ってこい。

それだけは、譲らない。

§

仕立て屋姉が鼻血を噴いてぶっ倒れたのが、遠い昔のようだ。実はそんなに前の話じゃないけど。

王太子一行が帰還した翌日。王城の内宮の客間で一泊した俺は、朝からの約束をずらしてもらう羽目になった。どえらいことをしてしまったせいである。

しかし実は、仕立て屋が来るのは午後だった。エルが言うには朝一番って言っておけば、フレディが加減するかと思ったんだと。

奴も加減したつもりだったみたいだけどな、遠征で無駄に体力がついて、以前よりも持久力……、いや、全部言うのはよそう。

午後になって王妃の間の茶話室《さわしつ》で顔を合わせた、姉のスージーは、「ふぉーッ」と叫んで鼻血を噴いた。弟よ、強く生きてくれ。

俺は今、自力で歩けない。昼に一旦宰相府から帰ってきたフレディに、抱っこで運ばれたのだ。昼まで寝たぶん俺のほうが元気なはずなのに、どうなっているんだ若造の体力。

エルはニヨニヨ笑っているし、何故《なぜ》かいる王太后様と大公妃様はやたら張り切っていた。

そんな騒動の中で何枚かの意匠画から納得のいくものを選んで、現在、裁縫師のトーマスが誠意製作中だ。採寸の時は所有痕が恥ずかしすぎたけど、みんなの意識が鼻血を垂らして悶《もだ》えるスージーにもっていかれて助かった。

俺が知らない間に聖堂の予約が恙《つつが》なくなされ、酒場はジャネットが景気良く開放してくれた。

聖堂の式より先に酒場で行われた祝いは、王太子殿下が学友たちと一緒に幹事をするという、訳の分からんことになる。ホーパエル伯爵一家やガウィーニ伯爵一家も顔を出して、学問所の子どもたちと大騒ぎをして親睦《しんぼく》を深めた。……アイリス様が大きなお腹《なか》でコケかけて、宰相様が真っ青になっていたけど。

エルが王様とやってきた時は、飲んだくれた商店街の連中はもはや驚きも感動もせず、ジャネットと三人の姉ちゃんが適当に出迎えていた。なんか、すまん。

肉屋の父さんがひとりでオイオイ泣く。親不孝したかなぁと切なくなったのに、誰とも結婚しないで爺さんになって甥《おい》っ子《こ》に面倒を見てもらう将来しか思い描けなかったので、フレディがいてくれてよかったと言った。……なんか、こっちもすまん。

「坊ちゃん……ありがとう。ありがとう」

男泣きかよ。

母さんはニコニコして父さんの背中をさすりながら言う。

「幸せになおなり」

感動している俺を尻目に、よく分からん一団が結構な深酒をして管《くだ》を巻いていた。

「アッチかよ！　一発くらいお願いできたかもしんねぇじゃん！」

「ずーーっとエルのこと好きだったから、コッチだと思って諦めてたのに！」

アッチってそっち？　コッチってどっち？

「……シルヴィー、あそこには近づいちゃ駄目ですよ」

「あんまり酒強くないから近づかないよ。飲まされたら絶対潰れる」

「そうしてください」

フレディにいつになく真剣に言われて、よく分からないままに頷《うなず》く。

そして騎士団長は、ちゃっかり赤い顔のエリック様の腰を抱いてグラスを傾けていた。騎士はザルが多いって聞いたから、一緒にいる文官のエリック様、潰されるんじゃね？

そんな楽しくて混沌《こんとん》とした祝酒から半月後、聖堂での結婚式に臨《のぞ》んだ。

エルが結婚式を挙げた大聖堂は伯爵位では流石《さすが》に許可を貰《もら》えなくて、国で二番目に大きな聖堂で行うことになってホッとした。それでも肉屋の倅《せがれ》が度肝を抜かれるのに充分な絢爛《けんらん》豪華さだ。

聖堂の控室に、何故《なぜ》かエルがいる。

「……后子《ごうし》殿下は式に参列できない決まりなんじゃ？」

「式には出ないよ！」

詭弁《きべん》だ。控え室に入り込むなんて式に出るより、親しさを強調している。后子《ごうし》殿下がディンチ伯爵家に肩入れしているって思われたらどうすんだ。

「バレなきゃいいんだよ」

……バレるだろ。

バスチアンさんと、子爵家からついてきてくれた若い侍従さんがふたりと、エルが連れてきたウィレムさん。男の着替えに何人必要なんだ⁉　ちなみに衣装に調整が必要になった時のために、仕立屋のトーマスが裁縫道具持参で待機している。

「ねぇ、シルヴィー。俺だってね、リュシー様と結婚すること、そんなにあっさり決めたわけじゃないよ。大っ嫌いな前の王様の息子だし、本人も王様だし、生まれも育ちも違いすぎて、正直言って面倒くさいじゃないか」

王様のお妃様なんてたしかに面倒くさい。伯爵夫人になるよりずっと。

「でもね、そんな面倒くさいアレコレを全部取っ払ったら、リュシー様が好きって気持ちしか残らなかったんだ」

エルが甘やかに微笑《ほほえ》んだ。

甥《おい》っ子《こ》のリューイの母親代わりから、エスターク全ての臣民の母になった俺の幼馴染《おさななじ》みは、崇高《すうこう》な志《こころざ》しがあるわけでなく、リュシフォード陛下への愛だけを胸に后子《ごうし》になった。

「だからね。シルヴィーも難しく考えなくていいと思うよ。フレッド君のことを好きで好きでたまらないことだけ、大事にしてればね」

世界は愛でできているなんて、そんな夢物語はないけどね。

なんて、ぺろりと舌を出すエルが、たまらなく愛《いと》おしい。その感情はフレディに向かうものと違い、穏やかな広々とした春の空みたいで、父親が我が子に向けるような、兄が弟に向けるような、柔らかな愛だ。

一方でフレディを思い浮かべた時に胸を満たすのは、萌え立つ深緑と夏の陽射しみたいな、濃密で甘く、時に苦しい想い。

「エル、俺の大事な幼馴染《おさななじ》み。抱き締めてもいい？」

「ふふふ、勿論《もちろん》」

小柄で妖精めいた幼馴染《おさななじ》みを抱き締めた。俺はこの細くて頼りない肩が、国を背負うに足る頼もしいものだと知っている。

「王国の頂点は国王陛下で、エルはその后子《ごうし》殿下だ。臣民のひとりとして忠誠を誓うよ」

「なんで自分の結婚式の日なのに、俺に忠誠なの？　そこはフレッド君に愛を誓うところでしょ？」

「俺なりのけじめかな」

貴族の一員としてエルに侍《はべ》るってことは、市井《しせい》に逃げ帰らないという決意だ。つまりだな、フレディの隣から一生離れないってこと。

「よく分かんないけど、シルヴィーが覚悟決めたんならいいや」

エルの腕が背中に回って、ぽんぽんと叩く。

しばらくそうして抱き合っていると、遣いの神父様が「時間です」と厳《おごそ》かに告げた。

「次に会う時は、奥さんだね。いってらっしゃい……それから、おめでとう。幸せになって、俺の親友！」

涙ぐんだエルに見送られて控室を出る。俺の眦《まなじり》が熱いのは見ないふりをしてくれ。バスチアンさんたちが、長く引いたトレーンを持ち上げて足捌《あしさば》きを助けてくれる。

長いトレーンは、エルが流行《はや》らせたんだそうだ。男性向けの花嫁衣装は、男性らしさと華やかさが求められるため、上衣の裾《すそ》から流れ落ちるトレーンが、どうしたってドレスのボリュームに負けがちな男性用衣装に華を添える。

回廊を神父様に先導されて歩いていて、ふと進路を逸《そ》れているのに気付く。下見の時は真っ直ぐ歩いた回廊なのに、庭に向かっているようだ。

「どうぞ、あちらにお手を振って差し上げてください」

神父様が指し示した先にいたのは——

込み上げる笑いを抑えるのが辛《つら》い。

だって。

「なんで聖堂の庭で、ピクニックなんだよ」

肉屋一家がリューイと一緒に、敷布の上で軽食を摘《つま》んでいる。三人の姉ちゃんの子どもたちは、美しく手入れされた樹木に容赦《ようしゃ》なく登り、きゃあきゃあと笑い声を上げていた。それを少し離れたところに用意されたテーブルセットから王様が見ている。

酒場の祝酒にも劣らぬ混沌《こんとん》ぶりだ。

「あーッ、シルヴィー兄ちゃんだぁ！」

「うわぁ、綺麗だねぇ」

イージャが俺を見つけて大きく手を振って、リューイがにっこりする。

平民の肉屋一家は参列を遠慮した。王族は一部の貴族に肩入れしてはならない。エルとリューイは偶然を装《よそお》って聖堂の庭を散歩する手筈《てはず》だったのに、まさか肉屋一家を連れてピクニックだなんて。

煌《きら》びやかな格好を見られるのは恥ずかしいけど、やっと親孝行できた気がする。やっぱり姉ちゃんたちは爆笑して、父さんは号泣して、母さんがその背中をさすっていた。

「フレディの発案だよ！」

リューイが嬉しげに教えてくれる。

ちくしょう、若造どもが俺を泣かせにかかってくる。

聖堂の入り口では義父上《ちちうえ》とフレディの姪《めい》っ子ふたりが待ち構えていて、いよいよ入場だ。義父上《ちちうえ》に手を引かれて姪《めい》っ子《こ》ちゃんにトレーンを捌《さば》いてもらいながら、開いた扉の中に進む。

美しい木目と漆喰《しっくい》と、黄金《きん》。大聖堂とやらはもっと凄《すご》いらしい。

祭壇の前で俺を待つのは、チェリーブロンドを背中に流した美しい若者だ。再会した時は物憂《ものう》げな美しさだったのに、すっかり凛々《りり》しくなって、威風堂々《いふうどうどう》と立っている。

笑いさざめく参列者の真ん中を歩ききると、義父上《ちちうえ》が俺の手をフレディに託す。

「まだ親子になりきれていないのでな、たまには母屋《おもや》に寄越してくれ」

「はい」

結局お式の準備のため義父上《ちちうえ》は奔走《ほんそう》し、俺は衣装合わせに缶詰になった。親子の絆《きずな》はおいおい育《はぐく》もうと思う。

そして実はフレディとも五日ぶりくらいに会う。彼は挙式後に新婚休暇を取るために、働《はたら》き詰《づ》めだったのだ。

正装姿がとても凛々《りり》しくて心臓が跳ねた。

「シルヴィーが綺麗すぎて、言葉が見つかりません」

うっとりと見つめられて、俺はそうだろうと頷《うなず》く。いや、だって、バスチアンさんとウィレムさんの渾身《こんしん》の作品だよ。あと、トーマスとスージー。肉屋の倅《せがれ》の原形をとどめていないから、俺も素直に綺麗だと言える。

「夜になったら、化けの皮が剥《は》げるけどな」

風呂に入って寝間着に着替えたらいつもの俺だ。

「化けの皮は剝《は》がれませんが、夜着は僕が剝《は》ぎ取《と》りますよ」

若造め、神聖な場所で何をぬかす。

ふたりで顔を見合わせて笑って、義父上《ちちうえ》から離れた。

夜の繁華街を泣きながら歩いていた迷子の坊ちゃんが、俺を抱き上げるほど大きくなった。

『大人になるまで、待っていてください』

決意を込めた眼差《まなざ》しを本気にしたわけじゃなかったけれど、フレディは真っ直ぐに俺のもとに駆けてきた。

『もう子どもじゃないから、覚悟してください』

そう言った可愛いフレディ坊ちゃんは、俺の生涯の男になった。

「お前こそ、俺を本気にさせたんだ。覚悟しとけよ」

もう、俺のものだ。誰にもやらない。

永遠の愛を誓う口づけは、俺のほうから奪ってやる。

そう決めた。

番外編　伯爵家の団欒《だんらん》。

ディンチ伯爵家の屋敷の敷地は広い。母屋《おもや》のほかに代々の後継が新婚時代を過ごしてきた離れがあって、現在は後継を失った伯爵を継ぐ中継ぎの養子である俺——シルヴェスタが婿《むこ》と一緒に住んでいる。

中継ぎとはいかにも蔑《ないがし》ろにされているような耳触《みみざわ》りな言葉だが、実際には打算と幸福を追求した、誰もがお得な養子縁組である。

否、誰もがではないか？

たったひとり、割に合わない重労働を強《し》いられているのが俺だ。

「も、無理イッ……んんぅ、あぁッん」

「無理じゃないですよ、シルヴィー。こんなに上手に僕を呑み込んでいるじゃないですか」

「俺の年齢、考えろよ！　あ、やっ、明日は、義父上《ちちうえ》と朝食の約束、がぁ……あ、あ、あ」

「閨《ねや》で他の男の話をするなんて、ひどい奥さんですね」

「やっ、そこ、凄《すご》いから……ッ、ダメ、そこやめろッ」

「どうして？　こんなに気持ち良さそうなのに」

「だからだろうッ⁉」

立場上入《い》り婿《むこ》のフレディは、新婚夫婦は毎日営《いとな》むものだと言って慣れない俺を寝台に縫いとめた。なんだかんだと歳下《としした》の夫に言いくるめられて、あっさりと寝間着を脱がされる日々である。

だいたいこの寝間着が悪い。肩はずり落ちるし、指が出ないから押しのけるのに袖が邪魔だし、ズボンがないからすぐに下から手を入れられる。フレディしか知らない肌はすぐに快楽を拾ってぐずぐずになるのだ。

俺は今日も下着を剥《は》ぎ取《と》られて身体中に唇を落とされ、あっという間に追《お》い詰《つ》められた。コイツはすぐに下半身に手を這《は》わせるなんて真似はしない。

「だって僕だけの快楽を追いかけたいわけではないですから。シルヴィーが気持ち良くなってくれるのが嬉しい」

なんて言いながら上半身を丁寧に愛撫《あいぶ》する。唾液が飲み込めないほどの口づけは胎《はら》の奥を疼《うず》かせた。喘《あえ》ぎながら段々と腹が立ってくる。

「俺だって、俺だけ気持ち良いなんてごめんだ。フレディも気持ち良くなれよ」

長い袖口で口を覆《おお》って口づけを阻《はば》みながら抗議する。

「じゃあ、後ろの入り口、弛《ゆる》めてもいい？」

「お前ッ！　恥ずかしいこと言ってるんじゃない！」

「駄目ですか？」

「…………いいに決まってるだろ」

自信なさそうにフレディが眉毛を下げたので、顔を背《そむ》けて許可を出す。最近、フレディが捨てられた子犬のように振る舞うのは、意図的ではないかと疑い始めた。行為の真最中は問いただす余裕がないけどな！

「シルヴィー、愛してます」

「……………俺もだよ」

囁《ささや》きを合図に香油を纏《まと》ったフレディの指が後孔に差し込まれた。柑橘《かんきつ》の甘くて爽《さわ》やかな香りが体温で薫《かお》る。夜毎夫を受け入れている場所が柔らかく指を喰《は》んで、クチュリとかすかな音が立った。

上半身以上に後孔を丁寧に愛撫《あいぶ》されて、触られてもいない前が何度も精を吐き出す。連日愛された身体は素直に官能を拾う。

気持ち良すぎて馬鹿になりそうだ。頭を抱えるようにしがみつきながら、腰を揺らした。勝手に揺れるんだ、ちくしょう。羞恥《しゅうち》は覚えるものの、この官能から逃れる術《すべ》はない。

「も、寄越せ！」

甘い地獄から逃げたい一心で強請《ねだ》った。指じゃない。もっと力強いもので最奥を満たしてほしい。

「ふふっ、言いましたね？」

フレディが艶《あで》やかに笑った。しがみつく俺の腕をやんわりとはずして両足を抱え上げる。膝《ひざ》立ちになったフレディの太ももに俺の脹脛《ふくらはぎ》が乗っていた。

「貴族の子弟は結婚後に恥をかかないように、閨《ねや》指南があるんですよ。詳細な図解入りの体位覚書きが載っている教本が、とても刺激的なんです」

「艶本《えんぽん》か？」

のしかかる夫を見上げて首を傾《かし》げた。どこか舌足らずにも聞こえる口調のせいで、すっかり感じ入っていることがフレディにはバレバレだ。

「違いますよ。シルヴィーを気持ち良くさせてあげるための教本です。あなたのあられもない姿を想像しながら勉強しました」

「ん……馬鹿。もう想像しなくても、ここにいるだろう？」

ふにゃりと微笑《ほほえ》むと、フレディの雄が硬度を増した。

「なんなんですか？　その表情、童顔が更に幼く見えますよ」

その滾《たぎ》りを柔らかな後孔にあてがわれて、綻《ほころ》んだ場所が迎え入れる。抵抗もなくエラの張った先端を押し込んだところで、フレディが互いの身体を捻《ひね》って足を交差させた。片足を高々と抱え上げられて、「あぁ」と声が漏れる。

声を合図に深々と貫《つらぬ》かれて最奥を先端でくりくりと押し上げられると、胎《はら》の中が蠢動《しゅんどう》して滾《たぎ》りを締め上げる。

「松葉崩しという体位です。気に入ってもらえたみたいで嬉しいですよ」

穿《うが》たれた衝撃でイってしまった。フレディは前から勢いなく溢《あふ》れる俺の体液を手のひらに受け、見せつけるように赤い舌を出して舐《な》め上《あ》げる。

「馬鹿ぁ……そんなこと言うの嫌いだ…………体位なんてどうでもいいだろ？　俺はフレディを深く感じてるだけで嬉しいのに、お前は違うのか？」

濡れた薄い腹がピクピクと、痙攣《けいれん》が止まらない。俺は悲しくなって眉を寄せた。

フレディが一瞬動きを止めてまじまじと俺を見下ろした後、噛《か》み付《つ》くように唇を奪う。捻《ひね》った身体を無理やり屈《かが》めた不自然な体勢で、喉《のど》の奥まで舐《ねぶ》り唾液を送り込んでくる。俺は必死にそれを飲み込んだ。

「なるべく負担をかけないように、アレコレ阿呆《あほう》なことを考えているんですよ！　僕が無心で貪《むさぼ》ったらシルヴィーが壊れそうだから我慢してるのに、もう知りませんからね!!」

「あ……あああぁぁッ」

言うなりフレディは激しい抽送を繰り返す。俺はのけ反《ぞ》って悲鳴じみた嬌声《きょうせい》を上げた。

香油の瓶を何本も空にし、甘い香りの中にくちくちと濡れた音が響く。嗅覚《きゅうかく》と聴覚が侵蝕された。

「シルヴィー、僕のシルヴィー。もう誰にも触らせませんからね！」

「ああああぁッ」

最奥に突き込んだまま体位を正面に変えると、その衝撃でまた昇り詰《つ》める。ぎゅうぎゅうと熱杭《ねっくい》をしゃぶってしまうのが分かった。フレディは色っぽく眉をすがめてやりすごしたようだ。若造の体力は無尽蔵で、俺の呼吸が整うのを待たずに突き上げを再開する。

焦点が定まらない眼で見上げると、眦《まなじり》に舌を這《は》わせてきた。

「可愛い、赤くなってるよ。こんなに蕩《とろ》けてる」

「……フレディ、お前も、イッて……熱いの、欲しい」

力の入らない腕で必死に縋《すが》り付《つ》くと、フレディは俺を焦《じ》らすことなく情熱を吐き出す。

掠《かす》れた細い声が唇から漏れる。感じすぎてヤバい。広がる情熱を受け止めた衝撃で再び達した。

「胎《はら》の奥……お前でいっぱいだ」

広がる多幸感で胸がいっぱいになって、密着した腹の隙間に手を入れて臍《へそ》の下を撫《な》でた。ここにフレディがいるんだ。うっとりする。

「だから、あなたは!!」

フレディが苛立《いらだ》たしげに声を荒らげた。

「あれ？　なに？」

胎内で力を取り戻す滾《たぎ》りに気付く。急に何が起こった？

「も、無理ィッ」

母屋《おもや》で生活する義父上《ちちうえ》との朝食の約束を思い出して、のし掛かってくる身体を押しのけようとする。けれど散々達した身体には力が全く入らない。中途半端《はんぱ》な抵抗は若造の狩猟本能を煽《あお》ったようだ。

「俺の年齢、考えろよ！」

「僕の年齢も考えてくださいね」

コイツ、俺への執着心が半端《はんぱ》ない！

力を取り戻した滾《たぎ》りで濡れた奥を探《さぐ》るように掻《か》き回《まわ》されて、俺はすぐにぐずぐずになった。

などという夜を過ごした翌朝。

商店街の朝は早い。生まれて三十年、早起きを早起きとも思わずに爽《さわ》やかに目覚めていたはずだったのだが。

「おはよう、シルヴィー。今日もお寝坊さんですね」

前髪を掻《か》き分《わ》けられた。額《ひたい》に落とされる小鳥の囀《さえず》りめいた口づけで起こされる。

甘やかな声音は目覚ましには向かない。うっすらと開きかけた瞼《まぶた》が再び落ちた。甘さと温《ぬく》もりに包まれてとろとろと微睡《まどろ》むのは至福だ。

いかん、起きねば。肉屋の朝は早い。ジャネットの旦那が酒場のメニューで使う牛骨を仕入れに来る前に……って、違う、そうじゃない。

「誰のせいで寝坊だ」

今度こそ目覚める。ここは長く過ごした商店街の肉屋の二階ではなく、上品で高価な調度で整えられたディンチ伯爵家の離れだ。結婚してからずっと、肉屋の倅《せがれ》の常識的には言語道断《ごんごどうだん》な時間にしか起きられない。それもこれも夫であるフレディが毎晩どえらいことを仕掛けてくるせいだ。昨夜も散々貪《むさぼ》られた。

十二歳の年の差は大きい。主に体力面で。二回気をやるくらいまでは会話が成立しているが、その後はのしかかってくる身体にしがみ付くので精一杯だ。愛されているのは理解したが、毎回、前後不覚に陥《おちい》るのはいただけない。

「もう少し眠りますか？」

「起きる」

優しげな声で気遣ってくるが、お前のせいだ。コイツは自分で分かっていて嬉しそうに微笑《ほほえ》んでいる。フレディは起き上がるのを手助けしてくれたが、とにかく距離が近い。なかば抱き締めるように身体を支えられて、耳元に彼の吐息がかかった。

「僕が原因であなたが色疲れしているのは、なんとも言えませんね」

い、色疲れ。朝の爽《さわ》やかな光の中に淫靡《いんび》な単語を持ち込むのはやめてくれ。そしてどさくさに紛《まぎ》れて耳を甘嚙《あまが》みするな。反射的に肩がびくりとなるのを意思の力で押しとどめ、腹に拳《こぶし》を叩き込んでやった。最近覚えた殴る蹴るは、もっぱら夫であるフレディに向けられている。

「可愛いなぁ。仔犬みたいです」

……俺の拳《こぶし》はまるで効いていないようだ。硬《かた》い腹筋が憎たらしい。それにしても三十歳をすぎたおっさんに向かって、仔犬はない。

「馬鹿なこと言ってないで、起きよう。朝食は義父上《ちちうえ》たちと一緒にとる約束だろう？」

「新婚の間くらい、遠慮してくださればよろしいのに」

寝台から裸足を下ろした俺の腹に、フレディの腕が回される。流石《さすが》に引き戻されたりはせず寝間着の上から腰に口づけを落とした後、離れていった。

フレディも諦めて起き上がるようだ。見計らったように、侍従のバスチアンさんが寝室に入ってきて、聖者の微笑《ほほえ》みで朝の挨拶《あいさつ》を寄越す。相変わらず年齢不詳だ。彼は俺とフレディの結婚を機に勤め先をディンチ伯爵家に変えた。禄《ろく》も伯爵家から支払われている。

「本日のご朝食は、母屋《おもや》でお義父上方《ちちうえ》とお召し上がりになるお約束です」

バスチアンさんはフレディに向かって釘を刺すように言った。約束を反故《ほご》にする原因は、大抵フレディだからだろう。

「分かってるよ」

フレディが唇を尖らせた。バスチアンさんはそんな彼を軽くいなして、俺をパウダールームに促《うなが》す。着替えなんてどこでしても同じだと思うが、貴婦人は夫の前ではしないものらしい。

貴婦人……誰だ、それ？　なんて思いながら立ち上がりかけて失敗した。腰から崩れて分厚い絨《じゅう》毯《たん》に尻をつく。

「シルヴィー！」

切羽《せっぱ》詰まったフレディの声。

「……誰のせいだろうな？」

掠《かす》れ具合もあって、詰《なじ》る声は心底恨めしげになった。当然だろう。

こうして俺は、義理の父母の前に新婚の夫に抱きかかえられて現れる羽目に陥《おちい》った。厳しい表情が基本形態の義父上《ちちうえ》から生ぬるい視線を送られる羞恥《しゅうち》に、息も絶え絶えに朝の挨拶《あいさつ》をするしかない。

情けなく掠《かす》れた声に、義父上《ちちうえ》の顳顬《こめかみ》がピクリとしたのは見ないふりをする。

「私の休みの日くらい、親子の交流を深めさせてもらってもいいのではないか？　どう思う、婿殿《むこどの》」

「婿殿《むこどの》だなんて、フレッドと呼んでください。義父上《ちちうえ》」

フレディは侍従が引いた椅子に俺を優しく下ろすと、離れ際にちゅっと唇で頬を掠《かす》めた。

「……私の養子は暫《しばら》く母屋《おもや》で休養したほうがいいのではないか？」

「なんのご冗談ですか？」

義父上《ちちうえ》がむっつりと言い、フレディは爽《さわ》やかに微笑《ほほえ》む。義母上《ははうえ》はそんなふたりをにこにこと眺めている。

テーブルには肉屋では想像もつかないお洒落《しゃれ》な朝食が並ぶ。食事の仕方はもともと及第点を貰《もら》っていたので気にせずスープから頂いていると、義父上《ちちうえ》からびっくりすることを提案された。

「婿殿《むこどの》よ、シルヴェスタを連れて領地へ行ってくれぬか？」

領地って、ディンチ伯爵家の所有する土地のことだよな。

「視察ですか？」

「それもあるが、まずはシルヴェスタの披露目をせねばならん。現在ディンチ伯爵領の管理は、私の従弟《いとこ》とその息子が担《にな》っておる。優秀な代官ゆえ任せておいて問題はない。従弟《いとこ》は挙式に参列していたが、覚えておるか？」

「義父上《ちちうえ》から髭《ひげ》をなくして、少し体格を豊かにした方ですね」

義父上《ちちうえ》の問いにフレディは難なく答えた。凄《すご》いな、俺なんてあの日はいっぱいいっぱいで、どのひとが義父上《ちちうえ》の従弟《いとこ》なのか思い出せない。

「長いこと継嗣《けいし》がおらず、領民も気を揉《も》んでいたことだろう。安心させてやってくれ」

義父上《ちちうえ》の表情は変わらない。それでも彼の脳裏には、十三年前に毒杯を賜《たまわ》ったひとり息子が浮かんでいることだろう。義母上《ははうえ》の微笑《ほほえ》みからも、先ほどまでの朗《ほが》らかさが消えている。実際は息子は生きていて、彼の子どもが俺たち夫婦と養子縁組することになっていた。その計画がなけりゃ、俺が中継ぎとしてディンチ伯爵家の養子になる必要もなかったのだ。

そんな国ぐるみの裏の話は代官や領民には秘密だった。跡取りがいないなんて、不安で仕方がないだろう。

そんなわけで俺とフレディの領地訪問が決められた。仕入れ以外で王都から出るなど考えたこともなかったので、ポカンとするしかない。実家の肉屋でも店を閉めて旅行しようなんて、誰も言い出さなかったし。

「まぁ、その。新婚旅行だと思って行ってきたまえ」

「ありがとうございます」

渋々といった様子の義父上《ちちうえ》と満面の笑みで返事をするフレディの温度差が凄《すご》い。

それにしても養子の披露目というなら、何故《なぜ》義父上《ちちうえ》と一緒じゃないのだろう。

俺の疑問が透《す》けて見えたのか、義父上《ちちうえ》は「やはり腹芸はできぬか……」と前置いてから理由を教えてくれた。

「婿殿《むこどの》との婚姻前では、シルヴェスタの前に釣り書きが積み上がったであろうな」

釣り書きって、お見合いの身上書だよな？　俺宛に？

「……俺、平民上がりですよ？」

「だからだ」

なるほど、御し易《やす》いと。

「それで婚儀を急いでくださったのですか」

フレディが頭を下げた。食事中だからちょっとだけ。

この場合の釣り書きは女性も含まれるだろう。むしろ遠縁の女性ならディンチ伯爵の血が残せる。フレディに爵位を与えるのは宰相府の都合であって、ディンチ伯爵家に得はない……表向きは。俺たちの養子になる子が直系の孫だとは知らないからな。

俺の披露目と言いつつ、フレディの披露目だ。婿《むこ》の有能さを領民に知らしめるってことか。

俺はゆっくりと与えられた情報を咀嚼《そしゃく》し、呑み込んだ。なんとか理解したところで、止まっていた食事を再開する。

「ふむ。やはり頭はいいな。表情《かお》に出るのが如何《いかん》ともしがたいが」

「そこが可愛いんですよ、義父上《ちちうえ》」

舅《しゅうと》と婿《むこ》はそれぞれ満足そうにしている。そんな彼らを放って、降って湧いた初めての旅に俺の心は囚われたのだった。

領地を持つ貴族は王都で職に就いていない限り、領地と王都を行ったり来たりで生活すると習った。別に用事がなけりゃ領地に引っ込んでいてもいいらしいが、そこは貴族社会。引きこもっていては社交ができないので、王族の誕生日や新年の夜会を目安に王都に出てくるそうだ。

俺が養子に入ったディンチ家の当主は、現在外務大臣の役目を賜《たまわ》っている。数年に一度視察と称して自領に帰るが、基本は王都にいた。そうでなければ外遊で国内にいないので、領地でのんびりする暇はないらしい。代官を任せている従兄弟《いとこ》が領地を管理して、季節毎にその報告に来るとのことだ。

王都の大通りはエルフィン后子《ごうし》の号令のもと、馬車道と歩道に分けられていた。

街の人々は道路が整備された当初、『歩道』ってなんだ、道は道だ。歩く専用って意味が分からない、と首を傾《かし》げたり文句を言ったりしていた。だが、商店街の連中は、エルの両親が暴れ馬に轢《ひ》かれて亡くなったのを知っていたので、面倒に思いながらも彼の思いを汲《く》んで決まりに従った。

すると、劇的に事故や事件が減ったのだ。子どもや年寄りが怪我をしなくなったのは当然として、破落戸《ごろつき》が減ったのにも驚いた。通報があるとすぐに警邏隊《けいらたい》の馬が全速力で駆けつけてくるので、あっさりお縄になるのだ。

そんな整備された街道を、伯爵家の馬車に乗って領地に向かう。

四頭立ての馬車は大きかった。横に並んで四人は座れそうな座席が向かい合わせでふたつ。乗っているのは俺とフレディだけだ。この座席は旅籠《はたご》に泊まれない夜、板を渡して寝台になる。上げ底になっている床下は外から開く収納になっているし、天井と屋根の隙間も物入れになっていた。駅《ぎょ》者台《しゃだい》の後ろにも大人の男が横になれるほどの隙間があり、長旅のための馬車だ。

今回の旅には女性が同行しないので、侍従用の馬車は一台である。義母上《ははうえ》が領地に戻る時は身の回りを世話する侍女が三人以上付くので、男女別に複数台の馬車が必要らしい。

旅行って大掛かりだな。カッツェンの野郎、逃亡のためとはいえスニャータからエスタークまではるばるとご苦労なことだ。

流石《さすが》のフレディも移動中は恥ずかしいちょっかいをかけてくることはなく、車窓から見える景色を見ながらエスタークの国政を説明してくれた。この旅では机上で習ってきたことを、実際に目で見られる。

道が整備されて追《お》い剥《は》ぎが減ったとか、農産物の輸送が楽になったとか、農場の若大将に聞いていた話と繋がって驚く。民の生活の豊かさは、地方に行くほど、治める貴族の善し悪しにかかっている。

「王都に近い領の民なら直訴も可能ですが、遠方となるとそうはいきませんからね。悪政を黙って受け入れるしかありません」

それもこれも、先王の時代の出来事だ。俺が子どもの頃の話だから、フレディにとっては赤ちゃんの頃。いや、生まれてすらいなかっただろう。市井《しせい》で目に映るものだけを信じて呑気に暮らしてきた俺とは違い、フレディは国全体のことを勉強している。

「フレディがティルティスに行っている間、詰《つ》められるだけ詰《つ》めたつもりだったけど、まだまだだなぁ」

「僕だって、子どもの頃何度か王都と領地を行き来して、肌で感じることができたんです。シルヴィーはこれからですよ」

そういえば子爵領の土産《みやげ》をくれたこともあったな。エルからもランバートさんの実家の土産《みやげ》のお裾《すそ》分けと称して、珍しい果物を貰《もら》った。エルはそんなところからも国の産業を学んでいるんだろう。

一方、領地に入る前に旅籠《はたご》でフレディにのし掛かられた時は、従業員にシーツの洗濯をさせるのが嫌で抵抗を試みた。初めて滞在する領地の居館で致すほうが恥ずかしいことに気付いて諦めたけど。

そんなふうに比較的ゆっくり時間をかけて領地に向かい、六日目の昼に関所を越えた。義父上《ちちうえ》の書状を持った母屋《おもや》の侍従頭が同行しているので、手続きは恙《つつが》なく行われる。

ディンチ伯爵領は王都との距離でいったら中距離である。王都に近い領ほど面積が少なく、工業や商業が盛んだ。辺境に行くほど土地は広くて農業や畜産に頼る傾向にある。その間にあるこの領は、工業と農業が半々くらいなのだそうだ。今馬車を走らせている辺りは農業地帯とのことで、景色が長閑《のどか》だった。

「宰相補佐官殿のご実家は大農場を営《いとな》んでおられます。非常に豊かな土地で、スノー子爵は王都に出稼ぎに来る必要がありません」

宰相補佐官のランバートさんの実家はスノー家と言うのか。それにしてもフレディ、身も蓋《ふた》もないことを言ったな。

「それじゃうちの義父上《ちちうえ》が外務大臣をしているのは、出稼ぎってことか？」

「まぁ、そんなものです。領地の収益は黒字ですが、管理費や防衛費でトントンより少し上です。王都の屋敷の維持費やあなたと義母上《ははうえ》の体裁料は義父上《ちちうえ》が受け取る俸禄《ほうろく》で賄《まかな》っておられますよ」

「え……それじゃあ俺、穀潰《ごくつぶ》し？」

考えてみれば、俺は収入に繋がることを何ひとつしていない。これでも肉屋で働いていた頃は、家計の役に立っていた。今の状況はどうだ？　社交の場でご婦人たちから情報を引き出す義母上《ははうえ》の傍《かたわ》らで、笑っているだけだ。いい年をしたおっさんが情けない……

「駄目ですよ、シルヴィー」

フレディの手が伸びてきた。意味深に俺の頬を辿《たど》って顎《あご》を捉《とら》える。

「あなたが自分を卑下《ひげ》する言葉を紡《つむ》ぐなら、塞《ふさ》いでしまいますからね」

剣を握る皮の厚い親指が、そっと唇を撫《な》でた。官能的な手つきに驚いてフレディの顔に目を向けると、赤い舌で自分の唇をペロリと舐《な》めている。揺れる馬車の中でふたりきり……時間が止まったような気がした。

大人の男の眼差《まなざ》しが俺を射る。

慄《おのの》いて咄嗟《とっさ》に目を瞑《つむ》った瞬間、嘶《いなな》きと共に馬車が急停車した。反動でフレディの胸に飛び込む。そのまま上に覆《おお》いかぶさるように頭を抱えられた。か弱い女性じゃないんだからここまでしなくてもいいと思うが、逞《たくま》しさにドキドキする。

「申し訳ございません！　若旦那様、若奥様、お怪我はございませんか？」

馭者台《ぎょしゃだい》から焦《あせ》った声の謝罪が飛んだ。

「大事ない。何があった？」

「前の馬車が急停車いたしました。何かが飛び出してきたようです」

「バスチアンさんたちは大丈夫!?」

フレディと馭者《ぎょしゃ》さんの会話に思わず割り込む。前の馬車にはバスチアンさんと侍従頭が小姓と一緒に乗っている。

「何が起こっているか確認が済むまで、シルヴィーは動かないで」

らたまらない。

「分かった……」

こういう場面で俺は信用されない。前科二犯だからな。うっかりやらかして、また頭をぶつけたらたまらない。

「絶対に出ないでください」

フレディは俺の額《ひたい》に口づけをしてから出ていった。

俺の夫はいちいち恥ずかしい真似をするので心の臓が保《も》たない。さっきはヤバかったな。危《あや》うく真昼間から口づけを交わすところだった。頬と耳が熱い。おそらく顔が真っ赤になっている。

馬が暴れるかもしれないので、馭者《ぎょしゃ》は馬車から離れられない。旅の一行の責任者はフレディだ。彼はここで報告を待つのではなく、直接確認しに行ったのだろう。

緊迫した気配は感じられない。むしろ賑《にぎ》やかな雰囲気だ。……余計に謎が深まる。

「若奥様。扉を開けてよろしゅうございますか？」

しばらくすると、馬車の外からバスチアンさんの声がした。フレディは「絶対に出るな」と言ったが、バスチアンさんが来たなら大丈夫だろう。そう思って扉に手を伸ばしかけて止める。いかん、自分で開けるところだった。面倒だが座席に座り直してジレの裾《すそ》を整えてから「どうぞ」と言う。これが貴族の奥様の正しい姿だ。重ねて言う、実に面倒だ。

バスチアンさんが乗った馬車が急停車したってことだけど、彼に怪我はないようだ。それよりも、扉を開いたことでよく聞こえるようになった外の音が気になる。

音というか、声。

ベェベェメェメェ、ワンワンキャインキャインと姦《かしま》しい。

羊と牧羊犬だ。たまに馬のブルルッという鼻息が交ざる。

前方で地元住民と王都から一緒に来た護衛たちに交ざって、フレディが羊を捕まえている。

「楽しそうだな」

羊の持ち主であろう地元の男性が必死の形相でいるのに反して、王都からやってきたディンチ伯爵家一行の楽しげな様子はどうだ。特にフレディの笑顔は、子どもの頃のヤンチャ坊主を思い出させる。羊を逃すまいとする黒い毛並みの犬がその周りを興奮して走り回り、大騒ぎだ。

これ以上長引くと、いくら訓練されている馬でも暴れ出すかもな。俺も参戦するしかないだろう。

「フレディ！　俺も行くぞーッ!!」

馬車に閉じ込められて強張《こわば》っていた身体が躍動する。ウジウジしているのは性に合わない。役立たずの穀潰《ごくつぶ》しと悩むなら、できることからすればいいんだ。手始めに、困っている領民の手伝いをしなくちゃな！

「汚れますよ、シルヴィー！」

自分のことは棚に上げて、フレディが言った。めちゃくちゃいい笑顔だ。すでに泥と千切れた草に塗《まみ》れている。何度か転んだな？

「仲間はずれにするなよ！　後で一緒にバスチアンさんに叱《しか》られよう！」

「若奥様、バスチアンでございますよ！」

それ、今言う!?　お約束のツッコミを背中に浴びせられて、ヒィヒィ笑いながら羊を追いかける。

逃げ出した羊たちを荷馬車に全部押し込んだ頃には、汗だくの泥まみれ、草の汁まみれだった。最後の一頭を捕まえた時に、歓声が上がったほどだ。

フレディと隣りあって草っ原に座り込み笑っていると、被っていた帽子を脱いで胸の前で皺《しわ》くちゃに握り締めた中年の男が、平伏する勢いで頭を下げた。馬車に領主の紋が入っているから、俺たちが何者かはすぐに分かったんだろう。

「ご領主様のお身内様に、申し訳ねぇこってす！」

「いや、皆に怪我がなくて何よりだ。荷馬車の柵《さく》はもう大丈夫か？」

羊飼いが必死に謝り、それにフレディが鷹揚《おうよう》に返事をする。領主家の者と領民との会話だ。ガチガチに固まった羊飼いは何度も頭を下げた。しどろもどろに羊の運搬中に檻《おり》の柵《さく》が壊れてしまったと説明する顔色は真っ青だ。流石《さすが》に気の毒になって、横から口を挟んだ。

「王都ではできない楽しい経験でした。でも誰かが怪我をしては大変ですから、羊が逃げないよう、柵《さく》の点検はしてくださいね」

マジで楽しかったし、数日ぶりに太陽の下で身体を動かした。

「お兄ちゃん、凄《すご》いね。羊を担《かつ》ぐの上手だったよ」

「こら！　失礼なことを言うんじゃない！」

羊飼いによく似た子どもがニコニコして言うと、父親が焦《あせ》って口を押さえる。それを制して俺も笑う。

「任せてくれ。実はおじさん、仔牛《こうし》と豚《ぶた》なら担《かつ》げるんだ。羊も担《かつ》げるようになれて嬉しいよ」

「牛も担《かつ》ぐの？　凄《すご》ぉい！　今度見せて！」

「大人の牛は無理だぞ。仔牛《こうし》のうちだけだからな」

「それでも、凄《すご》い！」

子どもの賞賛を受ける俺を見るフレディも笑顔だった。

思いがけず楽しかった時間は終わり、また馬車の中だ。羊飼いはペコペコ頭を下げて、子どもは大きく手を振って俺たちを見送っている。

「求婚を受け入れてくださった日を思い出します」

フレディの隣に腰掛けて肩を抱かれる。家畜と馬車と青空が、あの日の思い出だ。あの時は自分が伯爵家の養子になるなんて思っていなかったよ。

「この旅行は領地の視察もだけど、俺たちの新婚旅行なんだろう？　楽しい思い出が増えたな」

「楽しかったのは確かですが、口づけをしそびれたのが残念です」

口づけ……馬車が止まる直前のアレか。

「馬鹿、ああいうのは明るい時間にするものじゃないだろう」

恥ずかしくて顔を背《そむ》けたが、引き寄せられたままの肩のせいで逃げられなかった。上機嫌に笑う気配が、フレディの手のひらから伝わってくる。まったくもう、顔が熱くてたまらないじゃないか。

ディンチ伯爵領の居館に着いたのは、予定よりも遅い夕方だった。一応先触れは出していたが泥と草の汁に塗《まみ》れた当主の養子とその婿《むこ》に、代官を務める義父上《ちちうえ》の従弟《いとこ》はさぞかし驚いたことだろう。

玄関で堅苦しく頭を下げて迎えてくれたが、そのまま風呂場に突っ込まれた。

晩餐《ばんさん》の席で堅苦しい挨拶《あいさつ》を交わし、フレディの取りなしで代官さんを小父様と呼ぶことになる。傍流とはいえ、ディンチ家の血を引く年上の男性を呼び捨てにするのは気が引けたので助かった。

小父様は青年をひとり伴《ともな》っていた。年齢は俺より若くてフレディより年上だ。真面目そうな顔立ちで口数も少ない。彼はホーパエル伯爵家から養子が貰《もら》えなかった時、ディンチ家を継ぐはずだったひとだ。養子に入った俺を逆恨みする動機があるため、フレディは彼を警戒していた。――全くの杞憂《きゆう》だったけどな。

「我ら親子は身の程を弁《わきま》えております。ご領主様の決断に異を唱えるなど言語道断《ごんごどうだん》です。お預かりした領地を維持するのが務めですからな」

「父の言う通りでございます」

義父上《ちちうえ》の身長を少し縮めてぽっちゃりさせた容姿の小父様と、彼から腹の肉をなくして若くしたようなその息子は、重々しく頷《うなず》いた。まさにディンチ家の男たち、中身が義父上《ちちうえ》にそっくりだ。親戚同士の気楽な団欒《だんらん》のつもりが、何がどうしてこうなった。にわかにおかしくなって、笑い声が止められない。

「義父上《ちちうえ》が安心して代官をお任せになる理由が分かりました」

小父様の真面目な喋《しゃべ》り方は義父上《ちちうえ》にそっくりだ。この性格じゃ、ちょろまかしたり領地を乗っ取ろうと思ったりなんてしないだろう。

「あなた様も、ご領主様がご養子に迎えられただけあって、いい若者ですな」

俺はどうやら、小父様のお眼鏡に適《かな》ったようだ。

翌日からは小父様の案内で領地内の商店を見て歩いたり、養護院の慰問《いもん》に向かったりした。

商店では王都の商店街を見本に改善点を伝え、養護院では子どもたちと遊ぶ。食用に飼われていた豚《ぶた》が逃げ出したのを捕まえる羽目になり、またしてもドロドロに汚れてしまったが、おかげで領民と触れ合え、俺という跡取りを好意的に受け入れてもらえたようだ。

曰《いわ》く、真面目すぎる領主一家には、俺くらい賑《にぎ》やかなのがいるくらいがちょうどいいってさ。領民にも真面目な性格が浸透《しんとう》しているって、義父上《ちちうえ》もある意味凄《すご》いな。

フレディもなんだかんだ人懐っこい性格だ。おまけに上背《うわぜい》のある美丈夫だから、女性たちに囲まれている。中にはお妾《めかけ》さんに立候補する女性もいたようだ。……俺のほうにもな。領民にはまだ、ホーパエル伯爵家から養子を迎えることは伝えていないので、男同士の夫婦が跡取りのために女性を迎える可能性があると考えたのだろう。

その日の夜は、フレディがちょっと意地悪だった。居館では嫌だって言ったのに。

だいたい今更女性が抱けるか？　そう言って押しのけようとしたら何故《なぜ》か余計に興奮されてしまい、懇願《こんがん》されるようにしてどえらいことをされたわけだが……

なかなかに有意義な領地視察を終えて王都へ帰る。復路は往路に比べて駆け足だったが、行きがけは観光も兼ねていたのでそんなものだろう。

困ったことにフレディは、いよいよ王都に帰り着くという距離まできて遠慮しなくなった。

「ちょ、待てよ。ひゃあッ」

「あ、今の声、可愛い。もう一度聞かせて」

「馬鹿……やっ、やめろってば………んんぅッ」

ゆったりした座席の上で彼のももを跨《また》ぐように向かい合って座らされ、ズボンから引き出したシャツの下に手を這《は》わされている。俺が馬車に酔わないよう、フレディは進行方向とは逆向きに座っていた。おかげで俺は真っ直ぐに前を向いているわけだが、こんな気遣いをするくらいなら、不埒《ふらち》な手を止めろと言いたい。

結局ぐずぐずのまま王都のディンチ伯爵邸に帰り着き、そのまま離れの寝室に直行した。勿論《もちろん》俺が自力で歩けるわけもない。

屋敷に着いた時にはすでに深夜だった。義父上《ちちうえ》への挨拶《あいさつ》と報告はもともと明朝食卓でと決まっていたので、離れに直行するのは問題ない。駄目なのはこの状況だ。

「待ってってば……明日、義父上《ちちうえ》と朝食の約束が……」

「寝台で別の男の話をするなんて、いけないひとですね」

「馬鹿ぁ、ち、義父上《ちちうえ》だろう……ッ？」

馬車の中で散々煽《あお》られた身体には、全く力が入らない。寝台の上でもさんざっぱらどえらいことをされて寝落ちして、気が付いたら朝だった。

おっさんを労《いたわ》れ、この若造め。

上機嫌なフレディに抱かれて母屋《おもや》に向かう。嫌な既視感だ。

「婿殿《むこどの》、私の養子はしばらく母屋《おもや》で静養したほうがいいのではないか？」

「なんの冗談ですか、義父上《ちちうえ》？」

義父上《ちちうえ》とフレディの会話も、どこかで聞いたような気がする。

「この屋敷でシルヴェスタが元気でいる姿を見たことがないのだが、これではディンチ家に跡取り息子を縁組させてくれた肉屋の主人に申し訳ない」

別に病気を罹《わずら》っているんじゃない。単純に寝不足と疲労だ。その原因が何かは身に沁《し》みている。頼むから義父上《ちちうえ》、肉屋に謝罪に行ったりしないでくれよ。

「昨夜のうちに届いた領地からの報告書では、シルヴェスタは領民に大人気だそうではないか。率直に言って我が実の息子は、領民に敬《うやま》われていたが愛されてはいなかった。……それは私も同じだ」

重々しく義父上《ちちうえ》は続けた。愛されていなかったかは今となっては知る術《すべ》がないが、少なくとも俺と同じように羊を捕まえたり豚《ぶた》を担《かつ》いだりした姿を見せてはいないだろう。

「シルヴェスタはどうやら、ディンチ家が変わっていくために必要な存在のようだ。宰相殿もいい養子を紹介してくださった。そんな我が養子がやつれていくのを黙って見ているわけにはいかん」

そこに着地!?

義父上《ちちうえ》の諸外国を黙らせる鷹《たか》のように鋭い目が、俺を通り過ぎてフレディに向けられる。自分が睨《にら》まれているわけでもないのに怖すぎて身体が強張《こわば》った。フレディは義父上《ちちうえ》の眼差《まなざ》しなどどこ吹く風で、固まった俺の背中をゆるゆるとさすってくれる。たいした強心臓だ。

「分かりました。抱き潰すのは休日の前夜だけにしましょう。それ以外の日は穏やかに愛し合います」

真っ直ぐに義父上《ちちうえ》を睨《にら》み返《かえ》して、フレディが甘ったるく言った。

「阿呆《あほう》か、フレディ!! 義母上《ははうえ》だっていらっしゃるんだぞ!?」

何を言っていやがる、この色欲魔!! 若造には羞恥心《しゅうちしん》ってものがないのか!? うわぁ、義父上《ちちうえ》も
「善処したまえ」とか頷《うなず》いていないで、阿呆《あほう》なことを言う入《い》り婿《むこ》を叱《しか》ってくれ!

居《い》た堪《たま》れなくて、熱くなった顔を隠すようにフレディの肩口に押し付けた。

「うふふ」

義母上《ははうえ》の楽しげな笑い声がする。

「我が家の朝食の席がこんなに賑《にぎ》やかになるなんて、誰が想像したかしら? 団欒《だんらん》って素敵ね」

義母上《ははうえ》、コレ、団欒《だんらん》と違う。

俺が知っている肉屋の団欒《だんらん》を思い出して気絶したくなったが、無駄に丈夫な身体では都合良く意識を手放すことはできない。

ディンチ伯爵家の団欒《だんらん》は、世間様のものとはかけ離れているようだ。フレディからの口づけを顳《こめ》顬《かみ》に受けながら、俺が骨を埋《うず》めるディンチ家に本当の団欒《だんらん》を伝えていこうと思った。